满青山

吴国荣 著

山西出版传媒集团

山西人民出版社

图书在版编目（CIP）数据

满山青山／吴国荣著. --太原：山西人民出版社，
2014.12
ISBN 978-7-203-08893-6

Ⅰ．①满… Ⅱ．①吴… Ⅲ．①散文集—中国—当代
Ⅳ．①I267

中国版本图书馆CIP数据核字（2014）第298842号

满目青山

著　　者：吴国荣
责任编辑：何赵云
装帧设计：刘彦杰
出　版　者：山西出版传媒集团·山西人民出版社
地　　址：太原市建设南路21号
邮　　编：030012
发行营销：0351-4922220　4955996　4956039
　　　　　0351-4922127（传真）　4956038（邮购）
E－mail：sxskcb@163.com　发行部
　　　　　sxskcb@126.com　总编室
网　　址：www.sxskcb.com
经　销　者：山西出版传媒集团·山西人民出版社
承　印　者：山西臣功印刷包装有限公司
开　　本：787mm×1092mm　1/16
印　　张：17.5
字　　数：160千字
印　　数：1-2000册
版　　次：2014年12月　第1版
印　　次：2014年12月　第1次印刷
书　　号：ISBN 978-7-203-08893-6
定　　价：28.00元

自　序

　　按天干地支计算，过完我的第五个本命年，就是甲子一轮回。今年是马年，我该退休了。退休是有道理的，人生到此年龄，社会需要新陈代谢，人体需要调节保养，这是规律。虽想表现靓丽而染黑花发、镶上假牙，但再怎样，哪比得上青年男女的青春和活力，此时只有人生的风景不同罢了。回望山水，是咀嚼酸甜苦辣的经历，是消解坎坎坷坷的纠结，是淡化世俗虚荣的诱惑，是享受风霜雪雨之后的天伦之乐。这种人生精神的转折，是回味、是提炼、是升华。

　　六十年，对历史长河来讲是一瞬间，但对文化的兴衰来讲，则是一个轮回。在这个轮回中，我们收藏过"文革"前文化原生态的记忆，目睹过"文革"十年文化凋零的气焰，经历过"文革"后文化反思、徘徊、发展的曲折。中华民族文化源远流长、丰富多彩、体系完整，中华民族的文化根基、特色、内涵放之四海皆辉煌，中华民族的文化和自然、人体和社会相和谐。小时候，春节期间，我曾追随着父辈、兄长写对联、贴对联、架旺火、点炮竹。到宗祠里祭祖，到族亲家里拜年，在春节期间还要走亲戚，给长辈们磕头挣压岁钱。无形中这些都在幼小的心灵里树立了尊卑有序、长幼有别的概念。清明时节，祭祖上坟是主题。那一天，全族的大人小孩，成群结队，先到总族的坟地祭奠，然后到分族的坟地祭奠，然后又到自家祖先的坟地祭奠。从天刚放亮开始一直快到了中午才完成这些程序仪式，累倒是很累，但是仍然有孩子们的乐趣。比如说，踏青折柳、寻花问蝶；比如说，祭奠之后的分祭品、享受野餐。当然还有族长、大人拜念碑石上祖先的功德、生卒记载，虽然这些对孩子来说都懵懵懂懂，但从小熏陶出的记忆，都维系了家族的认知、族系的团结和村民的和谐。除此之外，还有中秋节、重阳节、元宵节等。在这些节庆活动中，都充满着传统文化的气息，履行着传统文化的程序，载荷着传统文化的知识，传承着传统文化的血脉。"文革"中，这些传统作为"四旧"都砸烂了。作为物质的该拆的拆了，该砸的砸了，该卖的卖了，该烧的烧了……作为非物质的该抛弃的抛弃了，该简化的简化了，该弃之不用的反而以所谓的洋、怪、新来代替。整个中华民族的文化传承，在十年乃至几十年里处于否定破坏、不伦不类的徘徊中。习近平同志最近指出："要让居民望得见山，看得见水，记得住乡愁。"他还指出："让收藏在禁宫里的文物、陈列在广阔大地上的遗产、书写在古籍里的文字活起来。"这些都说明中央高层领导在全国文化发展繁荣的实践中，在有识之士的文化自觉、文化自醒的推动下的远见卓识。而我们这一代肩负着文化的守先传后的神圣职责，对于"文革"之后的信仰缺乏、道德失范、价值迷茫、诚信滑坡的精神危机，我们有责任坚守中华民族的优秀传统，保护中华民族的珍贵遗产，弘扬中华民族的优秀文化，群策群力，矜奋自强，推进中华民族文化的大发展、大繁荣。

六十年，对于社会发展来说不算很长，但是对于社会制度的对比和变革，则有深刻的体会。我们出生在 20 世纪 50 年代，成长于 60 年代和 70 年代，履职工作在 80 年代一直到新世纪，见证了社会的嬗变，感受到不同体制的优劣，体会到创新的可贵，参与了改革的伟大实践。正因为我们成长于 60 年代和 70 年代，所以，我们经历了"一大二公"的扼制，我们深受计划经济的束缚。同时，我们大多数都有知青插队和回乡劳动的经历。特别是在农村，人民公社、集体生产以及计划经济的体制在显示了特定阶段的优越性之后，已经是弊端百出。不仅是严重影响了人的积极性、创造性的发挥，而且表现出来的是物资困乏、生活资料奇缺、劳动报酬低下。有些知青和回乡青年都当过生产队或生产大队的干部，深切体会到计划经济已经到了十分严重的分崩离析的程度。给集体干活偷懒、磨洋工；集体的财产能偷的偷、能拿的拿；谁都是集体的主人，谁都不为集体负责；而计划经济的"一平二调"又严重挫伤了农民的积极性。在这种体制下，不管是知青也好，还是回乡青年也好，即使怀抱满腔热忱也只能是事倍功半，即使是一块不锈钢也打不成几根铁钉。企业对于人的生产、生活和劳动报酬要稍好一点，但那是因为用国有资产来作抵垫。只有到80年代，严格来说应该是90年代开始成型的改革开放，也就是说建立了市场经济新体系后，才从根本上解决了由于落后体制带来的各种问题。只有真正的改革开放——有中国特色的社会主义道路，才是人类智慧结晶和中华民族优秀传统文化结合的产物，才是中国的也是世界的先进体制，改革开放三十多年来也证明了这一点。而我们这一代人也正是改革开放的呼吁者、推动者、实践者。因为我们这一代人有过人生的困惑、有过理想的狂热，有过挫折的冷静，有过计划经济的困顿，有过各种社会制度的体会，也有过与西方社会制度的比对，自然而然改革开放就成为我们的期盼、我们的追求和我们的实践。何况这三十多年正是我们人生的青春年华。

六十年，对于人生来讲是一个重要的、珍贵的阶段，在我们的成长过程中，总有一些特殊的难以忘怀的时期，同时也是形成我们世界观、人生观、价值观的熔炉。不言而喻，我们成长于困难时期，不仅是生理的困难时期，也包括精神的痛苦时期。也就是说不仅是生活在贫穷困苦的农村，而且还生活在迷茫困惑的"文革"阶段。我成长的农村也曾生活过北京插队青年。前几年，到北京出差，晚上去看我们村的一个北京知青，他是1950年生人，到他家，他爱人也在，同是我们村附近的北插。他们的儿子，已经大学毕业了，在一个文化单位工作。老朋友相见就聊起当年在农村的生活。我给他儿子说，你父亲当年在村里干活，早上跟上赶车把式先装粪，装好粪后，手里拿一个自己蒸的馒头，拿一根葱，坐在车后边，一边走一边吃，到了地里就卸粪。送完一车，再装再卸。口渴了，回到村里，用瓢在水缸里舀上一瓢水就喝。那水是啥水呀？那是雨季下的雨水，从各家各户流到巷里，巷里堆放着牛粪和垃圾，然后又冲到井里，然后沉淀发酵后就成了饮用的水。孩子问，能喝吗？答：能。又问：不生病吗？答：不。其实干旱的北方，祖祖辈辈都是这样过来的。而知青跟上车把式送粪这还是照顾性的活计，还比较自在。像收麦打场、掰玉茭穗、刨玉茭杆、铲粪打墙，这些有多少劲能出多大力的活，确实在广阔的天地里从北京来的知青是难以忍受的。还有冰天雪地农业学大寨改天换地的活、发洪着火抢险救灾的活、扛麻袋送公粮的活，这种接受再教育的方式，实在是一种脱胎换骨的历练。还有过年了，过节了，有的开始升学了、参军了、招工了。知青们这样逐次地离开，对于留守的都是心理上的刺激和撞击，都是精神上的冶炼和提纯。其实，知青和当代的回乡青年，精神上的苦难还不只是这些，辽阔的天地和渺小的个体、遥远的农村和孤独的只影、迷茫的未来和困窘的现实、人生的理想和简单劳动的矛盾都构存在一个个十七八岁年轻人的身上。这种生命中的苦难和痛苦，不仅是躯体的、生物学意义上的病理感受，而且蕴涵着精神的发育、意志的磨炼、魂魄的淬火、青春的摔打、命运的颠簸，是人生意义的舒展、生命价值超越的仪式。苦难是人生的导师，饥寒是理想主义的酵母，贫穷是知识追求的驱动力。那个时代铸造的青年的理想、刚毅、坚韧、节俭、敬畏、同情等生命意志，正融入国家性格之中，成为中华民族崛起途中的精神气质和物质动力，成为复苏的或创新的中华民族的价值观。应该说由这一代人为代表或由这一代人承先启后构筑和编织起"中国梦"，由这一代人为代表或由这一代人承先启后担负着中华民族实现伟大复兴的神圣使命。

按孔夫子的说法，六十而耳顺。但是现在人的寿命长了，基因在起变化，何况我们成长过程的智慧升华也不能和两千多年以前的古人相比，权且以六十而知天命以判明。知天命者，就是对浮华虚荣的认知，对世事沧桑的认知，对身后眼前的认知。我在我的同事帮助下自撰一联，工整不工整、立意高不高还有待琢磨，但基本能表达我的心境，能概括我的道白：元辰五逢渐知命，驽马十驾犹邻德，再加个横批：满目青山。

是为序。

目　录

潮州随想

潮州其实是华夏历史版图起源上的一个"边角料",无论回溯历史、还是检索沿革,大家都认为它是自唐以后才发展定型,特别是在韩愈被贬潮州以后才逐渐兴盛扬名的。

确实,韩愈对潮州太重要了。尽管他在潮州施政才八个月,而当时的交通、通讯、技术、设施、机制体制、文化悟导的接受能力,可以想象,也可以查阅史书是如此的原始,靠他一个人的能力和智慧,三八二百四十天,即使浑身是铁,又能打成几个铁钉?尽管史书记载,他在潮州驱鳄鱼、为民除害;请教师,兴办乡学;率领百姓,兴修水利,排涝灌溉。还有就是计庸抵债,释放奴隶,但是,这件事我查了一下史书,是他调任袁州(今江西宜春)任刺史时才办的一件事。尽管如此,厚道而懂得感恩的潮州人,还是给他建祠立碑,以示纪念。从此潮州江山易名,草木呼韩,地以人名,人以地名,这里便从过去南蛮中迈向文明、迈向礼仪之邦和文化名城。

　　尽管历史是人民写的、是后代写的。但是治史也是一件微妙而复杂的事。历史不但可以湮没和规避史与实，也可以放大和缩小人与事。毕竟史书不是流水线的产品，它附着着难以回避的人的感情色彩、认识水平和时代印记。而史书作者对事物的了解程度也可以成为他淡化消解和浓墨重彩史实的依据。在韩愈受贬的同时期，还有他之前和他之后历朝历代的边州，接纳过许许多多的外放官员，包括他的同朝"古文运动"的道友、王叔文政治改革运动的追随者柳宗元，就外放在同属岭南的柳州。柳宗元比韩愈被贬时间既早又长，而且在谪贬任上，亦非常有作为，甚至在为民兴利除弊和兴学教化上干的事也是不胜枚举，就连韩愈在撰写的《柳宗元墓志铭》中，也充分肯定了柳宗元"议论证据古今，出入经史百子"、"衡、湘以南为进士者，皆以子厚为师，其经承子厚口讲指画为文词者，悉有法度可观"的重要作用，而最后他仍贫困交加，死在苍凉落魄的履职任上。历史为何如此眷顾韩昌黎，而薄其他贬官呢？

　　韩愈幼失怙恃，少罹战乱，举进求仕，屡屡碰壁。就在他几番历练，屡仕愈勇时，银钱花尽，由京都移居洛阳去找友人求助。友人穿针引线让他与卢小姐相识。卢小姐才貌双全，天性活泼，为人坦率，交往之中，对韩愈日益了解遂产生爱意。他请小姐赐教，卢小姐借此展纸执笔写道：人求言实，火求心虚，欲成大器，必先退之。韩愈捧赠言，一阵沉思：此乃肺腑之言啊。于是，以

"退之"行字，取为人处事拟戒骄戒躁、须谦虚谨慎也，同时与卢小姐成婚。于是，韩愈随着坎坷经历，频频进取，虽然，虚怀若谷，处事谨慎，但是大丈夫志在高远，顶天立地，他要实现自己的抱负，能退往何处？他在先任监察御史时，因上书唐德宗论天旱人饥状，请减免徭役赋税，指斥朝政。顺宗即位，用王叔文集团进行政治改革，他持反对立场。于是，他被贬距长安三千多里的荒僻之地阳山县令。特别是元和十四年，唐宪宗下诏从长安西面的凤翔（今宝鸡市）法门寺，恭迎佛骨，巡回瞻仰。韩愈为维护国家的安定繁荣，兴复儒学，排斥佛教，便不顾冒犯皇帝尊严，急切上疏诤谏——《论佛骨表》而触怒皇帝，将加以"极刑"而处死。幸亏裴度、崔群鼎力相救，才被贬为潮州刺史。"一封朝奏九重天，夕贬潮阳路八千。欲为圣明除弊事，肯将衰朽惜残年……"这些事和这首诗依然表现出韩愈的忠心侠义、壮士肝胆，可谓身退心不退。

岂止如此。元和十五年，韩愈奉旨从受贬边州内调为国子监祭酒。长庆元年，转任兵部侍郎。七月二十八日，成德军发生兵变，河北军阀田弘正被都知兵马使王庭凑所杀，王庭凑要朝廷承认他为节度使，但遭到拒绝，于是河北发生战乱。到长庆二年，朝廷只得姑息委任王庭凑为成德军节度使。同时，派韩愈充当宣慰使，前往镇州安抚王庭凑。这是个危险的使命。王庭凑心狠手辣，当时正不满朝廷的委任，又正围困着奉命征讨他的深冀节度使牛元翼于深州，许多人为他担心。元稹上奏云："韩愈可惜！"唐穆宗事后也有悔意，便追下诏令，改为到镇州边沿看看形势即可。韩愈说："止，君之仁；死，臣之义。"仍然，义无反顾地向镇州前进。至镇州，王庭凑果然严兵接待，庭堂四周布满了张弓拔剑的士兵。韩愈从容镇定，以勇敢而严肃的态度，向王庭凑动之以情，晓之以理，喻以祸福，诚以告谓，劝他不要包围深州。王庭凑感化应允，并设宴款待。这就是史称"不费一兵一卒，勇夺三军将帅，化干戈为玉帛，平息镇州之乱。"韩愈如此忠勇气概，何退之有？

韩愈最为名世的，可能还是他的文学创作。所谓"文起八代之衰，而道济天下之溺"是肯定他领导"古文运动"的历史作用。韩愈尊儒，一直主张积极入世，一直努力就仕，以便为国家和人民贡献自己的力量。他也一直把自己看作一个能维护国家统一，救人民于水火，促国家繁荣昌盛、人民安详和乐的政治家和能行军打仗、纵横谋划的军事家。但朝廷一直看重和利用的只是他的文才，这就注定韩愈在仕途上颠沛流离，一生得志时少失意时多。然而作为一个文学家和思想家，他提倡并彻底击垮"今文"的"古文运动"，确实在思想文化领域起到了"挽狂澜于既倒"的作用，这对当代和后世都产生了广泛和深远的影响。特别是从思想内容方面来看，他的文章既通过对中唐时期错综复杂的社会状况的叙述，展现了当时统治者和劳动人民之间生活上的严重差距，揭露了统治集团内部存在的深刻矛盾，抨击了封建社会的腐败现象和恶劣行径。尤其是他对皇帝的屡次上疏诤谏，既表现了他为人民为国家负责的精神，又导致了他数次谪离皇宫。韩大人世称韩昌黎，无论是名愈，字退之，还是字退之，名愈，然而进退皆难啊！

"云横秦岭家何在，雪拥蓝关马不前。"韩愈一生都在追求，一生命运多舛。他真正的建树是既为官又为文。为官则供职为国子监祭酒、兵部侍郎、吏部侍郎，虽然仅为四品之上下，但倒来倒去却赢得了人气。为文则是"古文运动"的领袖，合称"唐宋八大家"之首，而且越到后来名声愈加远播，史称"文章巨公"、"百代文宗"。同时，他还培养了一大批为文为人的追随者，不只是后代，就是在他生活的时代，不管是得志时还是失意时，周围总簇拥着一批文人骚客，这些人为今后对他歌功颂德自不必说。其实，潮州只是他在罹难旅途中的一个驿站。虽然他做了几件和现在比起来，只是微不足道的事情。但是作为朝廷罪臣，连家庭都遭逢不幸，却不肯沿袭"大官谪为州县，荡不务治"的陋习，反而竭尽全力为地方造福，鞠躬尽瘁，唯勤唯谨，由此赢得万民景仰。更不用说，历史演进到了宋朝，宋真宗咸平二年，潮州又接受了一位贬官——陈尧佐谪任通判。

陈尧佐，字希元，963 年出生于阆州（今四川省阆中市），989年与其兄一起参加宋太宗赵光义亲临主考的殿试，兄陈尧叟中状元，陈尧佐进士及第。999 年，他上书指责时弊，言他人所不敢言，而触怒皇帝，获咎被贬。陈尧佐到潮州是 999 年，此时离韩愈到潮州时的 819 年，时间已过去 180 年。也许经过时间的沉淀，韩愈已盖棺论定，声名显赫；也许宋代的哲人学子对韩愈的"古文运动"更加尊崇，亦步亦趋；也许是陈尧佐同病相怜，对他的前任既顶礼膜拜，又要为潮州的后任树立榜样。于是，通判仅作为知州的助手就积极筹建了韩文公祠。从此，韩愈在潮州便接受了千余年的香火而受崇拜。试想，此时人们对韩愈的认识，就不仅仅是以他在潮州的作为而评判，而应该是对他一生杰出的贡献而感念。

无论如何，一个地方的繁荣、发展不是一朝一夕的事，也不是哪一任领导就能造就的，需循序渐进。历史对伟人的歌颂，人民对官吏的肯定，主要是看他对老百姓的社稷民生能办一些什么事，能给这个世界留下一些值得回味和贵为传续的业绩。韩愈在潮州八个月，干了许多启迪开化的实事和符合民意的善事，尽管有些是后人干的、有些是他在别处干的，但是人民怀念他在罹难中的诚意和后来福及国家的好事，来为他树牌立传，而且历朝历代不断维修，至此，这种崇拜就不仅仅是潮州人独有的祭祀，而且应该是整个民族对他的歌功颂德了。昔日的韩文公祠有一副对联：

天意起斯文，不是一封书，安得先生到此；

人心归正道，只须八个月，至今百世师之。

此联说明，潮州因韩愈而增光添彩，韩愈因潮州而备受推崇。

现在韩文公祠的正殿韩愈塑像正座两旁亦有一副对联：

辟佛累千言，雪冷蓝关，从此儒风开岭峤；

到官才八月，潮平鳄渚，于今香火遍瀛洲。

不管怎样，潮州给足了韩愈的面子，韩愈也经受了潮州的历练。

如今，潮州的韩山依然苍翠碧绿，潮州的韩江依旧浪遏飞舟。韩木韩花争奇斗艳，韩街韩市繁荣昌盛。在潮州，韩风韩韵的文化气息，依然氤氲吹拂着一千多年前韩愈所倡导的儒风。

柳江的悬疑

　　柳州在我的印象中是一个遥远而蛮荒的地方。只因在历史上它收留了一个河东的同乡，因此，我便把柳宗元、柳州和柳江混为一谈，也早已在心中激起凭吊、瞻仰柳公流放之地的愿望而向往。

　　一个偶然的机会，使我如愿以偿，并使我思想上的一些主观概念释然更新。柳州就是柳州，柳宗元的受贬发配于此，只是让柳州更具文化韵味，更加有历史沧桑品相。也因此，柳子厚又被冠以柳柳州之名。确实，柳宗元的到来，也曾使柳州发生了文化意蕴的巨大变化，兴办文教、革除陋俗、更新观念、解放奴婢、推进民生、植树造林，使柳州改变了蛮荒的面貌，也使柳州具有了名誉度和影响力。而柳江水不管在唐以前还是唐以后都还是那样波澜不惊的流淌，只是它在形成和养育了柳州的同时，上帝狡黠的画笔也在柳州市硬是留下了一个历史悬问的象形，使我不能不对柳宗元流放人生深表同情之外又坠入对中国怀才不遇文化的思考。

　　中国文化其实是一种怀才不遇的文化。柳宗元因参加王叔文为首领的改革集团，后被保守势力扼拘。之后改革派首领王叔文等被杀，柳宗元等八名革新人物分别被贬逐边州任司马。而柳宗元流放期间，在艰难困危的境遇中，以卓越的才华和巨大的努力创作出光辉灿烂的诗文篇章，为后人留下了宝贵的精神财富。

其实怀才不遇的何止柳宗元。司马迁在《报任安书》中，就列举了大量的事实。他说，古时候虽富贵但名字磨灭不传的人，数不胜数，只有那些卓异而不平常的人才能万世流芳。像西伯姬昌被拘禁而推演《周易》；孔子受困窘而作《春秋》；屈原被放逐，才写了《离骚》；左丘明失去视力，才有《国语》；孙膑被截去膝盖骨，《兵法》才撰写出来；吕不韦被贬谪蜀地，后世才流传着《吕氏春秋》；韩非被囚禁在秦国，写出《说难》、《孤愤》；《诗》三百篇，大都是一些圣贤们抒发愤懑而写作的。这些人大都终生不能被重用，感情有压抑郁结、难以实现自己的理想，便退隐著书来抒发他们的怨愤。而司马迁本人，则是虽遭腐刑，还隐忍苟活，纯粹是为了实现自己的愿望，因而广为收集天下历史传闻，认真考证事实真伪，以究天下之道、通古今之变，成一家之言，终成《史记》。

不遇之才的文化，最突出的是受贬、发配和逆旅中难以报效朝廷的人的发愤之作，历朝历代不胜枚举。再就是社会大动荡、大变革，阶级意识碰撞、民族文化融合的重新组合时代，思想开放，文化多元，政治势力争权夺利，文人墨客或隐居游学，或清淡放纵，正好收获创作的空间。最集中的是中华民族在少数民族统治时期。少数民族统治中国，首先是在政治上对汉民族的歧视，在重要岗位、主要职务上都排斥汉人。因此，众多有作为的汉族社会精英只能沦落民间，在文化上做文章。遍览历史，流观九州，无论是经史子集，还是唐诗宋词；无论是元代戏剧，还是明清小说，包括理学宝典、精品美文，很少不是落魄文人、外放官宦之作，特别是成名代表作，大都在流寓时期。

怀才不遇者，是饱学之士要么没有遇到盛世明主、要么是被宫廷弃之而耿耿于怀的人。不管是处于哪一种状态，要证明他是怀才不遇者，必然是在浪迹天涯中有惊世骇俗的文化作品，而这些都是有"才"不"遇"时的力作。而"才"一旦被遇，可能就不再舞文做学问了。因此，不遇之才的文化，是经受了万般苦难或在死亡线上挣扎时期为后世的精神奉献。

怀才不遇者，是居庙堂之高而有"才"的人。要么功高盖主，要么标新立异，要么屯聚势力，要么恃才傲物。当然，处江湖之远而有"才"不遇的人，要么是桀骜不驯，要么是行为怪异，要么是曲高和寡，要么干脆就是不愿入仕。作为君主制度的国家，不管是哪一种表现，都是和朝廷规范格格不入的，不要说你还没有展现出你的才能而感到怀才不遇，即使你拥有成就而冲撞既得利益，也要让你成为不遇之才。

封建社会几千年，长期形成的金科玉律、潜行规则，是万万不能触动或冲撞的。何况君王之侧，各等货色的人才比比皆是，不差你几个敢于挑战权威、侍异朝臣、固执己见、一意孤行的大胆士人。哪怕你主观上是赤胆忠心、恃才报国、革故鼎新、施展宏图。皇权呈现的是尊严、是皇族利益和血缘传袭。况如若非，便会成为不遇之才。

什么样的水土，养育什么样的人。中国作为世界四大文明古国，君主制度几千年，长期形成的社会形态、思维方式、处事方法都有别于其他文明古国和社会制度。因此，怀才不遇的文化作为一种现象，成为中国文化的一种特色就是司空见惯的了。

历史上的边州大都接纳过外放官宦，这些流寓之士，在贬配任上，除了继续实现自己的理想抱负为民生解倒悬之苦外，就是创作了大量脍炙人口的精神产品，不但柳宗元和他当时的边州临居郡守是如此，历朝历代的贬配之士亦如此，于是中国的文化就汇集成恣肆汪洋的怀才不遇的文化。

我这样的理解，不知能否释惑于千古疑问的柳江，也不知能否把柳江之水在柳州市旋转的问号慰平？

历史的纠结

　　汉中这个不大的地方，却在中华民族的历史演进中留下了难以磨灭的影响。据说，汉人、汉语、汉朝、汉族都和汉水汇流的这里有关。而且，它据于中国的最中心地带，是南北的分水地。我曾三番五次去过这个地方，看汉水澹澹，看汉台巍巍，遥望时光隧道的战火纷纷，一群从沛县走出来的"乡镇干部"，共同排演了一出惊天地泣鬼神的文武大戏，而幕后导演正是开国丞相萧何。他先于蜀汉丞相诸葛亮几百年，已在这里如火如荼、出神入化而亮相，但是在这里也演绎了后来让他无可奈何的焦虑，甚至危及其口碑声誉及身家性命。

　　"成也萧何，败也萧何"可能是萧何在西汉初年两大事件肇始的写照，也是煌煌历史为一代名相功过是非的含混评价。其实，这种模糊概念，既说明不了萧何对封建君王尽忠的品质，也说明不了萧何在为人处事方面的风格。这实在是人生的一个非常复杂的历史纠结。

　　萧何对刘邦不能说有恩，起码也是厚待。因此，在刘邦起义做了沛公，萧何便跟从刘邦破秦入汉，一路辅佐，颇得刘邦信任，遂又封萧何为丞相。在这之后的不断征战中，刘邦带领千军万马攻城略地，平乱治暴。萧何留守后防，抚慰百姓、治理属地、筹措军粮、扩充兵源，全力支持刘邦汉王朝的建立。尽管萧何对于刘汉王朝是尽忠尽职的，但是作为封建君主对于他的重臣，不但要听其言、还要观其行；不但要观其行，还要揣其心；不但要看其临朝，还要观其独处。皇上只害怕在干部管理上有什么闪失，在朝政经营上有什么漏洞，以至危及他的江山。萧何悉心琢磨，照应春秋，唯恐君臣有隙。汉三年，他听从了鲍生的意见，除了自己唯谨唯慎，还把自己家子弟能打仗的二三十人送去参军，跟上汉王到前方打仗。汉王看到这种做法非常高兴，果然对他放心。后来，陈豨叛乱，皇帝亲征到邯郸。此时韩信行为异常，吕后借此便鼓动萧何设计而杀了韩信，皇上听说后就派人为萧何加封。但召平为此虑，就劝萧何说，这是皇上对你起了疑心，赶快谢绝皇帝不要封赏，并把你的全部家产都资助给前线的军队。萧何听从了召平的劝解，尽力从之，皇上果然窃喜。皇上不仅时时刻刻提防着属下的反意，而且还害怕将相功高震主，随时取而代之。时年秋天，黥布叛乱，皇上又亲自率军讨伐。君在外，并不放心，尽管萧何兢兢业业、呕心沥血，皇上仍多次派使者询问相国在做什么。后来门客又劝说萧何："你不久就有灭族的危险。长期以来，你一人之下、功勋卓著、民心亲服、将相和悦，你在关中势力太大了。现在你要靠自己的权利低价赊买、囤积田地，以引起老百姓的不满，来损害自己的声誉，权且降低威信，这样皇上一定会安心的。"如是炮制，萧何在这一阶段又避免了皇帝的疑心。但是作为皇上，都是喜欢拍马屁的人，听不得别人的不同意见，不管是谁。后来，萧何又替百姓们上书，要租种皇上林苑中闲置的空地，一来可以多打一些粮食，二来庄稼的秸秆可以喂牲口。皇上听了大怒，一怀疑萧何收受了粮商的贿赂，二是生气他竟然谋上了皇家林苑。于是就下令把萧何刑之一拘。在封建社会，像萧何这样一位一人之下、万人之上、德高望重的宰相也逃不过皇帝随意摆布的一劫。后来，在皇上贴身侍奉王卫尉深明大义的劝解下，皇上的怒气才不得不在强词夺理、半愠半怒中予以消解。而萧何则在恭谨忠诚的职场上，度过了他坎坎坷坷、委曲求全、忍辱负重的一生。而在他的一生中，除了自己全心全意为兴汉强政不懈奋斗外，恐怕只有他对韩信的推荐、使用而成就了刘汉大业最具重要意义，但"成也萧何，败也萧何"则成了他说不清、道不明的千古隐情。

韩信的人生戏剧性可能在青史上最具代表性，而和他相联系的文化意象则家喻户晓、妇孺皆知，什么"成败一萧何，生死两妇人"，什么"萧何月下追韩信"，什么"胯下之辱"等。韩信确实是一个了不起的人才。他是中国历史上伟大的军事家、战略家和军事理论家，中国军事思想"谋战"派代表人物。自从萧何月下追回韩信，力荐为大将军，在汉中筑台刘邦亲拜后，韩信平定三秦、击魏破赵、夺燕取齐、灭楚扶汉，打了一系列硬仗、大仗；明修栈道、暗度陈仓、十面埋伏、背水一战则成为世界战争史上的经典；领弱兵抗强敌，危难中救陛下为汉朝统一了江山；韩信为大汉立国确实是忠心耿耿。他也曾手握重兵，他也曾权倾朝野，他也曾领兵救驾，他也曾封疆为吏，在这许多有利的条件下他不但没有谋反，而且，当齐国有名的纵横家蒯通引经据典、现身说法、反复游说、正反劝勉，他仍然深感汉王对他的厚恩而谢绝了蒯通。那么韩信后来为何却让萧何处于这种历史性的尴尬而无可奈何呢？

刘邦无疑是中国历史上一位颇有作为的皇帝。他能征善战、胆识过人、知人善任。但是，作为一代开国皇帝，他最根本的核心利益必然也只能是众所周知的那两个字——江山。因为江山是他的天下呀，他要为他的皇权考虑，也要为他的子孙后代考虑。特别是吕后，这个封建帝制滋生的皇权垂涎者，她不考虑新政的巩固和建设，也不考虑人心的安抚和社会的稳定，而思谋更多的是自己和儿子如何能继承皇位，以打造吕氏天下。韩信则是一位"挟不赏之功、戴震主之威"的大将军，"汉王畏恶其能"就不可避免了。加之，韩信本身就厌恶吕后、性情高傲、言行率性，他如何能让皇上、皇后放心呢？同时，他还留用项羽败将钟离昧，亲近谋反诸侯陈豨、黥布等，皇帝平叛他竟曾称病不从，这些要命的把柄都被皇上抓住了。作为皇权至上的国家，对于稳定政权、顺利过渡皇位而处理韩信就是情理之中的了，只不过是个方法和时间的问题。但是，为韩信赐死容易，而让萧何处理此事则难。萧何应该是中国封建朝代中的名相，他作风低调、处事周全、为人正派、谨慎公信、忠诚皇上，在现在来说也是典型的公务员范本。但让他摊上了处理韩信这档子的事，他便无可奈何了。不杀吧，这牵涉到对皇室江山的责任问题。杀吧，这又是他一手从识到赏、从赏到荐、从荐到拜一路培养起来，而且功勋卓著的人；不杀吧，韩信又和他有千丝万缕的联系，皇帝因此也会对他产生疑心，何况皇帝也多次考核过他的忠诚度。杀吧，开国相国总是摆不脱为新生政权的气度和胸怀而着想的主人翁心态；不杀吧，对于刚建立的政权，一些居功自傲、独立为王、觊觎图谋的诸侯没有个警诫也不行。杀吧，都是开国元勋，一起身经百战打下了江山，如何给国人和后人交代；不杀吧，愧对自己的一生追求和完美形象。杀吧，你皇上皇室也应该考虑自己的治国方略、用人之道和宽忍之怀吧，不能让一个有硕勋巨功的英豪走投无路呀。难啊难！此时，皇上和吕后已经把问题看在了萧何身上。可能，萧何考虑的太多了，也许他考虑的很简单。其实，皇朝的老板就是皇上，而他和韩信都是打工的。对于打工者来说，言听计从、遵章守法、逆来顺受、拾遗补阙可能是最本分的工作态度。至于英勇善战、积极负责、敢于担当、追求卓越，主要是看你的出发点和落脚点，看你是否和皇上保持一致、为皇室效力。而此时，萧何如果不果断和明确地站稳立场，这不仅是要被炒鱿鱼，而且是要掉脑袋的事。世上识时务者众、逆潮流者寡矣。而韩信已经是死猪不怕开水烫了，依自己的行为迟早是要被剪除。但是你不应该不替你的伯乐考虑，也不应该不替一世英明、高风亮节的萧相国考虑啊！虽然你非常信任萧大人，但是你的行为已经给他出了难题，这也就造成了皇上、皇后只有威逼萧何把淮阴侯诱骗入宫，为洗清自己，让吕后把韩信送上天堂。虽然韩信至死还是把怒气撒在吕后身上。

历史就是大舞台，你方唱罢我登场；人生就是一台戏，真假对错难辨清。时代总要把每个人打扮成生末净旦丑，梨园粉墨不管你是主动、还是被动，愿意、还是不愿意，入戏、还是不入戏，沦落到此都要为生计和理想表演、为爱情和事业表演、为权利和名誉表演。人生都要退场、都要谢幕、都要落得个大地一片真干净。到头来，是非功过、忠奸诚伪只能让观众评说、让后人评说、让历史来评说。

汉王的拜将台犹在，只是已人去台空；人们的记忆犹在，却已是物是人非。韩信从这里出发，为汉朝打下了半壁江山而终遭杀戮。萧何虽然辅佐汉王统一了纷扰动荡的国家，但也因韩信戏剧性的人生，给他造成无可奈何的宦途麻烦。这些都已随着滔滔汉水、滚滚长江流向历史深处恣意汪洋的大海。

赤桥怀古

一个人的壮举足以惊天动地，然而随着时间的淘洗也足能销声匿迹。不过，这并不意味着某种精神的消失，相反，它的传奇故事会一直顽强地附着在古老的土地上，隐藏在历史时光隧道的深处，仿佛在期待后人去打捞那曾失落的记忆。

走进晋阳古城边的赤桥村，两千多年前社会变革的撕裂和金戈铁马的嘶鸣，似乎仍在耳边隐隐作响，我们仿佛感觉与这座静谧而沧桑的村庄相隔着遥远的历史时空。不知是不愿面对那座曾经弥漫着腥风血雨的石桥，还是担心惊扰了那位早已安息于地下的悲情英雄——豫让的千古忠魂。残破的庙宇与岑寂的古槐矗立于绵绵细雨之中，抑或具有史诗价值的实物元素——石桥，也被叠埋在街巷之下，默默注视着历史的轮回和人世的变迁。我们无缘瞻仰当年豫让的威仪，叩问历史，英雄魂归何处？

走进《史记》，在司马迁的刺客列传里，共记载着五位著名刺客的事迹。但从当下的价值观念和对刺客的理解来讲，却并非有一个绝对固化的模式和标准：有的是见利勇为，有的是受人之托，有的纯粹是一种职业或喜好，有的则是为了名利和后代。曹沫是鲁庄公的将军，作为一名职业军人，既有管仲缘情理而谏说，又有齐桓公权利害而宽容，使曹沫身名两全。专诸受雇刺杀吴王僚，既有公子光想自立为国君的考虑，又有公子光对其封妻荫子的许诺。聂政行刺韩国宰相侠累，虽干净利落，但仍没摆脱酒肉朋友"献百金"之干系，以彰显屠夫之勇。荆轲倒是历史上最悲壮的刺客之一，他的临危不惧、镇定自若、大义凛然、视死如归被后人所敬仰，但他似乎更像一个十足的游侠。唯独"豫让刺赵"，却是典型的古道热肠的士人所为。

豫让是晋国人，侍奉智伯，一直到赵襄子联合韩、魏消灭了智伯，瓜分了智伯的疆土。作为智伯的宠臣，理应"士为知己者死"。于是豫让暗下决心，要为智伯报仇。当他做好准备，第一次下山行刺赵襄子失败。侍卫要杀掉他时，赵襄子却说："他是义士，我们以后小心注意一点就是了。况且智伯死后没有继承人，而他的家臣想替他报仇，这是天下的贤人啊！"于是，赵襄子便把他赦免了。豫让的心却很难平静，他已抱定死志，赦免并不意味着可以苟活，他必须耐心地筹谋，寻找新的机会。过了不久，他浑身涂漆、吞炭声哑，连他的妻子也不认识他了。有的朋友知道了，劝他不要采取这种方式，以自己的才干，还不如暂时委身侍奉赵襄子，然后见机行事，比这种办法更稳妥。但豫让坚决反对这种做法，他坚定地走自己的路，开始了第二次行刺。有一天赵襄子外出，豫让埋伏在他必将经过的桥下。当他行刺时，赵襄子的马受了惊吓，但断定行刺者必定又是豫让。果不其然。豫让自知这次必死无疑，燃烧的复仇之心归于平静，他从容地赞美了赵襄子的宽仁，然后提出了一个意外而近乎苛刻的要求，请赵襄子能脱下衣服，让自己在它上面刺几下。赵襄子听了之后，虽然觉得又可气又可笑，但也为豫让的执着而动容。豫让拔出宝剑跳起来在赵襄子的衣服上刺了几下后，说："我可以此报答智伯于九泉之下了！"然后以剑自杀。

豫让伏剑自刎，血染石桥，中华历史变革中的又一义举在高亢激越的锣鼓声中徐徐落幕。从此，石桥，由于英雄的鲜血溅染而成为中华侠义史上的一块玉，而石桥村则因为豫让的"斩衣三跃"而大放光芒，并鲜明地存活在历史的记忆里。豫让的壮举，完全是出自内心对义的价值追求，出自对知己君主的恩德图报，出自中华民族传统文化滋养的品质。他不是扶危救困的侠客，更不是意气用事的刺客，他完全是脱离了低级趣味、不计名利的义士。他的行为自始至终都洋溢着忠良诚笃的侠义、饱含着高尚精神的追求、完善着大美人格的塑造。这样的先哲，无论他的爱与恨、生与死，灵魂都是如此的坚毅而纯粹，因为他完成了人生一个天地可鉴的完美轮回。

自古三晋多义士。在豫让刺赵之前仍然有一个忠贞不贰的义士，那就是介子推。他割股奉君，不为名利，最后远离朝臣，义死绵山，成为后人清明祭奠的偶像。无独有偶，仍然是春秋时期，屠岸贾对赵盾要满门抄斩，家臣程婴，将自己的孩子作为替代，保护了忠烈的后代，义薄云天。秦汉之后，关羽的出场，更是如日中天，光芒四射。由于历朝历代对关羽的顶礼膜拜，使他近乎是一个义士的完美化身。但一种精神的传承总是有它的历史源头。细细寻绎三晋义士群像的精神脉络，豫让堪称一个原点。他所秉持的"士为知己者死""义不贰心"的信念，从一开始就确立了义士价值取向的典范，历久而弥新，他所选择的"三跃刺衣"和血染石桥的悲壮，逐步衍化为士人的崇高标准。

从某种意义来说，"士为知己者死"是儒家文化的一种图解，也是每一个"士"人心灵深处始终飘扬着的一面旌旗。知恩图报渐渐成为中华传统文化特定的行为规范，并深深积淀成这个古老民族的优秀品质，每一个热爱自由、追求平等、扶弱济贫的中国人身上都流淌着"士为知己者死"的精神血脉，它与主流的儒家思想共同构建了中国"士"人的精神家园。正是这种追求心灵完美的内驱力，使"士为知己者死"的精神，成为我们这个民族几千年来人们所尊崇的一种人生境界。

细雨绵绵，苍山如黛。在薄雾氤氲着的赤桥村，仿佛是历史时空中迟暮的老人。我们在残破的豫让庙里寻觅当年的遗迹，哪怕是壁画里他的人生踪影和故事传说。面对古槐，我们的目力所及，只期望能计算出它的年龄，是否见证过豫让的壮举；试问赤桥，你是否承载过历史的崇高、聆听过先贤的对话、因袭着豫让的亘古精神？古村庄静默，赤桥无语。他经历了远古的血雨腥风，他目睹了唐风晋韵的煊赫繁华，他也和似水流年的朝代结伴同行。满村斑驳的古槐，庇荫着代代子孙，一街鳞次栉比的古建房铺，记载着时代变迁的音符。唯有晋水悠悠，驿道悠悠，赤桥的历史气息悠悠，滋润着历史传人焦渴的心田……

大漠隐士

我终于来到了梦寐以求的敦煌。

全国有名的石窟，差不多我都走遍了，有的还反复造访。甘肃，我也曾数次寻游，几度穿行，但都没超越兰州周围。唯独敦煌，仿佛是蓬莱仙阁，抑或是昆仑圣境，我总是无缘走近，难以接触。我也试图用所掌握的有关信息来拼接，也曾以梦境中的画面来比拟，但想象中的敦煌毕竟难以彰显营造者的艰辛、历史遗存的沧桑、探险者的足迹以及守望者的痛楚，特别是其显学文书的惊奇和艺术灵魂的魅力。

我去敦煌正是深秋。

从兰州出发沿丝绸之路、河西走廊驾车穿越，才真切体会到什么叫"大漠孤烟直，长河落日圆"。两天行程一千多公里，一路上不是戈壁就是沙漠。特别是快到敦煌时，四周全是沙漠，没有树木，没有建筑，全年降水量只有三四十毫米，空气的穿透力又是无比清晰。这样，烽火狼烟的孤直上升就是唯一的景象了，而落日的辉煌在长河入海遥的地平线上，似乎才能给旅人带来无可言状的遐思和怅惘。敦煌往西是玉门关。一句"春风不度玉门关"，正是历史与现实的写照。在广袤的沙漠里，有没有春风、要不要春风都没什么实际意义，反正是荒无人烟、寸草不生，难以寻觅到生命，满目皆是荒凉。敦煌往南是阳关。"西出阳关无故人"。在汉唐、在宋元，到这里就是边卡了——亦为现在的海关。即使是商旅或者是驿使，只不过在此开一个通行证，休息休息，补充给养而已，然后拉上骆驼百里千里由此继续前行了，下一站不是异族领地便是域外国度，恐怕涉世再深的交际者抑或游侠，也难以碰到亲朋故旧、同乡同窗了。如果不是亲临其境，即使再富有想象力的人，也只会把这里料想为驼铃声声的商贾驿站、金戈铁马年代的征战兵营。其实，敦煌就是在这样环境中的一片绿洲，而莫高窟则是隐身于其中的一方福地。

莫高窟纵然难以企及，这也正表明了它的不同凡响和高古神秘，像卧龙岗、像终南山，似庄子休、似严子陵，归去来兮桃花源里，类如隐居不仕之士。一千六百多年前，一位僧人云游到此，夕阳照射在对面的三危山上，他举目观望，顿觉金光万道，仿佛有千万尊佛祖在金光中闪烁，又好像香音神在金光中飘舞，这位一心修行的僧人被神灵感动了，他认定这里就是佛祖的圣地，此地也应该是自己的道场。于是他顶礼膜拜，化缘设计，请来工匠凿刻雕塑，用无比的虔诚来谱写人类历史上佛事供养的壮丽乐章。

之后善男信女历经十几个世纪的陆续修建，开凿了一千多个洞窟。期间，不乏中原兵荒马乱、朝代更迭，而这里远离政治中心，隐居求安、乐时处顺，反而朝拜者络绎不绝，香火不断。

莫高窟实在是世界文明的宝库，那些年年岁岁的供养人、工匠师、艺术家和献身佛事的守望者，在这里创造了闪烁着人类智慧的杰作。既有中西文化融合的特点，又具历朝历代不同艺术的风格，令人目不暇接、美不胜收。敦煌，这座中国古代丝绸之路上的重镇，曾经风起云涌。它见证了古老的中华帝国和广袤辽阔的中亚地区无数的历史变迁和盛衰荣辱。当朔风黄沙蚀尽最后一丝荣光，敦煌也无法跳出盛极而衰的宿命。直到有一天，莫高窟内一个看家守院的道士，一次修行善举的清理，一个新的洞窟发现了。它光芒四射，充满魅力。于是，敦煌这个沙漠之舟，不仅荫翳着浩繁叠架的石窟、雕塑、壁画艺术，而且它封藏的文书在沉寂九百年后，一个不经意地发现，便促成了中国三大显学之一的敦煌学这一专门学问和学术派别的诞生。

敦煌学实在是文化的海洋。在其恣肆汪洋的历史文化积淀中，我们不难发现它和山西链接的一些片段。在130窟壁画礼佛图上，右上角的题款明确写着："都督夫人太原王氏一心供养"。这幅壁画是盛唐的作品，那时，太原王氏的后裔已经遍布神州，按大唐的开放程度来推测，有可能也延及海外。在61窟的"大清凉之寺"，画的是五台山佛寺的地形庙貌图，这说明当时敦煌地区和中原的交往已经很频繁。僧人的乞经礼佛，已在敦煌地区逐渐盛行起五台山文殊菩萨的信仰，是为晚唐五代时期。在敦煌，粟特人是最属代表性的异族之一，这里洋溢着他们的文字、遗存、流传的故事和文化形式，这个民族最大的特点是善于经商。而太原近些年的考古发现，如徐显秀墓、虞弘墓等，都证明早在北朝时，粟特人通过敦煌、通过河西走廊就已经深入到中原，他们不仅经商，而且在这里还做了官，有些还是大官。除此之外，还能例举出一些。比如，藏经洞中发现的雕版印刷《大藏经》，已残缺不全，要考证它的年代和式样，唯一能做比照物证的就是《赵城金藏》，而《赵城金藏》就是抗战时期在山西赵城（今洪洞县）广胜寺发现的唯一金代完整的雕版印刷品。无独有偶，在藏经洞发现的文学作品中，有一首题童子寺五言诗："西登童子寺，东望晋阳城，金川千点绿，汾水一条清。"综观全诗，完全描写的是晋阳古城的景色。题名是大唐三藏，一般来说唐三藏就是指唐玄奘和尚。但是查遍全唐诗，既没收录唐玄奘的诗，也没有收录这首诗。那么这首诗应该是被遗漏了的唐玄奘的诗了，同时，也证明唐玄奘来过古晋阳。如果现在我们还没有足够的研究成果来证明唐三藏的名讳，根据诗作署名（因为在唐代，在名讳前冠以"大唐三藏"的法师有数以十计），那么，大唐三藏也应该是当时的一位高僧了。而现在，在太原附近仍然保存了有几处名曰"三藏寺"的古庙，不知道和唐三藏有没有联系，而唐三藏是不是玄奘这就有待进一步考证了。无论如何，莫高窟藏经洞的发现，为歌颂山西又增添了一首名人好诗。这些足以说明莫高窟是人类的图书馆，而敦煌学则囊括了一个世界。

莫高窟艺术的创造，耗费了多少代、多少个甘于寂寞、隐忍陋居的信徒寒僧的精力和心血。王圆箓无论他的学识和宗教级别如何，他在敦煌学和莫高窟沿革史上始终是一个绕不过去的重要人物，且不谈他在藏经洞的发现、特别是对文物、文书的态度上众说纷纭，就说他一个湖北籍的乡佬，远至敦煌，皈依佛门，几十年贫寒守护，上百里化缘募捐。即使发现了藏经洞，他还是积极逐级向上申报，甚至还秘密给慈禧写信，请教发现文书的保护工作，就值得后人肃然起敬。难怪他的弟子在他圆寂后仍然高规格的祭葬了他。如果说王道士是一个需要时间的沉淀，才能得出公允和客观评价的话，那么以常书鸿为代表的一批艺术家奔向敦煌，开创了绵延至今、并力图让敦煌走向新的繁荣昌盛而被人称道就更加可敬可佩了。常书鸿不是佛教徒，但他却是一个十足的苦行僧。自从十年的留法生涯奠定了他"敦煌守护神"的职业之后，四十多年没有离开过敦煌，哪怕国民政府裁撤了机构，哪怕夫人忍受不了当时的环境离他而去，哪怕子女需要接受良好的教育，哪怕"文革"中的批判斗争，哪怕更好的工作和更重要的职位在呼唤着他，他依然没有离开过对已经融入他生命的敦煌艺术事业的守护。即使弥留之际，他仍不忘交代后人，把他的骨灰从遥远的北京送回到和他朝夕相伴的钟爱的敦煌莫高窟。和常书鸿一样的还有段文杰、樊锦诗等一大批高风古韵的敦煌学人。他们对于信念的坚守和理想的追求，他们长期在莫高窟的守望和蛰居，无不印证着含贞养素、文以艺业的情操。其实，心灵的清静、境界的淡定无论身在何处，都能创造出民族的精神财富。季羡林、饶宗颐一北一南，对于敦煌学堪称双峰并峙，并为国际显学开辟出一片新天地，如今都成为敦煌学的符号。

进入莫高窟景区，一路上戈壁沙漠的印象一扫而光。窟前绿树成荫，流水潺潺。窟内则美轮美奂，别有洞天。谷盆洼地长满白杨、榆树和松柏。往里走，我们还发现一片珍贵的胡杨林，秋日里一片胡杨黄叶，在夕阳的照射下那么的灿烂，那么的祥和，那么的温馨，那么的宁静。放眼望去，一片文化绿洲和生态绿洲展现在我们面前，高耸的三危山巍峨跌宕，浩瀚的鸣沙山逶迤起伏。刀削斧劈的崖畔上大大小小的石窟，像鳞次栉比的蜂巢，大泉河水像文化的精灵绵延不绝地从远古流至如今，并孕育出这么一座比祁连山还要高大闻名的文化宝藏。它的光芒像人类智慧的灯塔，吸引了多少高僧大德、鸿学巨儒，像胡杨树一样深深扎根在这里。于是，中国的文化乃至世界的文明，便由他们一代一代苦心孤诣的传承、弘扬，并不断谱写出新的更加绚丽的篇章。

读娘娘滩

"黄河之水天上来，奔流到海不复回"，"九曲黄河万里沙，浪淘风簸自天涯"。由于古人行旅和视角的局限性，始终把黄河的流势描写成是一泻千里、咆哮如雷的走势。其实黄河以她非凡的毅力，不屈的精神，不仅越过高山，冲出峡谷，而且跨过平原，流入大海，整个中华大地，让她从西往东，像穿越历史隧道一样，经年不息，常流常新。但是在现代科技发展和交通便利的今天，俯瞰整个黄河流域，也确实只有一个岛屿存在，并孤独地隐藏在晋西北河曲黄河古道上。由于她的特殊性，为研究薄姬娘娘为扶持其子刘恒治代十七年，始成"文景之治"一事，我们便到此造访。

站在黄河东岸，趁着落日余晖，纵目远眺，群山如莽，残阳似血，心境为之豁然。环顾脚下，鬼斧神工的黄河自然奇景与历史人文景观尽收眼底。也许这里独特的地貌环境，同样引起了两千多年前那位神秘女人的关注。

眼前是一个小小的古渡口，我们无法推测这个古渡始于何年何月，也不知道曾经有多少人经此渡河西去。船家热情地招呼我们，于是一行数人搭乘一叶扁舟向河心的一块绿洲悄然浮去。那是一处笼罩在历史云霭之中的神秘孤岛，远远望去它是那么的幽静和安详，就连奔腾的黄河经过此地时似乎也有意识地放慢了脚步，蹑手蹑脚地缓缓流过，仿佛生怕惊扰了那位神秘女人的芳魂。

我们怀着虔敬之心，踏上了仰慕已久的和历史烟云紧密相连的、孕育了中国辉煌盛世的名胜之地。据说这就是当年汉文帝生母薄姬的隐居之地。据民间传说，汉文帝刘恒之母薄姬，为躲避吕后的追杀迫害，隐姓埋名孤寂居此，生下了汉文帝刘恒，因此，当地百姓称其为"娘娘滩"。汉魏以来，这里历朝历代都建有庙宇，而且香火甚旺，现今尚存有明清两朝的碑刻，据说明代庙宇在正统年间被毁。近年娘娘滩有北魏瓦当出土，上书"万岁富贵"，由此似可推断，在鲜卑人进入山西以后，关于薄姬在此隐居的传说已经被当时的主流社会所确认。现存庙宇是此地大兴文运、弘扬传统新近兴建的，庙内壁画虽说不够精致，但把民间的传说做了比较形象生动的诠释，使游人访客对"娘娘滩"有了一个较为直观而清晰的印象。无论是历史上真实的薄夫人，还是文艺作品中的薄夫人，有一点是可以肯定的，即她绝不是胆小怕事、只知苟且偷生的等闲之辈，而是深谙黄老道统并对宫廷政治高度敏感的复杂人物。因为，即使在汉代，《道德经》也不是拥有广大读者的畅销书，它的内容对于那些只求相夫教子为生的贤妻良母而言，不免显得枯燥而晦涩。然而，温文尔雅的薄夫人不但熟读这部书，而且还把其中玄而又玄的抽象哲理运用到政治实践中去，足见她不是一个简单角色。代王刘恒本为汉高祖刘邦八子中的第四子。在他的哥哥惠帝刘盈死后且无儿子作为合法继承人的情况下，他自然具备入选为继承人的宗法地位。他被封王于汉高祖十一年，至吕后死时，已为代王十七年之久，也具备了为政的经验，且在治代期间表现"仁孝宽厚"，这无疑又为他作为被迎立对象增添了砝码。刘恒在当时的刘邦诸子中，又是"最长"者，自然更有被迎立的条件。然而，陈平、周勃等人并没有立即决定迎立刘恒为帝，他们曾考虑立齐悼王之子齐王刘襄，因为他系高祖长孙，在血统上符合条件，但其母家驷钧，"恶人也"，"即立齐王，则复为吕氏"，意即立齐王不便于控制，且有再度出现诸吕之乱的可能，故不可。朝廷也曾考虑过"立淮南王"为帝，但有人以其年少，"母家又恶"，遂亦遭否定。最后才考虑到代王刘恒，除了上述诸条件符合外，还有"太后家薄氏谨良"，易于控制，加上刘氏宗亲朱虚侯刘章与琅邪王刘泽都极力拥戴代王刘恒为帝，因而便有了迎立代王到长安即位的最后结局。由此可见，代王刘恒得以被立为皇帝，与薄夫人的低调、隐忍的为人处世态度有着密切关系。如果传说成立的话，那么这里的山川风物早已秉承了薄娘娘"抱虚守静"的处世理念，并在千百年的文化传承之中幻化为当地的风土民俗。所以，这里的一切都显示出"天地有大美而不言"

的气质特征。这里的一切仿佛都是天造地设而顺理成章的和谐组合。

娘娘滩所处的地理位置在晋西北黄河古道，鸡鸣三省，晋陕蒙交界。在汉代可能各有隶属，而且在这样一个黄河分界、沟壑为邻的边关，各自远离政治中心，恐怕没有战争的纷扰、劫匪的关注，靠山吃山，靠水吃水，穷是穷了一点，安宁是改朝换代之后休养生息的第一需要。薄姬在这个时候，在这个地方，无论是逃避宫廷的血腥和险恶，还是为了儿子封疆治代作铺垫和预演，都不失为一个正确的选择。何况长不过八百米，宽不过五百米，坐落在黄河之中。除了文人雅士寻幽觅踪之外，整日为生计奔波的人哪有时间光顾。

黄河在流经青藏高原后，好像专门要造福宁夏及河套地区一带，没有激流、没有峡谷，河水在地平线缓缓流过，人们在河边挖一锹，河水就流进庄稼地里、流到自己家里。之后，黄河在这里一拐弯，往前流，就进入晋陕峡谷了。刚进峡谷，水流还是舒缓的，平静的，这便孕育出了一个娘娘滩。娘娘滩是幸运的。周围是黄土高原的护佑，两边是黄河水的滋养。她嵌在峡谷，风平浪静，水波不惊，河水传递着外界信息，渔夫吟诵着当地小曲。这里没有碛口的激流险滩，没有壶口的雷霆瀑布，岂不安哉。

娘娘滩实为河心台地，高出水面不过数尺，洪峰不上滩，水涨滩自高。到处绿树成阴，阡陌如画，鸟语花香，鸡犬相闻。从远俯视，她像河中一小舟，身临其境，宛若登上一舰船。岛上人远离尘世，躬耕自食，举杆垂钓，自得其乐。俨然陶渊明的桃花源，诸葛亮的卧龙岗。娘娘滩到底是上天为薄夫人避难量身定做，还是为保育刘恒茁壮成长特意打造？反正在这里珍藏着薄夫人母子人生一段特殊的经历，这是汉代民众的福分，也是中华民族盛世之治的一个重要节点。

薄姬在娘娘滩避难一时，造福一方。她信奉黄老"处无为之事，行不言之教"。"为无为，则无不治"。据传，薄娘娘来此隐居期间，恰逢百年不遇之大旱，瘟疫亦随之而来，黄河两岸人口牲畜损失惨重。为拯救生灵，薄娘娘不避虫蛇，孤身入山，亲尝百草，终于在当地山坳里发现了一种草本植物可以入药。陷于绝境的百姓喝了薄娘娘熬制的汤剂，药到病除，顿感神清气爽。当地百姓感念薄娘娘的恩德，把救了众多性命的野草称为"娘娘草"。而薄娘娘的名字也和"娘娘草"一样，代代相沿，永远地扎根于黄河两岸的百姓心里了。她崇尚孝悌，教化民风，提倡农耕，轻徭薄赋，以民为本，休养生息，使得此地长期以来形成一种淳厚、简朴、豪放、空灵的民俗风格。

薄夫人在娘娘滩不知居住了多长时间，随着朝廷形势的变化之后，她带着儿子——一代明君刘恒走了，无论是入住长安，还是移居代国之都晋阳开始专心治代，其人生足迹，历史上没有详细记载，传说中也没有充分依据。但是不可否认的是，她带着黄河的记忆，黄土高原的印象，娘娘滩的幽雅和晋西北人淳厚、野性和热情，夹裹着她崇尚黄老，主张出世，无为而治，以民为本的信念，开始了她人生新的旅程，一步一步奔向"文景之治"的春天。

悟对古人

　　繁华的历史文化广场，欣赏着现实戏剧的演绎，聆听着时代音乐的奏鸣，目睹着凡世人生的历练，总感到有雾里看花、水中望月的纠结和朦胧。而回望历史隧道中的古人，好像经过时间的淘洗，愈观察愈清晰，愈玩味愈纯粹，愈琢磨愈有精气神，他们仿佛是传统的保留剧目，还在继续为我们表演着一幕幕超越时空的历史大剧。

　　韩愈一生又为官又为文，为官至兵部侍郎、吏部侍郎，人气很旺。为文则是"古文运动"领袖、"唐宋八大家"之首，追随者良多。韩愈一生都在追求，一生命途多舛。原因就是爱给皇帝提意见，和权贵做对。他在三十五岁时，晋升为监察御史，到任不过两个月，为了体恤民情，忠于职守，就上书唐德宗《论天旱人饥状》，请减免徭役赋税、指斥朝政。你想，一个三十五岁的朝廷命官，到任不过两个月，还没弄懂官场潜规则就敢给皇帝提意见，不要说皇帝老儿，就那些整天围在皇帝身边的人谗言恶语就够你喝一壶了。于是贬官连州阳山令。后来，顺宗即位，用王叔文集团进行政治改革，他又处反对立场，提反对意见。虽说民主是个好东西，但在君主国家，皇权至上，敢和皇爷作对，试想这不是鸡蛋碰碌碡，能有什么好果子吃？

韩愈一生应该说是积极入世的。从几个数字就可以看出。他曾参加进士考试，一连三次都没成功；曾参加吏选，三次均遭失败；曾给宰相上书，三次递呈没有得到一次回复；三次登权贵之门，均被拒之门外。只有给皇帝上书，一次一个准，一次比一次谪贬得干脆。可韩愈又丝毫不注意总结经验教训，尽管自己的呈谏是为人民负责、为社稷操劳，但受贬边州的劳役之苦、蛮荒之痛并不是没有体验过。可能韩愈骨子里的某些东西造就了他不屈的性格。

历史上像韩愈这样积极入世的人不少，但出世的并不多，特别是真正意义上的隐士。严子陵便是其中的一位。他年轻时便很有名，与光武帝刘秀同在太学学习。后来刘秀做了东汉皇帝，严子陵便改名易姓，隐居起来。刘秀称孤道寡，便想到严子陵的贤能和友情，于是就下令查找，找到之后，三次邀请，严子陵才来到皇城，并被安排在京师护卫军营住下，好吃好喝相待。司徒侯霸与严子陵也是老相识，他派人送信给严子陵，"听说先生到了皇城，本来想看你，但碍于朝廷的有关制度不便，不能及时来拜访，只能等到下班或晚上亲自向你表达歉意。"严子陵看后片刻，即刻口授让来人记录说："君房先生：官位到了三公，已经是很了不起了，怀着仁心辅助仁义老百姓是高兴的，只是像拍马屁看人脸色行事这些东西你可全掌握了。"司徒侯霸收到信看过，立即拉下脸，他把信转呈光武帝，刘秀看了之后说："这家伙还是那样狂。"于是，当天就亲自到馆舍，严子陵睡着不起来，他摸着严子陵的肚皮说："哎呀，子陵啊，你就不能帮我做点事吗？"严子陵睡着不讲话，过了好一会儿，才睁开眼睛，斜着刘秀说："唐尧应该说是很高尚的人，但是，连巢父听说要授官职给他后，都要去洗耳朵。读书人本各有志，何以要到勉强人家做官这种地步。"后来刘秀又请严子陵到宫里去，聊了过去他们交往的旧事，两人在一起相处了好多天。有次刘秀问严子陵："我比过去怎么样？"严子陵说："陛下比过去稍稍有点变化。"说完话两人便睡在一起。严子陵睡熟便把脚压到光武帝的肚子上。第二天，太史奏告，有客星冲犯了帝座，很厉害。光武帝笑着说："我的老朋友严子陵与我睡在一起罢了。"后来，又要授予谏议大夫的职务，严子陵仍不肯接受，于是便回到了富春山。建武十七年，又一次征召他，严子陵依然谢绝。就这样，"采菊东篱下，悠然见南山"，严子陵始终过着耕种、打鱼的生活，一直活到80多岁，终老其间。

说严子陵是十足的隐士，是因为他有一个当皇帝的同学，他不但没有曲附高攀，而且皇帝三番五次请他出山，他仍作"不召之臣"。怪不得北宋范仲淹曰：云山苍苍，江水泱泱，先生之风，山高水长。其实说严子陵"高风亮节",也表明了光武帝的云水襟怀。在《刘秀与严子陵书》中刘秀写道:"古大有为之君,必有不召之臣,朕何敢臣子陵哉。惟此鸿业,若春涉冰,辟之疮痏须杖而行。若绮里不少高皇,奈何子陵少朕也。箕山颍水之风,非朕所敢望。"尽管严子陵对光武帝刘秀虽屡召不从,还热嘲冷讽、大有不恭,但刘秀作为同学、作为皇帝对严子陵还是情之绵绵、意之切切,不但不怪恨而且还甚为理解,并对他隐居以后的生活给予了一定的方便和帮助。但是东汉以降、魏晋时期情况就不是这样了。当时社会处于动荡时期,司马氏和曹氏争夺政权的斗争异常激烈,政治黑暗,民不聊生。文士们在铁血统治下,不仅无法直抒胸臆、施展才华,只能隐晦曲折地表达自己的思想感情,而且时时担忧性命安全。因此,崇尚老庄哲学,从虚无缥缈的神仙境界中去寻找精神寄托,用清谈、饮酒、佯狂等形式来排遣苦闷的心情,"竹林七贤"便是这个时期文人的集中代表。其实,既无"竹林"这个地名,也没有真正的"竹林"供他们日日饮酒、天天作诗,只不过是他们在一定的阶段,由于情趣相投、抱负一致、追随几近,于是雅集的时候,在当地找到幽静、雅致的竹林喝过几次酒。但是后来,由于形势的变化、出身的不同、追求的升华和政见的差异,就飞鸟各投林了。虽然,后来的志向各异、立场相悖、结局不同,但是前期的政治思想和生活态度所凝结的友谊和品质则相伴了他们的一生。嵇康对司马氏一直采取不合作的态度，后来山涛将去做官，他愤然写了《与山巨源绝交书》。又因得罪权贵，年四十因故受谗而遭杀害。临刑前，他神情自若，奏了一曲《广陵散》。他的音乐很好，据说《广陵散》就是他的杰作。奏完，他说《广陵散》于今绝矣！然后从容赴死。有趣的是，嵇康临刑前，对儿女最放心的安排是，叫他们投奔山涛，"巨源在，汝不孤"。你看，你和人家已经绝交了，已经不来往了，你还要向人家托孤。而山涛毕竟是山涛。在嵇康死后，山涛一直悉心照料并抚养着他的儿女，并举荐其子嵇绍也进入了仕途。山涛不仅如此，后来他还数次举荐"竹林七贤"的兄弟阮咸为吏部郎。其后阮籍、刘伶、向秀、王戎，或饮酒成癖、钟情田园，或入仕在朝、俗务终年。不过，总的来说"竹林七贤"不管最后的结局如何、评价如何，按才华和留世作品来说，还对得起前期"竹林七贤"的冠名。虽然，他们不能算是集体隐士，但也堪作魏晋名士。

历史是一条长河，古人是河里的浪花，而历史事件和改朝换代则是长河中波澜壮阔的激流。历史的航船渐渐远去，而潮起潮落的涛声依然轰鸣。历史是一面镜子，我们面对古人，似乎能照出时代的影子。

关于李娜

想谈李娜已经是好几年前的事了。那时是因为她的歌很迷人，能震撼人的心扉。像影视剧歌曲《好人一生平安》、《嫂子颂》、《唐明皇》、《苦篱笆》、《常香玉》等，真情流露，凄清委婉，甚至深情哀怨。特别是《青藏高原》，音乐语言的表达如此准确、如此鲜明、如此纯净，一首歌唱出一个淡泊、悠远与空灵的绝妙境界，让人的心灵受到震颤，受到洗礼，得到提升。而她本人在人们心目中的定位，也日趋高雅、深沉和尊贵。

后来，一代歌后，在她的事业如日中天之时，忽然拒滚滚红尘于千里之外，悄然遁入空门，从此，青灯黄衣、晨钟暮鼓，像一颗划过夜空闪亮的彗星，歌坛才女瞬间消失在人们的视野中。这让她的歌迷感到十分惋惜，也让世人感到异常的不可思议。于是，便引起我对她的思考——李娜先生是要攀登一种文化上的新时空，还是要追求一种心灵上的彻底解脱？

总之，泛览人生，流观经史，凡是遁入这种境界、孤守青灯佛影的，不是一般人能参悟到、能坚守的。于是，我便产生了对李娜研究的念头。我在思考这样一个问题，一个环境能塑造一个人，一种职业也能成就一个人。那么，一种情绪、一种思恋的长期濡染和憧憬，是否也能影响一个人呢？李娜的演唱太投入了，她的每首歌都是那样深情、那样空灵，好像给人一种不食人间烟火的感觉。再后来，她的歌更加玄秘，甚至增加了许多禅意在里面。在《凭那些日子》里就可窥见一斑：红尘是一段云烟／总会消散／曾有你的温馨我不会黯然／孤独时不再忘却世界／抑郁的心会有晴朗的天／生命是一段旅程／终须回返／曾有你的相伴我不会茫然／往日的灿烂渐归平静／掌声退潮更珍视你的情感／凭那些日子可以品味千万／凭那些日子可以默坐百年／爱过／哭过／付出过／纵然短暂也是永远／纵然短暂也是永远。这种情结，可能是她出家的发轫。还有，在《绿叶对根的情意》中，李娜唱道：不要问我到哪里去／我的心依着你／不要问我到哪里去／我的情牵着你／我是你的一片绿叶／我的根在你的土地……这种略带忧伤的自我设问，似乎在告诉人们她的选择。再就是她在《天门山》忘情地唱道：走近你为那亘古不变的誓言／走近你为那遥远如初的梦幻／是什么让我的心如此安宁／我终于看见了天门山／天门洞开／我乘朝云欲归去／云潮如海／我化清风又重来／告别昨天／让我忘情地走回自然。至此，我好像感到，一代才女莫非真正感觉到天籁、感觉到宇宙，一步一步向佛光普照的地方走去。

　　对于李娜的归隐，许多人都感到不可理解。总认为这不该是这个时代声名卓著的才女、淑女、美女的结局，也不该是鲜花掌声簇拥、名利如日中天的艺术家所为，但事情恰恰如此。一个人的最终归宿，不在于他的外在表现，也不在乎他的生存状态，而在于他的内心修炼和文化积累，在他平凡与不平凡之间对价值天平的衡量，在他对物质层面和精神层面不断追求的概括和提升。李娜应该让我们如何理解呢？

　　我想到了一个人，他就是民国时期的弘一大师——李叔同。大师是我国新文化运动的前驱，是中西文化交流融合的推动者，是近代史上著名的艺术家、教育家、思想家、革新家。他一生在音乐、戏剧、美术、诗词、篆刻、金石、书法、教育、哲学、法学诸多文化领域都有卓越的造诣。他的经典名曲："长亭外，古道边，芳草碧连天，晚风拂柳笛声残，夕阳山外山；天之涯，地之角，知交半零落，一壶浊酒尽余欢，今宵别梦寒"……令人回味无穷、遐想联翩。他这时是不是就有了归隐之意，还是从这时开始就厌倦了凡世的纷扰、红尘的恶浊，抑或是感到饱藏经书而普度不了众生的苦恼。于是在人们期待着这位中国难得的艺术、文学天才迸发出更加璀璨的思想火花之际，三十九岁的他驾着一叶扁舟开始了苦难慈航，任凭家人的呼唤，任凭世人的期待，大师头也不回地泛入禅海佛园。大师毕竟是大师，他一旦遁入空门，依然创造出教界称奇传颂的非凡业绩，凸显着，那绚丽至极归于淡泊极致的出家修行者的脱俗风范和博大胸襟。于是，我联想到李娜，她的出家肯定不是生活所迫，也并不是逃逸困顿。像她当年的成就和影响足以让她颐享天年的。但是她不满足这种现状，不愿坐拥已有的成就。这是佛缘在召唤她，还是超凡脱俗在等待她迈入一种远离物欲横流的新境界呢？

强人所难是粗俗，善解人意是文明，而能理解、包容别人则是一种更高层次的修养。我认识一位朋友，他没有出家，但他在宗教界已有一定的影响。由此，他和从事了一辈子政治经济理论的父亲的思想格格不入，每每相遇总是辩论不休。经年累月，随着双方思想的不断深化，这种现象每每愈演愈烈。追根溯源，这是世界观、人生观的问题。后来两种思想的碰撞得到了调解，你走你的阳关道，我走我的独木桥，求大同而存小异。对于李娜的了断尘缘，是否可以理解为她正在寻找一种进一步完善自己的新方式，或者正在追求一种人生自我调节的新领域。

因为工作关系，笔者曾接触过一些高等学府和社科单位研究宗教的一些专家学者，也接触过一些国学专家，他们对佛学和道学经典的研究都卓有成就，讲起来让人心服口服。那么，作为一种佛学，作为传统文化的一个门类，李娜最终的皈依也就不言自明了。

李娜远离了红尘，但她淡泊、悠远、空灵的歌声还在凡世中飘荡。"无论我停在那片云彩，我的眼总是投向你；如果我在风中歌唱，那歌声也是为着你。"李娜，你现在在哪里？你生活得怎样？

远去的闺怨

　　最近去台湾，除了带着对辛亥耆老和民国文化名人的怀念及他们故居瞻仰的考虑外，再就是想去金宝山筠园——邓丽君陵地作一拜访。尽管后来由于时间关系没能如愿，但邓丽君的音容笑貌特别是她如泣如诉、缠绵反侧的以闺怨为主题的歌声，始终在我的耳畔萦绕。

　　其实，她的歌声岂止感动着我。自从邓丽君在台湾歌坛别出一帜之后，在香港、在日本、在亚洲，甚至在全世界华人聚集的地方都火爆异常。虽然当年，她对大陆的认知可能还不够清晰，她所着迹的文化圈子和生活圈子或者还不被大陆所接受，她虽然唱红了全世界，但大陆的歌坛对她来说，阴错阳差最终还是个空白。然而随着改革开放的春风她的歌声终于还是传入了大陆。那时，我还年轻，从听"靡靡之音"开始，便感觉到新奇和别开生面。到后来，便把欣赏邓丽君的歌作为对情感的眷顾、对工作压力的排遣以及对生活郁结的消泯。而现在，每每在闲暇的时候，听一听邓丽君的歌，营造一种氛围，增添一点静谧，感受些许温柔，聊作音乐熏陶，是谓艺术享受，以此来满足自己的心境。除此之外，对邓丽君歌声的崇拜者我还留心做过观察。凡是少年小朋友，听了之后，都能哼哼几句，因为比较通俗。而年轻人主要是听它的内容，它的浓醇、它的痴情、它的坦荡足以和青年人沟通。中年人，听的则是一种境界、一种感受，当然也听其荡气回肠的倾诉。到老年人，欣赏的角度就更不同了，不管歌声内容如何，只感到软软的、柔柔的、絮絮低语、娓娓道来，非常的轻松，正符合老年人的心弦，像静观落日黄昏，像远看层层黄叶的山林，像享受亲人的精神抚慰，足以让人陶醉。

是的，邓丽君的歌是如此的好听。她是那样醉人的甜美，她是那样可人的温婉，她是那样动人的声情并茂。她让人着魔，她迷倒了一代人，她的歌声永远和听众在一起。她唱歌时总像是要把听众拉到自己的跟前，每一首歌总像是对听众量身定做，就像是"两情相悦"的沟通。如果碰见你，她会唱，"甜蜜蜜你笑得甜蜜蜜，好像花儿开在春风里。在哪里见过你，你的笑容这样熟悉，我一时想不起。啊……在梦里"（《甜蜜蜜》）。这样的巧遇，这样的见面直白，足以让人感动。如果分别时，她会十分伤感，"今宵离别后，何日君再来。喝完了这杯，请进点小菜，人生能有几回醉，不欢更何待"（《何日君再来》）。她还会"送君送到大门外"，轻轻嘱咐你，"虽然现在是百花开，路边的野花你莫要采。

记住我的情，记住我的爱，记住我天天在等待"（《路边的野花不要采》）。如果好长时间没见面，她的怨声会更悲伤，"柳丝长，情意也长，想你想断肠，泪汪汪，心也茫茫，你到底在何方，莫非你已把我忘，不再回我身旁，你把情意来传，莫让我想你断肠"（《想你想断肠》）。如果欺骗了她，她则会严厉地讨伐你，"我没忘记你忘记我，连名字你都说错，证明你一切都是在骗我，看今天你怎么说。你说过两天来看我，一等就是一年多，三百六十五个日子不好过，你心里根本没有我，把我的爱情还给我"（《你怎么说》）。如果把邓丽君的歌比做是一种商品，她在推销的时候，会巧妙地用镜头把你拉近，面对面地对你倾诉，带着追求的挑衅，带着失意的哀婉，带着不可言状的眉目传情，令你不接受都不行，不喜欢都不行，不善从都不行，使人难以拒绝，这就是邓丽君歌唱的特点。

邓丽君的歌曲除了容易与受众沟通外，她情真意切、绵绵叙别的唱腔是又一个非常明显的特点。她的每首歌曲都好像在爱河里游弋，在情场上徜徉，在恋怨中回荡。她的歌《千言万语》向人们倾诉着她的寂寞。"不知道为了什么，忧愁他围绕着我，我每天都在祈祷，快赶走爱的寂寞。那天起你对我说，永远的爱着我，千言和万语，随浮云掠过。"这种凄凉的歌声，非常容易让人怜悯。在《酒醉的探戈》中她唱道，"我醉了，因为我寂寞，我寂寞，有谁来安慰我。自从你离开我，那寂寞就伴着我。"这种离别的愁绪，很能引起人的同情。但《美酒加咖啡》就更让人伤感了。"明知道爱情像流水，管他去爱谁。我要美酒加咖啡，一杯再一杯。我并没有醉，我只是心儿碎，开放的花蕊，你怎么也流泪？"她对爱的祈求又是那样的浓烈。"任时光匆匆流去，我只在乎你，心甘情愿感染你的气息，人生几何能够得到知己？失去生命的力量也不可惜，所以我求求你，别让我离开你，除了你，我不能感到一丝丝情意。"《我只在乎你》道出她对爱的追求也是刻骨铭心。"花虽好有时枯，只有爱不能移，我和你共始终，信我莫疑。我柔情深似海，你痴心可问天，誓相守，长缱绻，岁岁年年。"《我怎么能离开你》唱出了对爱情的忠贞，对爱情的美好寄托。

邓丽君的歌，有如先秦《诗经》里的爱情诗一般，委婉、含蓄，也有像汉代《乐府民歌》中的爱情诗一样的强烈和夸张，而和一些现代民歌，特别是山西、陕西民间的爱情歌曲相比，它又优雅、深沉了许多。当然这些都是从歌词欣赏的角度来理解和分析的。如果以邓丽君演唱的特色来分析，则更会感到如痴如醉。她的旋律优美动听，令人回味无穷；她的节奏从容舒缓、不温不火，令人意切心舒；她典雅甜美的音质和细腻温柔的音色糅合成妙不可言的邓式唱腔，使人们的心绪随着她天籁般的歌声起舞，使人们的情感在她的调动下潮落云涌。她正是用这种忘我投入的演唱风格和自然流畅的演唱方法，加上真情实感和人生体悟，它的感染和撩拨就更加不同凡响和扣人心弦了。邓丽君的歌是中国流行音乐的里程碑，她唱出了一个音乐的新天地、新时代和新境界。

邓丽君走了，她走得那样平静，又走得那样忧郁。然而她以极高的音乐天赋，把民族的风格体现得淋漓尽致，整个华人族群无不为她而感到自豪；她用纯净的心灵去演绎，把流行音乐唱响到一个艺术的巅峰，凡是能听到她的歌声的无不为之感动；她用歌声给世界带来温馨，在交通、资讯如此发达的新世纪，外国的、中国的，甚至是音乐圈子里的人，无一不被她的歌声所折服、所倾倒。她爱撒歌坛，但没有被真正的爱情所拥抱；她情满人间，但大陆的民众始终没有和她互动狂欢。她静静地走了。她只能把爱的花瓣撒满悠长的天路，把爱的音符奏响在苍茫的天穹，带着痴情、带着哀怨、带着寂寞和悲凉走向美丽的天堂。

她走了，走得那样安详，又走得那样自恋……

体味 《远情》

　　《远情》是电视连续剧《乔家大院》的主题歌，自从 2006 年这部电视剧在全国热播之后，它便很快在坊间流行，我听了成百上千遍，百听不厌。无论是歌词的苍茫宏阔，还是旋律的跌宕起伏，尤其是谭晶声腔的悲情激越，把人生演绎得淋漓尽致。平时，在卧室、在工作间、在旅途，无论是空闲，还是心情纠结或犯难时，我总喜欢反复播放收听此曲，以致释怀。《远情》俨然成了我的背景音乐，在耳际时常迷漫着命运的交响。

　　漫漫人生路，有苦也有甜。一个生命的诞生、成长到成家立业，迎娶送嫁，上有老下有小以至养老送终，含饴弄孙，经营夕阳晚业，直至最后离开这个世界，走完人生的轮回。不知有多少酸甜苦辣，悲喜哀乐；不知有多少艰辛坎坷，辉煌繁华。世界上本没有路，人走得多了便成了路。路漫漫其修远兮，吾将上下而求索。人生的道路虽然漫长，但紧要处往往只有几步，特别是年轻的时候。人最宝贵的是生命，生命属于人只有一次，当我们回首往事的时候，不会因为虚度年华而悔恨，也不会因为碌碌无为而遗憾。生命的延续，即是创业的演进；家族的衰落，将有新贵的崛起；想要得到自尊，必然要付出更多的艰辛；虽然沦落平庸，却有更多的自由和安逸。一路奔波,风霜剑影严相逼；君问归期，试问何处是归程。往事不堪回首月明中，前程难料何期越关峰。春花秋月何时了，对镜两鬓已成霜。"尘缘苦短，叹人生路长，不能够容我细思量。"

人生的成长史就是一部奋斗史。每一个人的生存需要，就是价值观的体现和追求。从盲目到自觉、从求学到从业、从夯基到发展、从成功到巩固，每一个时期都是苦乐年华；每一个时期都有悲欢离合。人生没有回头路，问询南来北往客，没有人能说是对还是错。成功者有一路艰辛的遗憾，安逸者有井底之蛙的困顿，平庸者有小人物的苦楚。往后看一路坑坑洼洼，往前看山外连着山。止步不前，只能满足欣赏路边的风景；继续攀登，就须付出更多的牺牲。一个人在事业中的摔打，有效时间无非三四十年。在这三四十年里，有的人把事业做到极致、做到巅峰，大多数人平平庸庸，碌碌一生。做大事业的人，除了勤奋、努力之外，和机遇、环境、抉择及善于公关有很大的关系。尽管如此，进取中的风刀霜剑，挫折中的忍辱负重，困境中的奋力突围，拼搏中的智慧跨越，辉煌中的谦逊谨慎。每一次微笑，都是新感觉；每一次流泪，都是头一遭。在奋斗的历程中，"情通天下一路奔放"是永远唱不完的歌。

爱情在《远情》中，不着一句，尽得风流。自古以来，歌颂、反映、表现爱情的文学作品多如牛毛。有的简短、有的冗长；有的记载一个事件，有的反映人的一生；有的是一个横截面，有的是体现在几个矛盾的交错中。但是像《远情》这首歌，在概括人生时，也概括了爱情；在叙述事业发展的艰难曲折时，也体现了爱情的绚烂多彩；在表现"自驾"旅途的困惑时，也链接了爱情的选择取舍。它完全把人生、事业和爱情结合起来加以渲染，不管是"繁华瞬间"，还是"梦幻一场"；不管是"几番空忙"，还是"成败相当"；不管是"世事沧桑"，还是"山水迷茫"。哪一个环节没有爱情的萌动，哪一个时期没有爱情的起伏，哪一番事业中没有爱恨交织，哪一个人生不渴望爱情的真诚。爱情是人生的体温计，爱情是事业的晴雨表，爱情是不断追求的助推器，爱情陪伴着每一个人的事业和生命。

谭晶在演唱《远情》时，似乎在诉说着她的人生，其中的艰辛和拼搏、困惑和迷茫、成功和喜悦、压力和超越，在她的歌声中都能体味到。特别是她的深情、厚重、苍凉、豪放的发声和嗓音，更能感受到"几番起落，雨暴风狂，转眼间鬓已成霜"的人生沧桑况味。据了解，谭晶在演唱这首歌时，她还是初出茅庐、"漂在北京"、崭露头角的创业者。自从这首歌随着当年电视剧《乔家大院》火遍神州、万人空巷而传唱，她便身价百倍，热邀不逮，成为海内外著名歌唱家。无论如何，尘缘苦短，人生不易，一路风景，堪作回味，"留住所爱，留住所想，留住一梦相伴日月长"。

留给世界的背影

　　一个人坐拥书城，而这个书城是自己用终生的精力打造的。共六七万册的图书，不管是马克思主义各种版本的经典著作，还是文史哲方面配套的图书，抑或还有一些全套的报刊收藏，比如说《新华文摘》、上海《文汇报》、《红旗》杂志。这些都摆放在一百多平方米的屋子里，书柜一个挨着一个，顶天立地，按分类码放得整整齐齐。像列阵的冷兵器陈列，像摆满价值连城文物的博古架。置身其中，桌子上左边一摞书，右边一摞书，用纸条夹在书页里，以便参考。用完几本，放归原处，再取几本，继续翻阅。试想，这是如此赏心、如此悦目、如此惬意的境界。在这个境界里他任意驰骋、自由耕耘。这个书屋的屋主名叫高宝柱。

　　高宝柱先生嗜书如命。他十五六岁的时候，正是"文革"开始、初中毕业，便在煤矿上班工作。也正是在这个时候，由于工作关系，也由于"文革"的熊熊火焰灼烧着自己，他便开始攻读马克思主义。也许他有这方面的天赋，也许他对当时社会的思考便形成自己苦读苦学不竭的神力，于是他能一篇一篇地背诵马克思、列宁、毛泽东的原著。由于，他和图书的购买、收藏、配套结下了不解之缘，后来他到矿上的宣传部门工作，再后来他通过自学，考上了高考恢复后的七八级大学中文专业。学校毕业后，他先在西山矿务局党校工作，之后他又调到太原社科院。在这长长一段的时间里，工作、学习，学习、买书成了他的职业习惯，也成了他的生活状态。他几乎没有其他爱好，除了买书也没有其他消费习惯。他的工资几乎全用在买书上，为此，他和爱人吵过架，也和家里搞过不和谐。因为他有父母，也有以他为长兄的七个兄弟姐妹。为了买书，他省吃俭用，受尽人间难以忍受的清苦。有一次，他在市里买了一大包书，到回家时，身上连乘公交车的票钱也没剩下。于是，他就扛着书往家里走。可市里到西山他家的距离是十几里呀，而且中午也没舍得吃饭。就这样连饿带累，走着，走着，便晕倒在地。好在西山是他工作过的地方，也是他几十年居家所在地，所以正好有人路过认识他，便把他送了回去。他可以一天只吃三个烧饼，渴了喝几口自来水，而跑遍北京城——为了找到他想要买的书。他也时常托人利用出差的机会到外地给自己买书，也时常请外地的朋友、同学为自己邮购所需要的书。日积月累，痴心丰富了他的书库，人情架构起他图书的王国。他非常爱书，从来不在藏书上眉批写划，而每看一本书都先要包上书皮。在整理翻阅图书时，都要带上一双常备的白手套。他的书从来不外借，有一次，他的妻弟到他家里，想看一本小说，姐姐不好意思拒绝，弟弟就拿走了。宝柱回来后发现此事，便和老婆大吵了一架。因此事我问过宝柱，他说，我可以到图书馆给他借一本书看，但我的书不能随意借人。我问何故，他说，轻则可能弄脏，重则可能丢失。试想，他的书，一是要保证齐全，二是要保证版本一致，当然还要保持洁净整齐，而他的书来得又是那么的不容易。作为拥有者，像战士热爱武器，像劳动者热爱工具，像他，书就比自己的命还重要了。这就是我的同学、同事高宝柱。

宝柱先生在太原社科院工作，我在市委宣传部工作。上大学我们是同班同学。工作期间，他在社科院当副院长分管业务，我在宣传部分管理论，为了社科理论我们经常在一起。在一起研讨、在一起撰写理论文章。由于他的理论功底很深，由于他的影响较大，虽然是工作中的骨干，但是我也隐隐发现这种应用理论的研究不能完全发挥他的作用。虽然，我也曾支持他出过专著，但是后来他还是提出要调走。

他要调走时，正值重庆市直辖，各方面都在招兵买马。也许当时他和重庆社科院的俞荣根院长有缘相识，伯乐相马；也许他被朋友介绍推荐，人才引进，并答应了有利于他社科理论研究的良好条件。反正我如何规劝也改变不了他留在太原的打算。我问他，你有什么困难，组织上尽量解决。没房子，我找领导给你在桃园二巷找一套房子，可供他和女儿平时居住，夫人礼拜天亦可从西山下来团聚；姑娘没工作，我立即以市领导名义打电话让她到山西商报上班；没有放书的地方，我找市领导让在市政府新盖的北楼上找一间 40 平方米的房子，作为书房。而且当时社科院的院长已经到了退休年龄，无论他的资历、能力、水平和市领导的意见是当之无愧的院长人选。而当了院长开展专业研究的资源平台就能越筑越大。况且，他作为长子，还有年迈的父母、岳父母，还有步入中年的妻子和尚未成家的姑娘。但无论怎么讲，他都执意要走，连当时市里的分管领导也无可奈何，我也就怀着十分不理解的心情怅然若失。他走了，带着两集装箱多年积累的心血图书，南下巴蜀，入渝修行了。现在，我才感到，他当时多像民国时期的弘一大师——李叔同，在他事业正值蒸蒸日上、如日中天时，他却有了归隐之意。任凭家人的呼唤、任凭世人的期许，大师头也不回地驾着一叶扁舟开始了他的苦难慈航。也许宝柱先生已不满当时太原社科院的科研生态，也许他根本就不苟同当时市里答应他的工作生活条件，也许他就是铁了心、打心底就是要摆脱亲情的累赘、友情的讨扰、私情的琐俗，他要寻找一个心灵深处的精神高地、清静家园，来构筑自己理想的精神殿堂。

宝柱调走后，每年都要回太原，少则一两次，多则二三次，每年回来，我都有一两次和他吃饭见面。记得他走时，我曾约集几位业界同道吃饭，好像是夏天，大家谈得都很高兴，酒酣耳热，他竟脱掉上衣，连背心也不穿。还有一位是周克庸，他也是搞理论的，也即将调往浙江传媒，也脱掉衬衫只穿一件二股筋。大家豪放、热烈的心情，使我感受到思想者在集体人格上的一种彻底和深刻。但自此以后，我们的聚会，无论是他带来客人陪同，还是一律都是太原方的朋友，吃饭聊天总显得矜持、文雅和客气了。也许他已经沉浸在另一种境界、也许他的工作方向和目标已经很坚实，也许他的修炼气象趋向圆满，也许他的年龄已进入耳顺之岁数。确实，他的年龄不小了。调往重庆时，即将五十岁，十年以后，他则到了退休的年龄。2012年元月他整六十，五六月份办完退休手续，7月份他领两位同事到太原参加全国社科方面的会议，期间，我们吃了一次饭，互通各自的情况，聊得很尽兴。之后，9月底、10月初，重庆方面打米电话，说老高检查身体，查出肝癌，是晚期，想和家里取得联系，婉转告知一下情况。我进行了安排，并进入了对高宝柱先生一个新的思考和琢磨的阶段。期间也曾多次关注他的病情变化，直至2013年元月3日他去世，4日安排后事并到家里去吊唁。这个家三十年前我来过，还是那样大，40多平方米，只是自从宝柱调往重庆把书带走后，房间稍稍宽松了一些。但家徒四壁丝毫不能和三十年来的改革成果相联系。墙上雨漏痕，脚下水泥地。他夫人见了我哭哭啼啼地说，宝柱去了重庆十几年她也没去过，只是病了之后，她才和姑娘看了看，到办公室，其实也是卧室，地上放着一堆榨菜和咸菜，他每天就是这样生活的呀。我安慰了安慰，便借机走开。5日举行遗体告别，入土为安，宝柱先生带着遗憾进入了人生的另一种生存方式。

他在重庆社科院，确实是人生最辉煌的时候。除了任职于一个微不足道的所长之外，关键是他全身心投入到社科理论的研究之中。十几年来，他撰写出版了十几部理论专著，发表了 100 多篇社科论文，总计 400 余万字。他是重庆社科理论专家组首席专家，享受国务院专家津贴，列入重庆市跨世纪人才。尽管如此，但是，我对高宝柱的评价还远不止这些有形的成就。他的价值在于自己收藏马列主义图书资料的同时，他通读并把马列主义的所有著作烂熟于心，并包括苏格拉底、柏拉图、黑格尔等著名哲学、经济学以及空想社会主义家的著作，甚至他还收藏着原所有社会主义国家领袖的著作。他的成长经历，使他获得了学习研究马克思主义的动力，他不受名利地位、利害权衡的影响，宣传马克思主义像指南针一样成为他一生始终如一的追求方向。因此，我认为，如果假以天年，随着改革的不断深入，随着中国特色社会主义道路生动实践的继续，他的社科理论研究会更深刻、更全面、更系统。他满肚子的学问、满脑子的知识、浑身上下理论概念的丰富资源，自己挖掘提炼的还只是冰山一角，还远没有形成体系。特别是对基础理论的研究，他还需要深入波澜壮阔的改革大潮，在实践中思考、在思考中提炼概括，以鸿篇巨制筑建思想大厦，发展与时俱进的马克思主义。

他很孤独。太原方面的同志有时到重庆出差，虽然都知道他的接待能力和有限拘谨的财力支配，但是还架不住友情和对他崇敬心理的驱使，还是打扰他了。而他每次总是自购川酒、安排饭宴、非要把朋友们喝个人仰马翻。临别，他把朋友们送上船，在夕阳的映照下，站在朝天门码头，形单影只的挥着手，像大漠深处的独行侠，亦像寒山寺里晨钟暮鼓中的苦行僧。

不，他更像一个殉道者。有的人读书是为了谋生，有的人读书是为了谋心。谋生是把读书作为手段、作为敲门砖、作为跳板、作为装潢为了活得更体面、更滋润。谋心则是把读书作为充盈胸怀、作为构筑思想家园、作为精神寄托而安放心灵。

这几天，我接连收到两个同样内容的短信：我不想是否成功，既然选择了远方，便只顾风雨兼程；我不去想，身后会不会袭来寒风冷雨，既然目标是地平线，留给世界的只能是背影。这个非常有禅风道韵的短信似乎专门是为了让我——给这篇文章做个精妙的结尾。

一尊大佛的身前背后

一尊巍峨庄严的大佛，几百年来在人们的视野中悄然而神秘的消失。曾受众多香客顶礼膜拜的大佛，在香火缭绕逐渐淡去之后，超然物外、宠辱不惊的处世哲学仍然坚守着她的佛缘状态，在继续着她的默默地沧桑思考。突然有一天，一位老人，在查阅了半个世纪的资料，寻探了几十年的佛踪后，终于在一个山环水绕、风光秀丽的山坳里觅得大佛的身迹。老人激动得下跪了，涕零憾恨。他抚摸着大佛苍劲斑驳的伟岸身躯，浮想联翩，心底不由涌起几许怀古的幽思。这尊大佛曾经有过怎样的辉煌与沧桑？千百年来它在沉默中目睹了多少王朝的更迭与人间的悲欢？它那两扇如轮大耳听到过多少庙堂的私语和市井的喧嚣？我想它那硕大智慧的头脑中一定封存着许多未曾载于史籍的重要信息，假如它能开口讲话、吞吐千年，那些让史学家百思不得其解的历史悬案和谜底，或许竟可以一朝而大白于天下了。

可以断定的是，在一千四百多年前的社会生产力水平下，开凿这样一座气势恢宏的摩崖石刻佛像，应该不是一件轻而易举的事情。据传，明初永乐皇帝朱棣在"靖难之役"后，曾派人在紫金山上凿制了一块史无前例的巨形石碑，准备将其立于孝陵，以彰表其父皇朱元璋的丰功伟绩。然而，万事俱备之后，却因碑材太重无法搬运，且耗资太大难以承受而作罢。这块巨碑迄今仍横陈于山巅之上。因此，即使是在封建皇权至上，统治者为所欲为的历史背景下，大兴土木的作为往往也要受到社会客观条件的制约。那么，北齐的统治者为何要倾举国之力来开凿这样一座石佛呢？这恐怕与这块富饶肥沃的土地分不开，与佛教对当时社会主流意识形态的影响力有着密不可分的关系，当然也可能反映着统治集团的摄政能力。

纵观世界宗教发展的历史，我们不难发现这样的规律，即中世纪宗教的原创及早期传播阶段往往都会遭遇国家意识形态的歧视与打压，直到统治集团认识到宗教对于现实政治的实际价值为止。佛教并非中国原创宗教，它是凭借了东汉皇室给予的文化特权才得以进入中国社会的。最初所呈现的并不是社会性的开放姿态而只是宫廷性和文人圈子性的神秘面目。佛教自东汉明帝传入中国后，楚王刘英率先斋戒祀佛，汉恒帝又在宫中开设浮屠之祠，佛教教义逐渐在上层社会传播开来。魏晋时期，政局风云多变，社会动荡不安，现实矛盾促使统治集团的精英阶层重新反思社会与人生的重大课题。他们看到传统的儒、道哲学并非解决一切社会难题之灵丹妙药，作为新的解释空间和解读方式的佛教具有独特的优势和神奇的吸引力，而且从根本上有利于国家存在方式和人生休养方式，有利于人们诉求自由和追崇期望，有利于以意识形态的力量来再一次构建与不平等利益分配制度相配套的社会心理秩序。

于是乎，那些因愤世嫉俗而寄情山水、纵酒放歌的玄学名士们纷纷谈佛论道、遁入空门。这些人多出自世家望族，有政治背景而无衣食之忧。平素以天马行空、旷达无羁为风尚，蔑视权臣和礼法纲常。"建安七子"之首的孔融，虽系孔子二十世孙，终因多次嘲讽曹操而被以"违天反道，败伦乱理"的罪名杀害。继其后而名闻天下的"竹林七贤"，以"弃经典而尚老庄，蔑礼法而崇放达"相标榜，拒入仕途而放浪形骸，其领军人物嵇康，倡导"越名教而任自然"，结果因得罪权臣而被杀。从南到北，政治的、思想的、文化的、民族的、现实的矛盾为宗教的传播提供了滋养的温床，玄学名士遁世出家成为求得精神解脱的唯一出路。释道安、支道林、竺法深、释慧远等佛门高僧与谢灵运、王羲之、殷浩等清流名士过从甚密，时常聚会，一起谈天论佛、切磋教义，思想异常活跃，文化日趋多元。南朝梁武帝甚至把佛教宣布为国教，并三次到同泰寺出家当和尚。"南朝四百八十寺，多少楼台烟雨中"，南京城中仅有的一处夫子庙，竟然与480座佛寺毗邻而居，足见当时南朝佛教是何等的盛行。

北朝时期，太原已是中原农耕文明与北方游牧文明冲撞交汇的前沿，随着三个少数民族主体性政权在并州地区的确立，太原逐渐成为多民族融合与北方贸易的中心区域。而这一阶段，北朝这个异族统治的开放、创新、萌动的执政状态，也正是佛教在山西境内迅速发展的动因。著名高僧佛图澄，得到后赵石勒政权的大力支持，在山西境内弘扬佛法、广收门徒，以致魏晋时期佛门高师名僧多出其门下。与释道安齐名的高僧，法济、支昙、慧远、法显、云鸾等都是山西人氏。其中雁门楼烦人慧远，与鸠摩罗什一起被后世佛界奉为泰山北斗。而平阳人法显则是中国历史上赴印度、斯里兰卡访学的第一人，著有《佛国记》一书。东魏时期代县僧人昙鸾是净土宗的开山鼻祖之一，东魏孝静帝称其为"神鸾"，日本佛界称其为本师，并尊山西交城玄中寺为祖庭。佛教的繁荣直接推动了寺庙建筑的发展，有关资料显示，北魏、东魏、西魏皇室出资筹建寺院约 47 处，王公大臣筹建寺庙约 830 余处，民间出资筹建寺庙三万余处。这一时期的佛像，多广额高鼻，长眉丰颐，很似北魏鲜卑人的体征。体态衣纹多劲直，形象肃穆，身躯雄伟健壮，显示出游牧民族剽悍、粗犷、豪放的气质风貌。

东魏、北齐是太原地区佛教传播和寺庙兴建的高潮阶段。北魏永熙元年，高欢灭尔朱荣，在晋阳建丞相府，坐镇晋阳前后十五年。迁邺以后，晋阳仍然是高氏政权的政治、经济、文化的中心城市。高欢父子笃信佛教，在晋阳城周边地带兴建了许多规模宏大的寺院和石窟群落。东魏末年，高欢摄政时在天龙山开凿了数孔佛窟。高洋称帝后，在晋阳周边大造佛像寺庙，从天保二年到皇建二年之间，先后兴建了晋阳开化寺、崇福寺、童子寺等，多依山刻石，缘岩凿室，规模宏大，气势磅礴。这一时期，包括太原地区在内的北方佛像群雕，往往呈现出一幅皆大欢喜的理想化和谐美景的创作主题。统治阶级正是借助了宗教及其艺术作品，来催眠人们的主体意识，使其淡忘现实的苦难，顺从所谓"天命"的安排，心甘情愿地面对人生的一切痛苦与不幸，并把所有希望寄托于来世的轮回和石雕所描绘的西方净土。事实上，作为外来宗教的佛教及其石雕艺术，的确以一种"潜移默化"的方式发挥了精神麻醉的作用，帮助了人数上不占优势的鲜卑、羯、氐等游牧部族在黄河流域的长达几个世纪的统治。这或许也是魏晋南北朝佛教长盛不衰、佛雕石窟层出不穷的奥秘所在吧。

　　大佛便是在这样的背景下面世的。统治者为了使臣民俯首帖耳，坐拥天下；学士们为了营造精神家园，寄情山水；老百姓为了寻找诉求，期待安慰，于是大佛成为时代共同的偶像。他们选准了风水，拟定了规制，草就了图案，培训了工匠，在祭奠了天地之后，开始了心灵与物象的创造。他们带着虔诚、带着崇拜、带着对心灵的寄托、带着对来世的向往；他们抛妻舍子、远离家庭、义务劳作、精心创造，他们要把心中一个无上的浮屠，变成一个现实中高大、伟岸的偶像。他们终于在北齐天保二年，将一尊罕见的大佛以及供奉他的庞大佛寺雕筑面世。大佛比云冈石窟最高的佛像高近 46 米，比已被炸毁的阿富汗巴米扬大佛高 10 米；而他诞生的年代则比四川乐山大佛早 162 年，是世界上最早的露天摩崖石刻大佛。

如果我们把隋唐看作是魏晋南北朝的后花园的话，那么大佛落成以后，它那双极富睿智与洞察力的佛眼，一定可以透过层层历史的迷雾与浮云，窥视到半个多世纪之后，一个全新的大一统帝国的猎猎军旗即将由自己脚下的这块土地揭竿而起；而泱泱大唐帝国的威仪与强盛，不仅将改变东亚地区的国际政治格局，而且她那如日中天的辉煌必将让整个世界为之瞩目与惊叹。因为，当时代进入隋唐后，便有一种成熟气象，弥漫在历史的河床之上。这是一种大成熟，一种万千气象的大成熟，犹如人之壮年，犹如秋季的稻田，充满了魅力，充满了精气神，充满了丰收的景象。内政是成熟的，德、刑的调用，达到了炉火纯青的地步；外交是成熟的，文、武的张弛，进入了得心应手的阶段；制度是成熟的，三省六部、科举考试的推出，奠定了政治的基业；文化是成熟的，诗赋、艺术的创造，涌现了一批出神入化的人物；经济是成熟的，均田、租庸的匹配，成就了殷实的社会……所有这一切，汇成了综合国力，无与伦比的超一流综合国力。这个综合国力，于青史居了巅峰，在东方执了牛耳，给世界提供了难得的范本。

不知此刻的大佛是否想到，在空寂中打坐默祷五十余年后，它将迎来一缕空前绝后的尘世殊荣。

在隋唐的历史上，我们清楚，李渊的政治见识，在创世纪的封建王朝的始祖中，应是很睿智的，他来太原做留守之前，就已看出隋朝大势已去，遂萌伺机而动之心，所以才有和宇文士及"夜中密论时事"的说法。来太原下车伊始，文水富商武士镬就力劝其举兵反隋，李渊一笑置之，曰："幸勿多言"，转而又说："深识雅意，当同富贵耳"。这时李靖和刘文静等人都已看出李渊有"四方之志"。隋炀帝南下江都以后，李渊断定时机已经成熟，悄悄对李世民说："唐固吾国，太原即其地焉。今我来斯，是为天与。"

据传，起兵之前，李渊曾择日祭拜了大佛，当晚即得一梦，梦中竟见佛光普照，一位金甲神将飘然而至，手执一面"唐"字大旗，耳边隐隐听到一个浑厚的声音："得晋阳者得中原，得中原者得天下也。"李渊从梦中惊起，未敢声张，暗中却更加坚定了起兵的决心。遂于隋义宁元年五月，在晋阳起义堂祭旗誓师，传檄天下，直捣长安。此事虽无正史可考，但从稗官野史的角度看，不仅为大佛披上了一层神秘面纱，也使李渊起兵太原之举更具"替天行道"的色彩而显得师出有名。当然，由此出发似乎也更易于理解，为什么唐朝的主流意识形态与佛教思想会结下了那么深厚的渊源关系。

当时间指向大唐显庆五年的时候，唐朝第三代掌门人高宗李治携着百媚千娇的皇后武则天，一路风尘仆仆来到大唐帝国的发祥之地——太原。他们徜徉于晋阳的青山绿水之间，但绝不敢流连忘返，因为他们的行程安排并不宽松。不仅要去北都晋阳古城缅怀父祖的丰功伟绩，去文水慰问皇后的家乡父老，而且还要瞻仰大佛，表达对佛祖的崇敬与虔诚，祈求佛祖对大唐江山社稷的关爱与佑护。面对如山岳一般伟岸的大佛，帝后二人"礼敬瞻睹，嗟叹希奇，大舍珍宝财物衣服"，并令并州官长"速庄严备饰圣容"，"开拓龛前地，务令宽广"。此行回到长安后，立即责成内宫制袈裟两件，派专使驰快马飞送并州，给大佛敬奉袈裟。袈裟上装饰的金银珠宝异彩纷呈，"放五色光，流照崖岩，洞烛山川"，"数千万众，道俗瞻睹，一时轰动并州"。

人们难以揣测，面对如此盛况，如此盛情，沉默的大佛是否会为之动容？它是否会因在冥冥之中庇佑了唐国公李渊一举而得天下，便心安理得地享受其子孙臣民的祭祀香火和顶礼膜拜呢？它那深邃悠远的眼神是否已经从过眼烟云的繁华移向喧嚣之后的凄凉晚景，并为人间的炎凉世态和风云多变而唏嘘嗟叹呢？

寺院经济和僧侣地位的无限膨胀，使佛教与皇权政治发生了重大而尖锐的矛盾冲突。唐武宗即位后发出一声怒吼："穷吾天下，佛也。"于是，大规模的禁佛毁寺运动一时风起云涌，僧尼还俗，寺产抄没，各地庙宇拆毁殆尽。奇怪的是周围的殿阁虽亦失修破败，但大佛却毫发未损。唐武宗死后，在唐宣宗的扶持下，佛教又渐渐复兴。唐乾宁二年，晋王李克竭河东之力，五年用工三十万，重修大佛阁。五代后晋开运二年，北平王刘知远又修佛阁。直到元末战乱，终于寺毁阁倾，残砖破瓦和山间泥石掩覆了佛身，显赫了八百年的大佛从此埋没荒野、销声匿迹。

当大佛再一次睁开慧眼遥看世界时，脚下的土地已经在全球化的浪潮中步入令人目不暇接的信息时代。开放的姿态，迎来八方来客，或以投资经营，或以学习考察，或以观光礼佛。和谐文化建设的提出，使全社会都在大力弘扬优秀传统文化，打造地方文化特色，尊重知识、尊重文化、尊重历史成为新时期的新时尚。面对唐国故土翻天覆地的变化，大佛慨叹之余或当报以慈祥的微笑。如今，沧桑斑驳的大佛依然端坐于风景秀丽的石崖间，宽大的胸肩、修长的双臂从两侧石崖中呼之欲出；依然还是那样的庄严、安详、仁慈、神秘……

这便是新发现并经过修缮的距太原西南二十公里，屹立于两千五百多年的晋阳古城西边山崖间的蒙山大佛。

精神海拔的集萃

社会变革，不免有江河日下、人心不古的哀叹。但精神文明建设的深入、核心价值观的践行、优秀传统文化的弘扬，都在呼唤着人类共同的价值，呼唤着与伟大时代相激荡的人生观。正当人们思想迷茫和利欲熏心时，却有一行人正奋力地向着精神高地奋勇攀登；正当人们指责现实并深刻反思时，却有一行人正坚守着崇高的信仰并不断超越……

雷锋，这个全心全意为人民服务的典范，他把帮助别人当作人生最大的快乐和幸福，当作人生价值观来体现。他说："人的生命是有限的，为人民服务是无限的，我要把有限的生命投入到无限的为人民服务中去。"他是这样说的也是这样做的。当一个老大娘摔倒了，他会主动上前把她扶起来送回家。当一个妇女领着孩子在大雨滂沱中，他会脱下自己的雨衣，披在她们的身上，一直把她们送到十几里远的学校。当附近的地方遭灾了，他会把自己一个月几块钱的津贴积攒起来的两百元钱悄悄捐赠出去……就在雷锋爱洒满地的地方，又有一个人叫郭明义。他每天提前两小时上班，15 年风雨无阻；为失学儿童、受灾群众捐款 12 万元，16 年来从未间断；55 次无偿献血，挽救数十人的生命，20 年乐此不疲……他说："有人觉得存款多、房子大是财富。可我觉得物质财富，只供个人享受，不算是真正的幸福；如果用来帮助困难群众，大家分享，就会带给更多人幸福。"其实，人生的苦恼，往往不在于拥有太少，而在于期待得到的太多。雷锋、郭明义，他们破解了人生苦恼的密码，参悟到人生幸福的真谛，所以，他们在仁爱的大道上一路幸福奔跑。

雷锋和郭明义都是很平凡的人，他们对人间施爱，没有任何资源作平台、也不可能依靠些微的智慧来转化、更难以用权力来支配，它完全靠的是艰苦奋斗、勤俭节约、自强不息的自身奉献。以他们为代表的这些高尚的、纯粹的、脱离了任何低级趣味的人，是娘胎里带出来的遗传因素、还是后天教育灌输？我想有联系，但最根本的应该是"悟"，悟出人生真谛，悟出人间正道，也悟出处世的责任。不然他们把一切都奉献给社会，而自己还自得其乐。这种境界是一般人都能达到的精神标高吗？

其实仁爱的孪生就是向善、就是善行、就是慈悲为怀。焦裕禄在三年困难时期到河南兰考县任职。那里地处黄河古道，风沙弥漫，洪水肆虐。他一到那里，就拖着疾病的身体带领县里干部深入到农村第一线调查研究，指挥生产。在风沙呼啸的季节，他和技术人员丈量绘制治沙的蓝图、植树造林；在洪水肆虐的现场，他和群众滚战在一起疏堵排挖、制服洪水；在风雪严寒的三九天，他拄着棍子到农村贫困家庭问寒送暖。他的血液里融化着群众的血，他的头脑里装着群众的事，他的日程上安排着如何解决群众疾苦的方案。他每天奔走在田间地头，村头街坊。他的心脏和群众同脉搏，他的思想和群众共命运。不然他为什么会掀开困难群众家庭的草帘子，面对无儿无女的两个老人，一个是躺在床头上的病人，一个是两眼看不见的盲人，他会深情地说"我是您的儿子，我来看望您了。"由于积劳成疾，他的肝癌到了晚期，尽管如此，在医院里他仍然关怀着兰考的防沙治沙，直至病情恶化，他让县委的同志把他死后葬在兰考，他说："活着我没有治好沙丘，死了我也要看着你们把沙丘治好。"

　　如果说，焦裕禄是中国六十年代的精神高地，那么孔繁森则是中国九十年代的"活菩萨"。孔繁森两次进藏，历时十载，从拉萨到阿里，在人生的选择面前，他的精神境界一次次得到升华。1988年，组织上又一次决定让孔繁森援藏，面对年近九旬的老母，面对三个未成年的孩子，面对动过几次大手术体弱多病的妻子，他仍然是那句话"我是党的干部，服从组织安排"。临出发前，孔繁森默然地站在母亲面前，用手轻轻地梳理着母亲那稀疏的白发，然后贴在老人耳旁，声音颤抖地说："娘，儿又要出远门了，到很远很远的地方去，要翻好几座山，过好多条河。""不去不行吗?""不行啊,娘,咱是党的人。"孔繁森的声音哽咽了。"那就去吧,公家的事误了不行。多带些衣服、干粮、路上可别喝冷水……"冥冥之中,他想到也许这是同年迈多病的老母亲的最后一面,孔繁森再也抑制不住内心的感情,"扑通"跪在母亲面前:"自古忠孝不能两全,娘,您要多保重!"说完,流着眼泪给母亲深深磕了一个头。无情未必真豪杰,百善原本孝为先。一个七尺男儿在传统文化面前他的心情是如此复杂。是的,他的心情一定会像他老家山东半岛临风排浪的大海一样,久久不能平静;他的心情也一定会在同时思考二返西藏后如何能进一步广施善缘、竭尽全力。孔繁森第一次在西藏工作时,在墨竹工卡等县地震救灾现场遇到三个孤儿,从此后他就和这三个孤儿吃、住在一起,生活上照顾,学习上辅导。本来孔繁森自己的家庭负担就比较重,自从收养了这三个孤儿,经济上就更拮据了。为了不委屈这三个孩子,他悄悄到西藏军区总医院,好说歹说献血900毫升,按医院规定领到900元献血营养费,以补贴家里的开支;在阿里地区的抗击风雨工作的检查中,孔繁森发现有位七十多岁的藏族老人肺病发作,浓痰堵塞了咽喉,危在旦夕,当时没有器械可用,他就将自身携带的听诊器的胶管伸进老人嘴里,又对着胶管将痰一口一口地吸出来,然后又为老人打针服药,直到转危为安。这就是共和国一个厅级干部的生活写照……

　　一个是艰苦时期贫困县的县委书记,一个是两次援藏所在地的主要领导，按说一心一意搞好经济发展，提高人民群众的生活水平，改变落后面貌就完成使命、功德圆满了，可为什么还情有独钟于对所面临受苦受难人的逐个抚慰、对所遇到灾病痛苦人的具体施救。即使优抚工作也是政府的一项重要工作，可毕竟有分管的领导有专设的部门，有专司其职的工作人员啊。何况像他这一级领导出行都有同行的工作人员、有秘书、有司机，可他在这些事上偏偏不这样，非要亲力亲为。如果说是对自己的父母、自己的亲戚、自己的同事这样做还可以理解，可偏偏是遇到的是一个在简陋的帐篷里、七十多岁的、染病的藏族老人。孔繁森亲自把老人的脚放在自己的怀里，直至把她的脚暖热，并把自己的毛衣脱下披在老人的身上。这是常人难以想象的。正如孔繁森所讲的：每当看到藏族老人，就会想到自己的父母；每当看到藏族的孩子，就仿佛见到自己的儿女。正因为这样，他时时慈悲为怀，他处处广施善缘。在他心里干好本职工作是分内的事，是每一个拿国家薪水的人都应该做到的。唯只有伸出温暖的手，解民于倒悬之中，方能体现自己的真情、善行和领导干部的情怀。以他们为代表，任职只是一个带领民众创造价值的平台，而向善则是在做人做事上彰显自身价值的境界。

仁爱也好，向善也好，它的基础应源于无私，心底无私天地宽。杨善洲是云南保山地委书记，几十年来兢兢业业、辛辛苦苦，为人民的事业奉献了一辈子。本来功成身退，回老家侍候老母亲，陪护老伴，偿还对全家人的亏欠，是享受天伦之乐的最好归宿。可他不，办完退休手续，卷起铺盖卷，一头扎进家乡的深山里，开始植树造林，绿化在任时没有实施的因为困难时期而砍光了的大大小小的山头。一住就是二十年。二十年中，母亲没有因为他的退休而享受反哺之情，老伴没有因为他的荣归而减轻家庭负担，几个姑娘没有因为他的离职而得到他尚存余热的福荫。就这样，一棵棵树种下了，他的退休金花完了；一棵棵树长高了，他的母亲老去了；一棵棵树成材了，可姑娘们想要办的事也都耽误了；一个个山头绿化了，而他也的确老了，并因积劳成疾住进了医院。最后，他把还给家乡的一个青山绿水，又以法律的形式还给了国家。而他以笑对人生，寿终正寝。

无独有偶，山西焦煤集团西山煤电白家庄矿退休职工傅昌旺，已近80岁了，在职时，"太阳转一圈，他上两个班"，每天，他除了三顿饭，只休息五六个小时，没有星期天、没有工休、没有娱乐，他把全部的时间都用在工作上。说他是"铁"人也好，说他是"傻"子也好，他不拿加班费，不领补助，硬是干到退休。这也算，船到码头车到站了，该歇息歇息了。反正满胸膛都是荣誉，不是从国家到省、市的劳动模范奖章，就是五一劳动奖章，中国的所有的模范荣誉他都得遍了。就这他下了"公"堂，又上"私"堂。重新开始了他的创业。白家庄矿的对面有一个土山头，光秃秃。从退休之日起，他就开始到这个山头上植树。他的退休工资是有限的，但他都用在买树苗上，然后一个坑一个坑的挖、一担水一担水的挑，一棵树一棵树的栽。没钱买树苗了，就自己育苗，椿树、刺槐……能育尽育。树苗长起来了，他开始移栽。他又是一个坑一个坑、一担水一担水、一年又一年。他是很普通的人，没有资源平台也不需要资源平台；他是一个极平凡极平凡的人，没有号召力也不需要号召力。快二十年了，他就是靠自己的执着和辛勤，靠着一把老骨头，硬是把这个山头栽满了树。不，还没栽完。规划的栽满了没规划的还在栽；整行整块的栽满了，边角边料处还在栽。这里是他生命的延续，这里是他梦想的摇篮，这里是他生命轮回的精神家园。我写这几句赞颂的话，其实根本和他没有联系，他哪能想到这些，也不懂这些。他能想到的恐怕只有"投之以木瓜，报之以琼瑶"，"公家对我不薄，我应回报公家"。他把退休工资全花在这里，他把时间全用在这里，他把对家庭的呵护全部移情在这里。这种无私和无欲难道不是中国共产党人的佛心禅意吗？

两个老人，一个是官场退休，一个是矿山退休，职位高低有不同，但他们退休后做的都是同一件事情，都是不顾家庭，不顾子女，甚至连自己的身体也不顾，将后半生的精力全部奉献给社会。他们的境界是一样的，他们的本质是一样的，就是无私。所以，无私是信心的动力，无私是信念的体现，无私是对信仰的崇拜，是一种上升到无我境界的人生规划。

　　我们敬仰雷锋和郭明义，我们怀念焦裕禄和孔繁森，我们感动杨善洲和傅昌旺……这些人要说伟大，他们的精神境界可与日月同辉；要说平凡，他们的思想品质可谓山高水长。他们都能呈现出一个不平凡的人性光芒、思想璀璨和精神高地。并让人们感悟并自觉地把这种人性光芒、思想璀璨和精神高地在不同时空、不同地域闪烁。

　　仁爱、向善、无私……这些都是改革时代在不断激活颂扬的美好思想品德，都是中华民族在不断发扬传承的优秀文化传统，都是人类共同的价值追求，"水性善下能成海，山不矜高自及天"。这也是人之所以为人的最高精神境界的追求。

　　人生的价值是和人的境界相联系的。境界有多高大，价值就有多宽广。伟大的境界即是普世的价值。境界无论于官位大小，也无论于财富多寡。为什么雷锋的塑像可以在美国西点军校矗立？为什么孔子学院逐渐在世界各地热设？为什么对关羽的崇拜在世界华人圈中风靡？为什么孙子兵法能成为全球军事上的教科书？就连义务劳动、志愿者行为都被世界各地以不同形式所接受，这就是人类共同价值的感染力。

　　人类共同的价值，这个普世信仰的最高境界，中华民族世世代代都在不懈努力和追求着。在社会主义的实践中，又何曾缺乏这样的人物？无论是雷锋、郭明义；无论是焦裕禄、孔繁森；无论是杨善洲、傅昌旺……他们在职场为国家、为地区、为单位努力工作的同时，又通过自身的具体行为、凡人小事、善行爱意折射出他们人性的光芒，表现出他们对祖国的大爱，对人民的厚德，对信仰的忠诚，对自己的修为。在他们的身上，既传承了中华民族的优良品德，又广播了中华民族的优秀文化，更体现了超越自我、超越地域、超越民族的普世信仰的无限力量。他们这种思想境界必将在社会变革激荡中不断地传承、弘扬，他们这种精神海拔必将在精神文明建设中不断地提升、荟萃。

孤山脚下一名宿

——卫聚贤先生小记

卫聚贤（1899—1989）是民国时期一位重要的历史学家和考古学家。他是我国现代考古学的奠基人之一，也是山西考古第一人。

卫聚贤生长在万荣县孤峰山下的北吴村。先生少年孤贫，随父经商，青年时期辗转运城、太原、北京多地求学。在太原求学就读于山西商业学校，先生学习刻苦，广泛阅读，特别重视对春秋战国时代的研究。期间撰写了《介子推隐地之研究》，力挺介子推隐居孤山说，由于这篇文章考证清晰，论据可靠，先生受到著名学者胡适接见。后来考上清华大学国学研究院进行专业训练，自此，走上了专业学问研究之路。1927 年毕业后，任教育部编审，兼任国民政府南京古物保存所所长，逐步开始了他的考古生涯。

卫聚贤在考古学上成就颇丰，在史学诸多领域也多有建树，被称作开拓型的史学家。他的著作中，其中最具有影响的是有中国第一部考古学史之称的《中国考古学史》。《中国考古小史》、《十三经概论》、《楚辞研究》、《古器物学》等也很有影响，大部分由商务印书馆先后再版多次。他的《古史研究》（共三辑）是当时人们所关注的史学界新作，后来相继收入《民国丛书》和《民俗民间文学影印资料丛书》。卫聚贤还与蔡元培、于右任、吴稚晖、叶恭绰等人发起成立"吴越史地研究会"，以他为主并主编的《吴越文化论丛》也先后被收入《民国丛书》和《中外文化要籍影印丛书》。抗战开始时，卫聚贤以私人名义编印《说文月刊》，提出巴蜀文化，开创了研究巴蜀文化的先河。

与在历史学研究上的成就相比，卫聚贤在考古事业上的成就似乎更为重要。

受其导师李济先生发掘夏县西阴村的影响，1927 年春，返乡进行考古调查，于孤山周围发现了多处新石器时代文化遗址，随后以《新石器时代遗址发现的经过和见解》的一篇文章发表在《东方杂志》第二十六卷第四号上，从此在万泉（今万荣）孤山周围开始了颇有意义的考古活动。

1930 年 10 月 30 日至 11 月 8 日，卫聚贤和董光忠、张蔚然（两人此前都曾在史语所考古组任职）以山西公立图书馆的名义，在万泉西杜村阁子疙瘩进行发掘，卫聚贤先生的《汉汾阴后土祠遗址的发现》（发表于 1929 年《东方杂志》第二十六卷第十九号）和董光忠的《发掘报告》（民国二十一年十二月，太原山西公立图书馆和美国福利尔艺术陈列馆中英文合刊）详细记载汉汾阴后土祠遗址的研究与发掘。经过发掘，得到了铜五铢钱、铁刀、铁钉、陶壶、陶釜、陶温器等古物，有"千秋万岁"砖、几何纹砖，"宫宜子孙"、"长生无极"、"长乐未央"等瓦当以及大瓦等文物。通过发掘出土物及其他考证，卫氏认为此地当为汉汾阴后土祠的所在地，而后土祠的前身即为介子推祠。1931年4月1日至5月15日在万泉荆村瓦渣斜遗址进行发掘，这次发掘报告由董光忠书写并发表于北京师范大学所办重要刊物《师大月刊》上。荆村仰韶文化遗址的发掘意义非常重大，这次除了发现大量的陶制生活用品之外，还发现了陶埙这一先民生活的乐器，至今在山西博物院的展品中仍能看到在荆村出土的陶埙。陶埙出土的荆村仰韶文化遗址之发掘，标志着山西籍考古学家卫聚贤为我国考古事业做出了重大贡献，并跻身中国考古大家之行列。

除了在家乡的这两次发掘外，在此之前和之后卫聚贤还有几次重要发掘。1929年9月，卫聚贤先生率队发掘明故宫，这是他首次进行考古发掘。1930年3月又主持发掘南京栖霞山墓葬。1940年4月7日，卫聚贤和郭沫若在嘉陵江北岸调查时发现了几块汉砖和一对石椁。次日，两人又约同马衡、常任侠等人继续调查，在周围又发现了数座汉墓。14号，连同新增加的胡小石教授，几人一同发掘这些墓葬。卫聚贤负责发掘的汉墓出土了大批五铢钱、一把铁剑和数件陶器。21日试掘结束后，卫聚贤等人还在当地半山竹庐内举办了一天的小型展览，展示各种文物图案的汉砖十几种，参观人数达到两千以上，22号重庆多家报纸均报道了这次展览会的情况。郭沫若还专门为这次发掘出土的汉砖题诗五首，其中"宝剑已残琴已烂"、"甓上尤余汉代钱"等诗句，都是描写这次考古发掘的成效。

卫聚贤在历史、考古界成就斐然，在金融史的研究方面业绩亦十分明显。先生所著《古钱》、《古钱年号索引》、《山西票号史》对后世影响较大。尤其是《山西票号史》意义更为重大，可以说近年来，对于山西票号的研究应是从卫聚贤研究的基础上进行的。

1951年卫先生去香港之后，又撰写了《中国人发现澳洲》、《中国人发现美洲》。1975年先生到台湾后把在香港出版的《文字学》一书做了修改补充，后来又撰写了《咬文嚼字》，这两本书是卫聚贤晚年最主要的著作。这些著作体现了卫聚贤在中外文化研究和文字学方面的突出成就。

无论如何，卫聚贤作为历史学家、现代考古学的奠基人之一和众多学科研究的开拓者，他的这些历史功绩必将会载入史册。他在对学问的探索中养成的敬业精神以及诸多方面的成就非常值得我们敬仰和追随，值得我们研究和学习。

平生逸兴壮思飞

他一宿一宿地给我们讲自己的经历，特别是"文革"中的经历，正是和我们在一起工作加班写材料的时候。他讲得绘声绘色，我们听得津津有味。那时他才四十多岁。如果是现在他再给我们讲，我相信，他会讲得更冷静、更纯粹、也会更精辟，对我们来说也会更有意义。然而，他不可能再给我们讲了。噩耗传来，他已于公元二〇一三年十一月十四日病逝，享年六十八岁。他就是北大学人、山西标志性人物牛辉林。

他和我们在一起工作时，是中共太原市委宣传部的部领导。那时他年轻有为，精神勃发，作风干练，襟怀坦荡。他善讲，也善写，作为宣传干部，具有这两点看家本领，很快就赢得了大家的尊重，也很快就打开了工作局面。我和他相处整七年，他号称"八年抗战"，那时除了在他的领导下工作，我也仔细观察、认真琢磨他的工作方法和效果呈现。后来，我才感到，任何工作要达到预期效果，前提首先是认真。就说他善讲，除了先天因素、长期锻炼和文化修养外，他每次宣讲前，都要在笔记本上拉提纲，都要找一些相关参考资料，也都要根据不同对象构思不同的举例和演讲方面的技巧。比如，启、承、转、合，也比如凤头、猪肚、豹尾等。他善写。和我们在一起工作时，他已经或自撰，或合写出了好几本书，我们都很仰慕。而我们写的材料，送他把关时，坐在他对面，他一边修改，一边讲修改的原因，我们从中总能得到启发、得到提高。而他往往因为经常伏案劳作、挑灯夜战而患有肩周炎和其他什么毛病，但他总是同文化名人相比、以成就更大的人来激励自己，使我们很受感动。

我们和他相处，总感到他谁也认识，他没有不熟悉的人。现在想来，尽管认识的人很多，尽管认识的人都是圈子里的人，但他确实有善于结交、善处朋友的本领。无论是在公共场合，或者是对外接待、抑或是在出差路上，只要接触到人，三五句话没有不被他所折服和倾倒的。这显然有他一表人才的伟岸，也有他谈吐儒雅的魅力，进而还有他不平凡的人生经历，最主要的还是他思维的敏捷和把握事物的准确。凡是遇到新的朋友，他都能判断出对方的性格、气质、职业和地位，针对性的语言、感兴趣的话题，一下子就拉近了距离。化生疏为融洽，化尴尬为活跃。他的人生太曲折、经历太丰富了。而他曾从平地攀上象牙塔顶，又从象牙塔顶回归原点。他见识过形形色色的人，他也经历过人生的天堂和炼狱，在他的心目中对人的定义是一致的，因此，只要他接触过的人，应该没有不认识的，无论贫富贵贱。

他从我们工作的单位调离时，已是十几年的正县级。他从最后的工作单位退休时又是十几年的副厅级。应该说，这两个职级陪伴了他人生最壮丽的年华，而这个年龄段又是人生最成熟、最能体现人生价值的时期。但是，从干部管理规律来说，也应该是最容易沦落、最应该产生惰性的原因。然而，他不是这样，他始终处于亢奋状态，他始终是激情澎湃。无论在哪个单位，无论工作职级如何波浪式变化、曲线型发展，他都能迸发出火花，创造出辉煌。即使也会产生情绪、产生阶段性的懈怠，但是时代的浪潮和组织上的鼓励，都能使他跃马扬鞭、踔厉风发。而今，盘点他工作过的单位，风雨坎坷中，无不都留下他工作业绩上的璀璨印记。无论在过去，还是现在，我对他这样闯荡江湖、屡受挫伤的人，为什么总是那样热情高涨、愈挫愈奋不得其解。如今在他逝世之后，看到一位同他是校友的老领导在唁电中的评价，我才找到了答案："北大学子，追求真理，充满理想，保持气节，光明磊落。"是的，他长期以来的精神动力应该是来自他对这个世界、这个时代的坚定理想和伟大信念。

他确实有些传奇。十九岁考入北大，二十岁出头就在"文革"的狂风暴雨中叱咤风云。他的名字当时在北大无人不晓，在京城尽人皆知，甚至在"四人帮""杀牛宰猴断羊（杨）腰"的喧嚣中，伟大领袖也亲自干预。后来，在"文革"聒噪之后，1970年他被分配到定襄县神山公社，那时的公社就是现在的乡政府，而乡政府就是中国政权的最基层。这个职位倒是能锻炼人，但是其中的艰辛、其中的困顿、其中的迷茫，不是现在城里的每个年轻人都能理解和坚守的。但是四五年里他从秘书到副书记，又到县委宣传部任理论组组长，最后才调回省委宣传部，五年之后的1981年又调到团省委任宣传部长至1986年。这个阶段的十几年，也正是中国的历史转型阶段，政治转型、社会转型、思想转型、文化转型。但凡转型少不了对历史的审视和对思想的清理。而他作为"文革"中出檐的椽子领头的鸟，时代的镜头总也少不了聚焦于他。在这样的背景下，他保持自信、面向真理、珍视气节、勇于担当，走过了风雨，走过了坎坷，在风雨中历练，在坎坷中成长。之后，1986年到市委宣传部任职，1993年到省地产总公司担纲，1997年到省引黄工程管理局履新，2000年落脚在省广播电视局这个人生职场的最后一站。

他在省广播电视局任副局长，分管宣传和黄河电视台的工作。工作中，他认真负责、雷厉风行、吃苦耐劳、勇于创新，以坚忍不拔的精神和坚持不懈的努力，使山西广播电视的宣传工作迈上了一个新的台阶，把黄河电视台"可以在世界各个国家和地区落地"的愿景努力争取到国家广电总局的批准，特别是通过他的努力，使黄河电视台的节目随中央电视台一起在北美落地，从而，让山西省的形象和声音在北美充分体现。

正当他的身心才智如鱼得水、如日中天的创造价值更显"绩优"的时候，他的岁数到了国家规定的退休年龄。退休是对世俗的解脱，是人生进入淡定从容的新境界。这时，也许他已构思好自我发展的新蓝图，也许他将计划创造与自己影响相匹配的新业绩，也许他将从另一个角度攀登象牙塔的新高度。古语云：烈士暮年，壮心不已。然而，正当其再贾余勇，又创辉煌之时，天夺其才，斯人遽逝，呜呼！

是为纪念。

天才的磨刀石

　　大型舞剧《千手观音》就要登场亮相了。回首往事，不知不觉已经走过了七个年头。七年来，我一直参与该剧的筹备工作；七年来，我一直负责对张继钢团队的接待；七年来，我见证了该剧的脱胎成型及张继钢的多次华丽转身和艺术成就。七年前，我们接触张继钢时，他是总政文工团的团长，后来成为总政宣传部的副部长，再后来担任解放军艺术学院的院长。一路走来，他的军衔也从大校成为少将。七年前，太原市委托他为家乡打造一台舞台精品剧时，他的作品已经家喻户晓、誉满全国。如果说，之前，他的舞蹈节目《千手观音》、舞剧《一把酸枣》等五百多部剧（节）目，已经声名卓著，那么，现在他已堪称艺术大师而驰名世界了。

　　七年中，张继钢工作不停变动，职务不断升迁，特别是他承担了世界级体育赛事的开、闭幕式和庆祝新中国成立六十周年大型音乐舞蹈史诗演出总导演，让世界瞩目，期间还排演了大型说唱剧《解放》、京剧《赤壁》、舞剧《花儿》等。然而，对于舞剧《千手观音》的创作，他丝毫没有放弃，时时刻刻牵挂于心。为了《千手观音》，几年来张继钢率领他的核心创作团队，足迹踏遍三晋大地的山山水水，奔腾咆哮的黄河壶口瀑布和巍峨高耸的北岳恒山给予了他巨大的想象空间；山西源远流长的儒、释、道三教文脉成为他的创作原点；优秀的黄河文化、根祖文化、晋商文化形成了他创作的基本元素；五台山、云冈石窟、双林寺、晋祠、崇善寺、永乐宫等文物景区的文化内涵，构成了他展现剧情的背景资料。在创作过程中，我有幸多次和他接触，多次感悟他的处事方式，目睹了他由艺术家向大师的迈进，领略了他的大家风范。他身上既有山西人性格中所有的质朴和智慧，还有着山西人在做事中的执着和创新，更有着山西人在内心深处的灵动和深情。

异常忙碌工作时间以分钟来计算

创作《千手观音》之时，正是他人生最辉煌的时期之一。期间，他领衔编导的奥运会开幕式演出，残奥会开、闭幕式和《复兴之路》大型音乐舞蹈史诗演出，都是国家级、世界级的文艺盛事，可谓十年难遇、百年一求了，谁承担，谁本身就是大腕。我看过大型音乐舞蹈史诗《复兴之路》幕后纪实的专题片，我曾到过张继钢排练的场地，我也走进过他的工作室，可以说每每相遇，他的气场都会带给我一种震撼、一种洗礼，或者是一种感动。我曾看到凡是有他团队的地方，都有一幅相同的标语：祖国的利益高于一切；我曾看到他的工作日程表，从早晨到凌晨，除了要处理工作单位的事务之外，他的编导工作还涉及十几个部门，都需要以分钟来计算、分门别类去实施；我曾看到他在工作现场，对工作人员幽默而严格的要求，对艺术独到而细微的指点和示范，对整体效果天才的体悟和潜心卓绝的探讨；我曾看到他的工作室，像作战室一样，墙上挂满图表，他自己则像指战员似的，从战略到战术，从国内到国际，从历史到现实，总要把一个艺术问题研究到极致，力促为精品。

以孝为先爱母亲如爱他的事业

为了创作舞剧《千手观音》，张继钢每年都要从北京回太原几次，特别是最近一两年，每个月都要来一次，关键时期甚至每个双休日都要回来，对接创作、研究汇报、排练指导。每来一次，我基本上都要参与接待，从而见证了他孝顺母亲的感人细节。张继钢是山西人，生于斯，长于斯。他爱他的母亲就像热爱他的艺术事业一样。他的母亲今年八十多岁了，母亲对于他就像心中的大树，是他创作的根本和源泉。他每次回太原，都要回家和母亲吃一顿饭、住一宿；他每次从外地回来都要给母亲带些土特产和纪念品；他每有佳作和精品推出，不是安排母亲到剧场里观看，便是通知家人在电视上予以关注。母亲每年的生日，他都像创作精品一样进行周密的安排，努力给母亲带来精神的享受和生活的惊喜。也许正是这种孝，奠定了他对大爱、对和谐、对奉献、对真善美的热忱颂扬。

讲求细节凌晨四时到寺院采音

细节决定成败。如果不讲究细节，将不会有万丈高楼，更谈何伟岸？如果不讲究细节，将不会有完美，更谈何辉煌？和张继钢的长期接触，使我认识到一个最平凡、最重要的原则——细节，这可能也是创造伟大最根本的因素。也许因为张继钢是军人，他的工作方式很严谨。无论他多忙，无论他如何调整生活节奏，不变的是他的一丝不苟。生活起居、衣着打扮、言谈举止、待人接物，都充分展现着他的生活态度和从严从细的作风。有人说张继钢的眼睛很"毒"，他总能看出事物的缺陷，看出事物的不足。在创作《千手观音》过程中，他对细节的把握就更特别了。剧中音乐的磬声环绕是深化主题、彰显特色的关键所在。为了达到特有的效果，他专门安排专业人员到采风地——千年古刹太原崇善寺采音。凌晨四时，夜深人静，工作人员安装好设备，静候古老寺院僧人们顶礼膜拜时，那清静而悠远、穿透天宇似的一声声磬音，没有杂声、没有混淆、没有欲念，从而达到了整场舞剧所要求的效果，同主题完美协调。

贵在创新舞剧比舞蹈更绚烂壮美

艺术贵在创新。正如张继钢所言："在艺术风格的创造上，我坚持三个信念：一是永远不重复别人，也不重复自己；二是手段要丰富，境界要单纯；三是限制是天才的磨刀石，把演员逼到一个狭窄的空间，在极小的范围内把想象力发挥到极致。"这实质上强调的是创新。2005年，张继钢接受太原市的郑重委托，开始创作舞剧《千手观音》，2006年、2007年进入实质性创作。这时他已逐次加入奥运会，残奥会开、闭幕式和《复兴之路》总导演的工作行列。这些国家级、世界级的大事，应该说是非常紧迫、非常重要的工作，如何兼顾进行，如何有先有后，当然不言自明。他对《千手观音》的长期构思，特别是进入实质性创作阶段的成果，尤其是舞美形式、篇章设计和主题音乐的旋律等只能割爱，优先应用到世界性和国家级的作品中。艺术成果，第一次展现是创新，第二次出现就是模仿。因此，在这些大事完成之后，沉下心来再继续创作《千手观音》，就使这个团队陷入一个山重水复疑无路的窘境。反复讨论、反复研究、踏破铁鞋、钻透牛角、碰倒南墙、绝处逢生。经过张继钢核心创作团队艰苦卓绝的努力，终于使舞剧创作进入一个柳暗花明的崭新阶段。

张继钢说："这部舞剧将会用一种新的方式阐述，舞剧看上去更像是一座圣殿,圣殿里回荡着十二首颂歌,悬挂着十二幅画卷,讲述着至真至善的传说。"舞剧《千手观音》由十二首颂歌作为基本结构,每一首颂歌讲述一个独立的故事,主题鲜明,内容集中,时间、地点和环境非常自由,就像一幅幅形象生动的绘画作品,既独立成章,又彼此推进,全剧一气呵成,沿着一条故事主体脉络不断发展变化直至推向高潮。这种以十二首颂歌为段落的构成是这部舞剧的全新创造。

精编严导再次超越舞蹈创作极限

舞剧《千手观音》借鉴超现实主义的创作方法,在人物刻画、氛围渲染、舞蹈编排、音乐、舞美和服装设计等方面独辟蹊径、勇敢探索,凸显了寓言般、传奇性、梦幻感的艺术风格。主题曲《太阳升起》的歌声犹如天籁般缥缈动人,仿佛是温暖的手在抚慰人们的心灵;舞台美术以"一生二,二生三,三生万物,万物归一"的朴素哲学思想作为设计理念,将舞剧中的自然环境和人物内心语言巧妙融合,表现得极端神奇简约;服装设计古朴自然,超凡典雅。这一切共同营造了舞剧巨大而单纯的境界。

作为舞剧的本体,《千手观音》的舞蹈凝聚了张继钢最大的智慧和心力。双人舞"天地之爱"超越世俗纠结,以灵魂感召的力量使情爱得到升华,两个生命绽开成一朵神圣而高洁的"莲花";

群舞"慧心妙悟"天地交辉，诗意盎然，呈现出扑朔迷离、惟妙惟肖的大自然神奇而精彩的画卷；结尾的超大型群舞"千手千眼"，突破了人们固有的思维模式，升华了人们的期待，创造了全然不同于以往的另一种视觉奇观，使此《千手观音》（舞剧）较彼《千手观音》（舞蹈）更加绚烂之极、壮美之极。生命有惊人的潜质和代偿功能，张继钢再一次超越舞蹈创作的极限，站到了世纪艺术的巅峰。既有战略家大手笔的谋篇布局，又有高师会心的精编严导，一部具有纪念碑意义的作品诞生就是应有之义了。

著名艺术理论家于平在观看了舞剧《千手观音》彩排后激动地说："这是快餐时代的大餐，读图时代的读魂，重欲时代的扬善。是恢宏场面中漫溢的大智慧，是繁茂织体中湍流的大气象，是奇幻动态中营构的大境界，是丰沛情感中凝聚的大担当，在'怎一个和字了得'的主题深化中，体现出大爱无疆、大爱无终、大爱无痕。"

梵音仙乐，晨钟暮鼓，将在艺术殿堂的上空回荡；翩翩舞姿、灼灼身影，将拨动观众怦然心动的琴弦——— 舞剧《千手观音》将登台亮相了。

梅花未放香满园

第十三届中国戏剧节在苏州落下帷幕，太原市晋剧艺术研究院创作演出的新编现代晋剧《上马街》荣获优秀剧目奖，剧中车伍儿的扮演者牛建伟荣获优秀表演奖。当人们习惯性地将目光聚焦于这位晋剧表演艺术家头上耀眼的光环时，也许我们更应该去关注他在自己钟爱的艺术道路上的不懈努力和执着追求。

人们常说"有钱的孩子不学戏，学戏的孩子不容易"，前半句随着时代的发展已经被我们抛弃，而后半句历经百年检验成了至今未变的真言。十一岁时，牛建伟考入太原市文化艺术学校，正式开始了他的晋剧艺术生涯。一踏入校门，牛建伟便深深感受到了这条路的艰辛。在艺校的第一年主要是练习基本功，每天从早到晚，拿大顶、下腰、压腿、踢腿……同样的动作伴随着不一样的期待，日复一日，智慧和汗水交织，欣喜与苦涩相伴，信念与困难较量。记得撕腿时，他面对墙劈开双腿，老师从身后慢慢加力，让腿能劈得跟墙一样直，那种撕心裂肺的痛苦，至今依然记忆犹新。为了辅助练习，他常常要在夜间把腿扳到头下，枕着脚睡，第二天起床，发现腿已经完全麻木放不下来了，于是赶紧起来活动，慢慢地腿才能恢复正常，然后继续开始新的功课。学戏的苦，不是一般人能承受得了的。从把子功、毯子功、腰腿功到练声、唱腔、戏课，直至最后完整地排一出戏，唱念做打几乎成了他生活的全部内容。他知道，选择了晋剧就决定了他的人生道路要比其他孩子付出更多，选择了戏剧艺术就决定了他的人生追求只有起点而没有终点。

"不想当将军的士兵不是好士兵"，这是一个人对实现自身价值的一种态度和责任。对于戏曲演员来说，"将军"的内涵大概就是自己的舞台越来越大，自己的戏迷越来越多。牛建伟也不例外，从艺三十七年来，智慧与汗水伴随他在筑梦的道路上执着前行。三十七年！他把全部精力倾注到晋剧当中，家人替他承担了家里的一切，为了支持他的事业，也为了他一生追寻的梦想。三十七年！他以自己的方式努力开拓和耕耘，再大的困难和挫折，也未能动摇过他的决心和信念。在这条路上，他几十年如一日，练就了扎实的基本功。同时，凭借个人的天赋、审美素养和长期的舞台经验，他对剧中人物形象的把握恰到好处，并且在继承传统的基础上能够实现突破。在饰演《徐策跑城》中的徐策时，牛建伟颇得恩师、著名晋剧表演艺术家武忠先生的真传，但为了更加生动地展示人物形象，在当时艺术市场并不繁荣的条件下，他想方设

法买到著名京剧表演艺术家、麒派代表人物周信芳和著名蒲剧表
演艺术家、帽翅功首创者阎逢春的光盘，悉心品味研究，在继承
晋剧传统的同时，博采众长，将戏中人物的形、情、理、技统一
于一体，最终形成了自己独特的表演艺术风格。在这出戏中，牛
建伟的髯口功、帽翅功、脚步是最吸引人的，他能把这些表演技
巧与徐策在特定环境中的心理情绪紧密结合起来，兴而不过的帽
翅如轻燕掠水，似绞柱盘龙。急而不乱的髯口若湍湍流水，大气
磅礴。三大圈圆场中，徐策跑起来始慢渐快，神情饱满，步履匆
匆，时而举重落轻，时而举轻落重，将徐策急切、高兴、悲愤的
心理变化表现的惟妙惟肖，成为他最有特色的代表剧目之一。从
学戏开始到1980年在《大瓜园》中成功塑造老练、沉着、含而不
露的陶洪形象在晋剧界崭露头角，再到1993年荣获山西省戏剧艺
术最高奖项杏花奖、2013年11月荣获第十三届中国戏剧节优秀表
演奖。在艺术这条道路上，他虽然走的艰辛，但也屡屡有所斩获。
不过，和所有的演员一样，他更希望有一天自己能摘取戏曲界的
"国花"——梅花奖。然而，起初由于高手如云的竞争环境，后来
则因为参评年龄条件的限制，最终他未能如愿以偿。尽管如此，
他逐梦的脚步并未停歇，因为他知道，团队的激励和领导的支持
是他的不懈动力，舞台下观众每次如雷的掌声是他的最高荣誉。
因此，无论是顺境还是逆旅，他执着地徜徉于晋剧艺术海洋中，
虽然艰辛却不乏坚定。

　　鲁迅先生在留学日本时期,把提倡新文化的知识分子称为"精神界之战士"。当代文学评论家何西来在谈到"文化战士"时指出,"文化战士最可贵的品格,就是他的理性、真诚和人格,都集中地通过胆识表现出来"。我想牛建伟应该是这样一个"文化战士",我很钦佩他的艺术"良心"和艺术勇气。"无德则无戏",这是牛建伟坚持的原则。他说唱戏跟做人一样,首先必须品行端正,要有"艺术良心",就像《上马街》里车伍儿唱的那样"良心就是称人的戥,良心就是度人的心,只要为人品行正,就比良心更良心。"他一直用这种艺术良心和艺术担当尽心竭力地传承着晋剧艺术,希望能更好地将这一艺术发扬光大,而不愿意看到有一天晋剧作为国家非物质文化遗产成为博物馆的艺术。他身体力行激励着年轻一代,希望年轻人不仅能够学习晋剧表演的精华,更要学习晋剧艺术传承发展理念。他觉得,晋剧必须紧跟时代步伐,以现代的审美多元发展,才能获得广阔的生存空间。新编现代晋剧《上马街》,就是以这种理念创作的一部经典力作,在这部戏中,牛建伟饰演主角车伍儿,面对这个全新的角色,他不断思考,深入剖析人物特点,认真学习现代戏曲表演特色,积极吸收现代人的审美观念,结合自己多年的舞台经验和对社会生活的细心观察,把车伍儿从懵懂到恍惚到觉醒的心理感情变化展示的活灵活现,让观众真实地感受到太原解放前夕,上马街四合院里底层民众的勤劳善良、智慧信义。正是这种面对荣辱成败不骄不躁、不怠不馁的性格和历经艰难坎坷却矢志不渝、潜心行持的精神，使他的艺术增添了无限的魅力，使他的人生绽放出灿烂的光华。

"荷有清香，梅有寒香"。三十七年的追梦路，牛建伟虽然未能摘得心中那朵梅花，但他依然在晋剧舞台上默默吐露芳华，点缀着满园春色更加姹紫嫣红。在许许多多喜欢他表演的观众心中，他已然是孕育了三十七年芳香的一朵花蕾，梅花未放，却已香满梨园。

抱憾台湾

台湾是我人生旅途上向往已久的梦中"驿站"，我们终于成行了。

无论是对教科书的认真阅读，还是对台岛云谲波诡的关注，我们这代人几乎是伴随着台湾的风雨变幻长大成年的。台湾拥有丰富而独特的自然环境，同时又呈现着热带、亚热带、温带多样化的自然生态，高山、森林、峡谷及遍布全台的温泉资源；台湾既保持着文化传统又兼具现代化气质，不论是体现中华文化的故宫文物，或是各地充满艺术、人文的精致内涵，以及原住民等各族群之多元文化特色，都表现出台湾的独特风情。当我们乘坐的飞机进入台湾海峡时，激动的心情油然萌动，在弦窗上往下观望，一片的湛蓝，海上的渔船，抑或是军舰，像火柴盒一样地蠕动；间或有一两个岛屿，看起来也只是陵墓一样的山丘；只有看到不同高度并相向而飞的飞机，才能感到时间和空间。不是说只有浅浅的一湾海峡吗？飞越起来还这么费劲。我们终于到了具有诗情画意又颇似大陆具有滨海、岛屿风光特色的台北桃园机场。

　　台湾的自然风光一路走来赏心悦目，安排的景点也大都是人们感兴趣的。由于我们都是山西人，因此提出要去拜访一下阎锡山遗存，导游也满足了我们的要求。我们先到阎锡山的故居。门倒是在大路口，但是铁门锁着，我们敲门里边无人应答，再敲门，跑过来一只狗，我们还不罢休，再敲，跑过来三只狗，一共四只，叫声振天。后来跟出来一位中年妇女，我们隔门说明来意。她说要参观，先要向台北文化局报告。时间已近中午，肯定是来不及了。我围着故居的墙转了一圈，丝毫看不到里边的格局和规制，只感觉像是山区一个农家的住户。此处不尽意，我们便跟着导游峰回路转来到阎锡山的墓地，登上台阶，到了墓前，一个用水泥封就的圆丘形墓穴，后面是一面墓碑。整个墓地掩映在阳明山上的一个绿树荫翳的山坡里，孤寂、冷静甚至有些破败。我们默对。两位有心人便把随身携带的具有山西风味的旅行醋供到墓前聊表心意。阎锡山是在日本留学时最早参加同盟会的，后来在山西又是积极参与组织辛亥革命起义，成为举旗最早的省份之一，在山西执政三十八年之久。到台湾前后又曾任国民党行政院长，虽然和共产党对抗，但也曾在地方建设中做出过贡献，但兄弟之嫌，亦终未有相逢一笑泯恩仇的机会，到头来也只能魂游他乡。虽然，现在还有人祭奠，但子子孙孙是否一直能持续下去？

　　和阎锡山比起来，于右任既是国民党的元老，也是辛亥革命的老人。他不仅把中国书法的简草推向一个新的高峰，而且把两岸传统文化的融合作为毕生的使命。虽然，这次文化考察并没有把于右任故居列入拜访的内容，但他的一首《国殇》却使我们心潮涌动、常诵常新，每每潸然泪下。"葬我于高山之上兮，望我故乡；故乡不可见兮，永不能望。葬我于高山之上兮，望我大陆；大陆不见兮，只有痛哭。天苍苍，野茫茫，山之上，国有殇。"置身此山此水、此情此景，我们无不感叹，于老是现代版的屈原，又承袭为新世纪的国殇。

由于时间关系不能专门安排张学良的故居游，但有意识地将一天的午饭安排在禅园。这是张学良刚到台湾时和赵四小姐囚居的地方，居然是日本人统治时的一个招待所。虽然不怎么大气、豪华，但也却别致、优雅。这里已改做饭店，找不见当年的生活掠影，但是从周围墙壁的照片上，确能看出当年张少帅的尴尬和郁闷。张学良当是民族的巨人，却是国民党的逆臣；是共产党的朋友，却是国民党的国囚。直至最后两蒋去世，大陆回不得，台湾又危居。作为百岁老人，只能远渡重洋，客死他乡。我的这种概念化的描述，不知准确否，但像张学良这种民族重量级的人物，放在历史的长河中，他的思绪、他的地位、他的作用，谁人能解读、何时能说清？

在台湾短短的八天之行，还有一个遗憾的事，就是没有时间去拜访邓丽君的墓地。应该说她在台湾的影响和地位并不比当年国民党大佬低，因为她的歌声传遍了台湾、香港、大陆、东南亚，以及世界其他华人聚集的地方，甚至在日本、韩国也引起强烈的反响。真的，邓丽君的歌声开启了一代华人的新骄傲，感动着千年传统滋润的民族文化心理。邓丽君站在了中华民族音乐的巅峰，放歌全球，让世人靠心灵的感应来接受。就是这样一个艺术巨人，她没有回过家乡，大陆也没有她的舞台。也许她对大陆的认知并不够清晰，也许她的生活圈子和文化立场，亦不能被大陆所接受，阴差阳错，一位时代音乐天才，与我们擦肩而过。她唱红了世界，她赢得了一个民族，但她没有跨过香港、走进大陆，便驾鹤而去。这不能不使我们站在未来的历史教科书的角度而感到惋惜。

台湾是我国的第一大岛，充满着阳光、椰影、蓝天和碧海，它贮存着珍贵的宝藏和丰富的资源，它也背负着恒久的苦难和旷世的遗憾。台湾自古就是中国领土的一部分。在远古时候和大陆相连，后因地壳运动分割成岛。期间，也有海盗和异族的侵扰和觊觎，但台湾人民都用生命和鲜血捍卫着这片神圣的领土。南宋时，澎湖已属福建晋江县，元、明时设巡检司于澎湖。明万历时称台湾。到明天启四年和六年时，荷兰和西班牙殖民者纷纷侵入，至明末民族英雄郑成功驱逐荷兰侵略者并一举收复。清初设台湾府，属福建省。清光绪十一年建台湾省。1895 年中华民族的苦难，也降临了台湾。日本帝国主义割占了台湾。直到第二次世界大战，中国人民奋起抗日，打败了日本侵略者，台湾才归还中国。随着中国政府的收复，蒋介石派国民党第 70 军从宁波起航，三天后到达台湾。最近翻阅龙应台的《大江大海——1949》，这才比较清楚地了解了那段历史——台湾在接收过程中的浴火重生。其实，这段历史亦充斥着台湾的诸多痛苦，给祖国统一埋下祸端，也给中华民族带来了太多太多的遗憾。

台湾令我感动的是它的文化。这个文化是中华民族传统的文化。它的系统性的传承、原汁原味的继承和修旧如故的保护，真可以说是中华文化的生态园和标本库。礼仪是民族文化修养的外在体现，也是文化认同的标志。在台湾，人们在待人接物中的落落大方，唯谨唯尚，却是那样的得体和温馨；在礼宾和祭祀场合那种中规中矩、遵章崇典又使人感动；在人与人的交往中，那种礼让和包容，实际是对人的尊重，也让每个人感受到生存的尊严。文字是一个民族最重要的标志，也是汉文化的物体呈现。在台湾凡是视角所及，都是传统的汉字，特别是在繁华闹市，圆头繁体字和颜体字的霓虹灯箱和建筑环境以及氛围是那样的协调。民俗是民族特点的区别，也是文化传承的形式。台湾的汉民族节日依然是那样浓烈和丰富，从春到冬，应有尽有，完全保留了几千年遗存下来的节日，和节气、人文结合的如此完善。在大陆积极申报节日的非物质文化遗产的同时，他们把节日也经营得如此有滋有味。建筑，是民族文化的综合载体，特别是古建筑，包括庙观楼堂、古民居，它的营造法式、雕刻、绘画、书法、文学，甚至戏剧（节日里的演出）在人们寄托精神诉求的同时，也愉悦了心情，传承了文化。虽然台湾的建筑没有大陆那么悠久、宏大，但其保护的意识、祭祀的态度、管理的方法，都值得我们敬仰。

我们还远眺了"总统府"，路过了"行政院"、"监察院"、"外交部"等一些机构，这些总让人联想到历史上或是偏安一隅的南宋，或是占山为王的独立王国。台湾的故宫博物院，虽然国宝累累，价值连城，但形式和内容的脱离总感到心里不是滋味。故宫只有一个，作为故宫博物院，只有把展览和建筑结合起来才能真正感受到民族的辉煌和伟大，才能感受到中华历史的绵长和尊严。到现在要搞一个断代内容或专题性的展览，两岸故宫博物院还要签订协议，互相拆借和挪用，总让人感到别扭和汗颜。

台湾是美丽的，台湾是富庶的，台湾人民是勤劳而智慧的。但台湾这个不大的岛屿却承载了太多太多的缺憾和惆怅。这种历史所造成的遗恨，又让太多太多的民众来承受。台湾有位诗人叫余光中，他的《乡愁》深刻地道出了两岸民众的心声。

> 小时候
> 乡愁是一枚小小的邮票
> 我在这头
> 母亲在那头

长大后

乡愁是一张窄窄的船票

我在这头

新娘在那头

后来啊

乡愁是一方矮矮的坟墓

我在外头

母亲在里头

而现在

乡愁是一湾浅浅的海峡

我在这头

大陆在那头

右玉印象

　　舒缓优雅的小夜曲从车窗飘向茫茫原野，纵目远眺，绵延起伏的丘陵时断时续一直延伸到蓝天白云的尽头，满山遍野的绿色，一片片的乔木、灌木蓬蓬勃勃，偶尔可以看到些许梯田，或是几处农舍点缀在茵茵绿野和茂密丛林之间，弥漫着泥土芬芳的空气，甜丝丝的沁人心脾，让人感觉仿佛置身于一座天然的氧吧之中。这恰似一处绝佳的休闲疗养胜地，无论如何也难以让我把眼前的景色与记忆中那个古道苍凉、寒风凛冽的塞上小城——右玉联系起来。因为，据说那首让山西人传唱已久、迄今仍让人心酸落泪的古老民歌《走西口》中所唱的"西口"正在此地。

　　不要低估这个仅有十几万人口的塞上小城，因为它有着悠久的历史和深厚的文化积淀。据史料记载，早在秦代这里就设置了善元县，属雁门郡治。西汉沿用秦制，东汉雁门郡南徙后，改为定襄郡治。汉末战乱郡县俱废，北魏时复置善元县，北齐改置威远县，唐以后为云中县。明洪武二十五年设置定边卫，永乐七年将边外玉林卫并入右卫，改称玉林右卫，属大同府管辖。清初更名为右玉卫，雍正三年升为右玉县，归平朔府管辖，府治就设在右玉。民国元年，废府留县，右玉归属雁北道。新中国成立初期，属察哈尔省，后归入山西省。1958 年与左云县合并为一县，1961 年又恢复了县的建制。右玉的文物遗存较为丰富，其中具有重要历史考古价值的有新石器时期的石斧、商代青铜器、西汉的温酒樽等珍贵文物。而沧桑的旧城、古老的寺庙和绵延的长城也都印证了悠久的历史。

但是，如果单从地理、地貌和气候等自然条件上看，右玉不仅不是山肥水美、物产丰饶的膏腴之地，甚至似乎还不能算是一个条件舒适的人类宜居之地。它地处晋蒙交界，地势南高北低，中间平缓，周围群山环抱，岩石裸露，覆土单薄，植被稀少，水土流失严重，而且气候干燥寒冷多风沙，因而素有"十山九无头，河水向北流"的说法。

据说，最早的"西口"实际上是右玉境内长城上的一道险要关隘，原先的名字应该叫杀虎口。杀虎口的变迁，其实可以看作明清山西历史的一个缩影，如果我们站在宏观历史文化的角度来看，就会发现山西北部毗邻蒙古草原，向南衔接中原腹地，乃是农耕文明与游牧文明的交融汇聚之地。草原游牧部族需要中原生产的食盐、丝绸、布匹、茶叶、铁器等生活必需品，中原居民需要输入马匹、牛羊、皮货等物资。这种互通有无的实际需要，必然造成商业的往来与兴盛，如果商业往来被某种政治或民族的纠纷所阻断，那么战争就会成为解决问题的另一种选择。

我曾猜想，作为兵家必争之地，这里除了地势险要之外，留给后人的恐怕只有凄楚、凝重与苍凉了吧？但一路走来，感慨万千，古人所谓沧海桑田之变，其实就在眼前。

下车伊始，我便暗自思忖，一路看到的如诗如画般的人间美景即非上苍所赐，那就只能靠右玉十几万人民群众的勤劳与智慧去巧夺天工了。一番塞外寻幽，果然不出所料。从新中国成立初期到现在，先后有17任县委书记、16任县长主政右玉，他们换书记不换主题，换县长不换主张，一茬接着一茬干，在长达半个世纪的岁月里，坚持不懈地植树造林，创造了堪称辉煌的业绩。从20世纪五十年代迄今，他们十年跃进一个台阶，一任领导提升一翻品质，硬是把一个寸草难生、飞沙走石的苦寒之地改造成了山清水秀，松柏叠翠，柳暗花明，莺飞草长，禽奔泉鸣的塞上锦绣河山。右玉的干部群众用自己的双手营造了温馨的家园，同时也使我们深刻地认识到，人类的文明与进步不必以自然环境的破坏为代价，人类应该学会与大自然和谐共处，实现人伦与天象各得其所。

在我们居住的这个蔚蓝色的星球上，从灵长类哺乳动物逐渐进化并最终脱颖而出的人类，似乎缺乏对大自然的必要尊重，尤其是随着工业文明时代的开启，以征服者自居的人类在一百多年时间里的对自然环境的破坏达到了无以复加的程度。中国传统文化中天人合一的思想，宗旨就是"与天地合其德，与日月合其明，与四时合其序"。右玉之变为其作了最好的诠释。时下人们常说的"生态文明"，即是强调人与自然的和谐相处，并进而实现人与社会的可持续性发展。右玉的巨变给我的心灵以强烈的震撼，他们植树造林、改善环境的执着境界给予我们深刻的启示与借鉴。

与大自然做亲密接触是当下流行文化的一种时尚，而返璞归真则是古往今来仁人贤哲孜孜以求的梦想，我想眼前的右玉或许正是人们到处寻找、可以圆梦的地方。因为，不必说这里有绿树成荫的大街小巷，恬淡静雅的村落民居，鸡犬相闻的田园春色，诗情画意的山川风光，祈愿诉求的庙宇寺观，仅仅从孩子们稚嫩的笑脸和老人慈祥的神态中，约略也可以读出和谐社会的神韵，感受到自得其乐的精神家园，谁能说这些都是海市蜃楼，又有谁能说这不是人间仙境呢？

即将离开的那天下午，我们一行数人兴致勃勃地登上了右玉的南山。这里峰峦起伏，松涛阵阵，满山遍野的油松、落叶松、白桦、山榆、山杏、沙棘、胡榛子，应有尽有，错落有致。极目远眺，碧空白云下群山如莽，满目苍翠；俯瞰山下，阡陌纵横间村落掩映，炊烟袅袅，处处彰显着生命的活力。眼前这塞上美景宛若一幅赏心悦目的山水画，如果真有这样一幅画，我相信很多人都会不惜千金以求之。遗憾的是恐怕没人有这样的生花妙笔，生活里也没有这样硕大无比的纸张，而我等有幸来此一游，一饱眼福，也就应该知足了。山间的花草散发着迷人的芳香，让登临此处的人们流连忘返，我想右玉之美或许已经永远定格在此行每个人的心中，成为永远挥之不去的记忆了。

桃园三巷

　　在桃园路现在恐怕很难找到一棵桃树。这么好听的名字，大概是在城市扩张前或者是前农村的一种景象。新中国成立后，城西有了新建路，慢慢也有了桃园路。有了纵向的路后，在对城市进行谋篇布局，不断规划建设，也就逐渐有了横向交错的桃园一巷、二巷、三巷等，这几个巷子我都住遍了。如今住在最近几年改造后的桃园三巷。

　　桃园三巷是这几条巷子的经典。它起始滨河东路，往东穿插桃园路，再往东直至新建路，一共不到一千米。在这一千米内，路两边都是政府机关、服务行业和文化部门的宿舍。前两年，市政部门对街巷进行了改造，不仅人性化，方便了通行，而且给人以现代化的感觉。车行道低于人行道，人行道濒临巷道树。有的巷道树还用砖石材砌起来，真有点园林化的味道。说起园林化，桃园三巷的绿化还真不错。不到一千米的路，靠西是滨河东路50米绿化带，至东是新建路的水西公园。中间既有桃园小公园、市政府开放了的绿化得很漂亮的市府公园，还有好几个街头绿化小品。道路两旁的绿化树就更不用说了，都是十几年、几十年前栽的大树了。

这样说来，桃园三巷是一条宜人之路、宜行之路、宜居之路了。是的，光一年四季的变化就是一道赏不够的风景。到了春天，这里虽没有春来江水绿如蓝，也没有春来江水鸭先知，但西游汾河公园，东临水西河畔，也能寻到春的踪迹。还有看不完的花。先是黄灿灿的迎春花，接着分别是尊贵的白玉兰、红玉兰，再就是平凡而普通的灌木类的花；到了像鸡毛掸子一串串的海棠花开和满街清香的丁香花开就接近夏天了。夏天的迷人是浓郁的满街树木，槐树、柳树、杨树、核桃树、栾树、白蜡树、银杏树等。如果行人要在这里行走，哪怕是再矫情的女性也不用遮挡，因为这里荫翳的树冠遮天蔽日就是天然的遮阳伞，再加上品种繁多的乔灌木，仿佛是在游览一个北方的植物园。秋天是个爽朗的季节。如果你在重阳节前后有足够的心境来观察，那黄栌、那五角枫，还有那火炬树的树叶由绿变黄，由黄变红，把那金秋美景在高楼林立的城市展现得悠长而秀美。如果你是一位退职后的老人，也许你并不需要登高望远，这里的景色加上国庆前后组团摆放的菊花、鸡冠花等，再加上巧遇中秋的一轮明月，就足以让你尽情赏景、悦目、爽心了。一场秋风扫过，满街都是黄金甲，那沙沙的树叶翻飞，给城市增加了野趣，也为人们的生活增添了人与自然和谐的韵味。紧接着忽如一夜春风来，千树万树梨花开的雪景，则把平日里聒噪的城市抚慰得静谧而肃穆。那油松、那侧柏、那云杉、那雪松、那白皮松等常青树上压满了像云朵一样的白雪，更显出城市的精神和生气。有一首诗云："春有百花秋有月，夏有凉风冬有雪。若无闲事挂心头，便是人间好时节。"诗虽然很直白，但蕴含着禅意，作为桃园三巷，还确实有这么一种四季不同的美。

桃园三巷其实也很悠闲。街两边建筑一层的门面房，少不了茶艺和棋牌馆。谈生意的人、和朋友茶叙的人、当然也有消闲的家庭逢年过节松弛一把的。然后是理发、美容和健身的场所，方便市民是一个方面，更主要的是提升了社会发展进步了的城市品位。最大众化的是市民的文化生活,在桃园公园、水西公园，每周都有市民自发组织的晋剧表演,而演唱水平都很不错。因为这里聚集着市里几个剧团退休了的艺术表演者的住户，当然也包括文武场的乐师。然而，近朱者赤，所谓一些参与表演的其他业余爱好者，也就不是一般普通的人了。至于每天早晨锻炼身体的人，就更普遍了。在几个小公园，各种形式的锻炼团队，由于成年累月，由于师教传承、由于比赛竞技，他们的锻炼似乎成了表演性质。置身其中，可以给人以欣赏愉悦的感受。值得称道的还有，在桃园小公园旁边的街上，建起了几个露天象棋桌，每个棋桌上都配有一副象棋。除了下雨，每天每个棋桌上都挤着下棋和看下棋的人。

在春、夏、秋三季，不但从早上开始一白天都围着人，到晚上也还有人不辞辛苦在娱乐。桃园三巷真滋味。

我时常清晨起床，到三巷的马路上和公园走一走。那时马路很宁静，个别赶早的车辆在街道上穿行，马路两边有起早锻炼的人，显示出这座城市的宁静和品位。当我向东穿过桃园路时，夏天两边的白蜡树上，在密密麻麻的树冠上聚集着无数喜鹊，叽叽喳喳叫个不停。像是当年生产队农业学大寨时，天未亮，生产队长已经集合社员在分派活计，准备上工，然后喜鹊们就四散飞走了。一个城市的一天重新开始了。

域外感悟

十几年了，或旅游推介，或招商引资，或友好访问，或文化交流，多多少少、大大小小也去过一些国家。不是说外国的月亮必然圆。但是，由于国情的不同、机遇的不同、自然环境的不同、文化背景的不同，各国在方方面面总有些优劣和差异，于是就有了一些感受。

文物古建谈传承

一辈子在一个地区、一个国家生活，自然熟悉自己的历史，也自豪传统的辉煌，当然对自己的祖先也产生了崇拜。然而到国外多次考察学习后，同样是文明古国、同样有悠久的历史、同样有大气磅礴的建筑，但却有了不同的感受。

罗马是意大利的首都和最大的城市，位于意大利中南部西侧的丘陵平原上，特韦雷河（台伯河）横贯全市。罗马城最繁荣的时期是两千多年前的古罗马帝国时代。作为帝国首都它拥有上百万居民，神殿、凯旋门、纪功柱、浴场、水道和竞技场等纷纷建立，还修起总长 19 公里的城墙，罗马帝国崩溃后，古城又逐渐成为天主教会的中心，从 756 年到 1870 年由教皇统治。15 到 16 世纪罗马是文艺复兴的中心，艺术、建筑和文化空前发展。接着又兴起了巴洛克艺术，建造了许多华美的教堂、宫殿、广场和喷泉。万神殿是罗马最古老的建筑之一，它始建于公元前 27 年，是为了纪念奥古斯都远征埃及的战绩，现在保存得最为完整。罗马是天主教的圣地，天主教堂比比皆是，据说共有 450 余座，其中最著名的分别是圣乔瓦尼教堂、圣玛丽亚大教堂、圣保罗教堂，它们与梵蒂冈的圣彼得大教堂一起并称为罗马四大教堂。罗马堪称博物馆之都。在众多的博物馆中，博盖塞画廊及博物馆是最有名气的一个。罗马的喷泉最负盛名，特雷维喷泉是其中的代表。罗马广场众多，它不但为市民提供了休闲的场所，而且连接了四通八达的交通。而这些遍布全城的建筑，都具有欧洲石材建筑的特色，牢固、坚实、华丽、精美。包括斗兽场，历经二千多年，虽经地震摇曳，垮塌了一角，但仍然不失当初雄伟的风姿。之后历朝历代的建筑，无论是皇家宫殿还是民间工程，都精雕细刻、精益求精。正是由于罗马的悠久历史和古老文化，才赢得了"永恒之城"的美称。

当然，罗马是古罗马发轫的祖域，也是财富的集聚之地。而西班牙虽是古罗马的辖属，但毕竟是朝供国，所以他就没有那些古老的大城市，但在古罗马的庇荫下却孕育了如此繁多、古老、富于深厚文化底蕴的小城市。梅里达是埃斯特雷马杜拉自治区首府，人口 5 万多，是公元前 25 年罗马皇帝奥古斯都所创建。这里保持着西班牙最多的古罗马遗址，被称为"小罗马"。梅里达到处充满着南西班牙的情调，城市风貌仍保持着罗马时代的格局。这里的罗马剧院用 32 根大理石柱装饰的舞台非常漂亮，音响效果非常好。露天的观众席呈半圆形展开，可容纳 6000 名观众。剧院北侧的圆形露天剧场可容纳 1.4 万人。这里是古代角斗士与野兽搏斗的场所。其复杂的水道系统可按照要求将部分竞技场淹没，以便进行水上大战。这两座 2000 多年前的古老建筑现仍在使用。梅里达市的古罗马遗迹很多，巨大的图拉真凯旋门、狄安娜神庙、罗马屋小宫殿，还有罗马柱、高架输水道等古迹，1993 年都被列为世界文化遗产。

托莱多在马德里以南 70 公里外。小城只有六七万人口，地处西班牙的心脏地带，城市建在小山上，塔霍河在这里绕了个大弯，从三面将城池围绕，构成天然的护城河，仅北面需要城墙屏障。公元前 193 年，罗马人征服此地，建为要塞，西哥特人把托莱多作为王国的都城。从 712 年起，摩尔人统治 737 年，这一时期还迁来大批犹太人。1085 年，卡斯蒂利亚国王阿方索六世夺得此地，允许基督教、伊斯兰教和犹太教三种文化并存共荣，此地后来被称为"三文化城市"。1561 年菲利普二世迁都马德里，从此托莱多得以保持中世纪的风貌，为今人留下了一份宝贵的古文化遗产。整个城市弯弯曲曲、上上下下的窄街陡巷、古老店铺，到处洋溢着历经风霜的盎然古意。城墙城堡、石砌拱桥、石板古道、修道院、教堂、犹太寺院、阿拉伯城府、贵族宅邸和中世纪庭院灿若繁星、散布其间。基督教艺术、阿拉伯艺术和犹太艺术的多风格相互渗透，展现出托莱多多元文化的特征。1986年，联合国教科文组织把托莱多古城列为世界文化遗产，誉之为"最完美、最和谐和最能代表西班牙悠久文明的城市"。

塞哥维亚是个只有五万人口的小城，地处马德里北部50公里处。这个城市有着辉煌的历史，是西班牙最著名的历史古城。城墙里边的街道，都是用两千年前的石块铺就，弯弯曲曲、狭窄幽深。古色古香的建筑群，每一处都是文物。其中大教堂是西班牙最后的哥特式建筑。高耸的主塔在众多的小尖塔簇拥下高贵非凡，被誉为"西班牙教堂中的贵妇"。城外的阿尔萨尔城堡坐落在古城西端高出河谷80多米的山冈上，有居高临下的气势。它在阿拉伯人统治时期就初具规模，后来居住在这里的历代国王又屡次加以重建和扩建，成为古建筑中的瑰宝。迪士尼童话电影《白雪公主》用此堡作为舞台背景，使它为全世界观众所熟知。由罗马人修建的高架大渡槽是城市的象征。它实际上是高架水道槽，是为了把18公里以外的水引到市区，在跨越河谷时，由古罗马人修建。大渡槽全长728米，由120个花岗岩砌成的立柱支撑，两柱之间圈成拱洞，其中 44 个为双层拱，总共筑有163 个拱洞，渡槽离地面最高处 29 米，整个大渡槽用 2 万多吨花岗石干砌而成。2000 年来，甘甜的渠水滋润着清秀的城市，至今水道依然完好，仍旧使用。1985 年大渡槽及塞哥维亚旧城被列为世界文化遗产。

在西班牙干燥荒凉的中部高原上，有一座完美的金黄色城池，这就是古城阿维拉，人口近 5 万。它距马德里 110 公里，海拔1131米，是西班牙地势最高的省会城市。中世纪时，这里是基督教和摩尔人长期争夺的对象，几度易手，直到 1090 年才由国王阿方索六世收复。为了巩固这来之不易的战果，国王立即将此国最精良的骑士派驻该城。骑士们在此大兴土木，修筑了一座坚固的城池。它的建成使这座城市固若金汤，被誉为"骑士的阿拉维"。这个称誉和城墙一直保存到了今天。城墙围绕着长方形的老城，全长 2.5公里，是西班牙现存最完整的一个城市。其平均高度为 12 米，厚度约 3 米，分布着88 座凸出来的半圆柱形守望塔和 2500 个雉堞，有 6 座大城门和 3座小城门，气势不凡。最令人惊奇的是大教堂，正面朝着城内的广场，背面则嵌置在城墙之内，成为城防工事的一部分。它把宗教圣殿和军事堡垒这两种截然不同的建筑特色融合在一起，表现了阿维拉军事重镇的特点。近一千年的建筑，无论是城池，还是教堂，无论是居民，还是街道，始终闪耀着石材颜色的金色光芒。由于保存完好的中世纪的城池，1985 年阿维拉旧城及城外教堂被列入世界文化遗产名录。

　　数次游览过这些古罗马的建筑和城池，让人拍案惊奇，但是伊斯坦布尔又使人感叹不已。395 年罗马帝国分为东西两部，东罗马帝国以巴尔干半岛为中心，首都拜占庭，后改名为君士坦丁堡，即现在土耳其的伊斯坦布尔。这个城市应该是东罗马辉煌时期财富的聚集地、战利品的重新组合堆积地和古代西方人民智慧劳动展示地。无论是绵延数十里的引水渠，还是巍峨的祭祀建筑，以及富丽堂皇的宫殿，都堪称文物的典范、建筑的珍品。伊斯坦布尔的地下宫殿，其实是君士坦丁大帝开始一直到尤思提安大帝时，历经 200 年建造的一个皇家大型贮水池。长 140 米、宽 70 米、高 9 米的空间内，共有三百根柯林斯式大石柱，宛如一座地底的超级大宫殿。更让人感到莫名其妙的是两个被压在柱底的美杜莎头像，一个倒放，一个侧放，传说是可以镇妖。但是经考证，整个地下宫殿的建筑，其材料都是建造者从被攻陷的建筑物运过来的，那么这些柱子就必然有些长短不齐，于是就将石凿头像作为支撑物来垫补，这样就有了这个传说。

　　综观欧洲的建筑，无论是创世纪的奠基之作，还是近代的传承发展，都是如此的坚固、耐久。现在所谓的文物、特别是被命名的世界文化遗产，都是一千年乃至两千多年前的原物，而且基本上保持了原貌。这除了建筑材料是万年不朽的坚硬石材外，可能和当时高超的建筑工艺也有密切的关系。建筑工艺不仅保证了耐时的质量，而且还体现出精美的观感。在每一次参观、在参观每一处建筑，只要没有经过自然和人为的破坏，每一个建筑都能体现出一丝不苟和精雕细琢的工艺。你看不到瑕疵、你感觉不到不舒服。而能感觉到的是历久弥新、是完好如初，仿佛是昨日刚刚竣工。每个建筑的周围、每个建筑的呼应，或者每个建筑的环境都显得如此协调、如此完美。当然规划设计是一个方面，而建造时的组织施工和督造监理可能也不无关系。善始善终、注意细节、不以功利为目的、不为其他因素而干扰可能是基本原则。

每一次参观、每一次感动，每一次感动、每一次思考。为什么这些千年建筑历久不衰、为什么这些千年建筑美不胜收。我想认真是很重要的基点，也是贯彻始终的民族精神。德国科隆大教堂，它以轻盈雅致著称于世，是中世纪欧洲哥特式建筑艺术的代表作，也可以说是哥特式建筑中最完美的典范。它始建于 1248 年，工程时断时续，至 1880 年才宣告竣工，耗时超过六百年。这可能是世界建筑史上跨越时间最长最久的建筑。这期间除了战火、资金诸因素影响工期外，几百年中，几十代人，一大批能工巧匠和有关名人、主教和政府官员没有认真、信仰和负责的精神组织、呼吁和大力支持是不可能坚守、坚持和坚韧而完工的。六百年间，一丝不苟的精神贯穿始终；六百年间，共同的信仰坚守如一；六百年间，原创的设计一直贯彻。如今，开工时的第一位建筑师哈德设计教堂时的图纸仍然保存完好，为今后修缮改造提供了重要资料。

圣彼得堡的冬宫是俄罗斯著名的皇宫。十月革命后，正式建成冬宫博物馆。它是世界四大博物馆之一，与巴黎的罗浮宫、伦敦的大英博物馆、纽约的大都会艺术博物馆齐名。冬宫初建于1754年至1762年间，1837年被大火焚烧。1838至1839年间重建，第二次世界大战期间再次遭到破坏，战后又被精心修复。冬宫虽然属于中世纪的产物，但是历经封建社会、资产阶级革命和十月革命，甚至现在又回归资本主义制度。期间历经劫难，但是无论如何，这个民族对人类的文明成果，对劳动人民勤劳、智慧的结晶，还是倍加珍惜、倍加爱护的，虽然时光过去了几百年，但是冬宫依然放射出俄罗斯民族文化的光芒。

古代建筑是民族精神的象征，是人类智慧的结晶，甚至大多是信仰的场所，也是传统文化的载体，更多的是社会文明进步的标志。她本身承载着太多太多的文化符号、建筑技术和人文情怀。泰姬陵在今印度距新德里两百多公里外的北方邦的阿格拉，是1630年，莫卧儿帝国国王沙贾汗为纪念死去的皇妃而修建，直到1653年才建成。泰姬陵整个建筑占地面积约17万平方米，呈长方形，东西长约580米，南北宽约305米，四周是红色的围墙。主体建筑是用白色大理石砌成的陵墓，建在7米高、95米长的长方形大理石基座上，四角各有一座40米高的圆塔，称作邦克楼。寝宫总高74米，上部是高耸的圆形穹顶，下部为八角形陵壁。整个陵园建筑布局完美协调，建筑形象既肃穆而又明朗，建筑构图熟练地运用了对立统一规律、而使这座很单纯的建筑物显得丰富多彩，并且成为伊斯兰建筑的杰出代表。但是，就在泰姬陵刚完成不久，沙贾汗之子奥朗则布弑兄杀弟篡位成功，沙贾汗国王本人也被儿子囚禁，最终忧郁而死。虽然儿子可以篡位，但是母亲（其实父亲后来也葬在这里）的陵墓却得到了保存。虽然朝代可以更迭，但是历史的文化遗产却得以保护。几百年了，泰姬陵作为世界建筑第七大奇迹，光耀五洲，成为世人络绎不绝的旅游重地。

从史前社会到现代化的今天，人类文明进步已经走过了五千多年。五千多年中，各国人民用勤劳、智慧的双手在推动历史前进的同时，也创造了辉煌灿烂的文化，特别是雄伟壮观的建筑文化。无论是波澜壮阔的创新改革时代，还是典章成熟的建设发展岁月，在历史建筑身上都依附结聚着深厚的社会积淀，都蕴藏盘存着鲜活的传统文化，都呈现展示着昨日的历史辉煌。这些文明的结晶，无论是在历史雾霾中走过了五百年，走过了一千年，还是走过的时间更长，风风雨雨中她的身上积存着多少历史老人的呵护、沉浸着多少圣贤先哲的抚爱。每一个国家都经历过战争的洗礼，每一个国家都出现过朝代的更迭，每一个社会都产生过进退的反复。由此而产生过贫富的差别、城乡的差别，但是文明使那里的人民以信仰、信念和境界让古老的建筑都保存了下来，让历史来证明自己的辉煌，让历史的灯塔引领我们走向更加遥远的地方。

城乡协调看发展

　　欧洲最近因金融危机的压力，人们的精神状态一蹶不振。但欧洲毕竟是世界老牌资本主义地区，她的社会、经济、文化和政治制度的发展都比较完善。因此城市化、生态文明也都先进许多。几次欧洲之行，深感社会进步非 GDP 是唯一的标准。

　　阿尔卑斯山是欧洲的一座主要山脉，她遍及法国、意大利、瑞士、德国、奥地利和斯洛文尼亚。是欧洲许多河流的发源地，也是西欧自然地理区域中最重要的景观，同时，她也孕育了西欧经济的繁荣和城市文化的发展。从德国到奥地利，一路穿越阿尔卑斯山脉，秋天的季节，一路欣赏到四季不同的景色。峻峭的山峰，在多年积雪区能看到皑皑白雪。在极地以下是混交林，落日余晖映照在树林里，那姹紫嫣红的颜色，非常夺目地显示出秋日的光芒。再往下是高山草甸，一群一群的牛羊在大自然的牧场里寻筑现实的梦想。在低洼的谷底盆地，阳光明媚，蝶舞蜂飞，在花草间热恋黩武。小河从山间流出，它也许是向大河里投奔，但是在它旁边的台地上，修建了几幢欧洲式的小楼，是居家，还是经营？抑或是牧民雅舍，反正路是路，教堂是教堂，生活设施一应俱全，特立独行并以山河为伴。

　　瑞士的日内瓦湖是阿尔卑斯山系最大的湖泊。湖水涟涟，烟霞万顷，湖面似镜，水不扬波，终年不冻，湖水湛蓝清澈。湖中有人工喷泉，系用强大电力使湖水喷出一股白练似的水柱。湖水喷至高空又变成四溅的云雾，阳光照射，呈一若隐若现的彩虹。微风吹拂，水雾飘忽，又像一袭薄羽轻纱。湖的南面是白雪皑皑的风光秀丽的山峦，山北广布牧场和葡萄园。日内瓦湖以勃朗峰桥为中心，沿湖公园四布，湖滨别墅连绵，红墙碧瓦掩映在绿荫丛中，不仅湖滨增绿了些许秀色，亦被拟为人间胜境。我在远离日内瓦的城郊寻找乡村，但是除了别墅、除了牧人的营地，哪里能看到我向往的乡村。

莱茵河是德国最长的河流。它的上游在瑞士境内，亦是发源于阿尔卑斯山。流经之处，景象甚是壮观，遍布高山、雪峰、草场和森林。沿岸风景如画，建有许多旅游区。莱茵河在德国算是中游，这里气候温和，土壤肥沃，农业发达，两岸尤以葡萄种植闻名，是莱茵河风光最美的河段。再往前，莱茵河流经鹿特丹入北海是为下游三角洲地区，这里却是一派田园景象，花田连绵，草场如茵，奶牛成群，风车林立，河渠纵横。一路走来，那里是乡村，乡村的概念是什么？乡村的标准是什么？拿我们生活过的农村和这里比照寻找，可以说连农村的影子也找不到。不是古老的历史文化名城，就是幽静美丽的田园别墅，要么就是乡间的农牧民的生活居所。也许我们没有深入到深山老林、穷乡僻壤，但如此发达的国家还会有像我们发展中国家自己生活过的那些贫困山村吗？

　　一次公务活动的深入考察，使我见证了意大利和西班牙的山山水水、边边角角。我们先是到罗马，然后坐大巴到意大利的阿布鲁佐区的佩斯卡拉市。罗马是靠近第勒尼安娜海（西），佩斯卡拉是濒临亚得里亚海（东），中间要穿过亚平宁山脉。亚平宁山脉是意大利从北到南的脊梁，罗马到佩斯卡拉间距两百多公里，高速公路全部穿亚平宁山脉而贯通。佩斯卡拉是阿布鲁佐区最大的城市，13万人口，我们的友好访问和公务活动全部以此为中心而展开。三天中，除了在市区活动外，还到距离几十公里外的两个小城参观考察。之后，离开佩市沿海北上到威尼斯，又走了两三天。然后离开意大利到西班牙马德里。在马德里进行文化访问，三天里也分别去了百十公里内的几个小城市。

　　这次友好访问和文化交流，地点比较集中、时间也比较集中、内容也比较集中，十天时间里的行程不管是到这两个国家的大城市、小城市，都经历了平原、丘陵和山地的行政区划，也经历了沿海和内陆的自然景象。在欧洲没有几个特大的城市，大部分都是中小城市；没有非常现代的城市，大部分都是具有文化品位的城市；没有一个破旧的城市，大都是具有历史沧桑感的城市。几次欧洲行，无论是穿山越岭，无论是跨河行川，我还没有真正找到我们印象中所谓的乡村。

　　欧洲肯定有乡村，不然它的城市化并不是百分之百呢？欧洲肯定有农民，不然它的种植业、养殖业靠谁来经营呢？何况它还有捕捞业、山区乡村旅游业。是的，我从罗马坐汽车到佩斯卡拉，虽然都是高速公路，但穿越的是阿尔卑斯的支脉亚平宁山脉。两百多公里的路程，不管是翻山越岭，还是跨桥穿洞，除了有森林、有草甸、有成片的橄榄树，也有庄稼、河流、湖泊穿插其中，要不然就是中世纪的小城市。要是碰到一些成片的建筑就是工厂、企业，不管远看近看没有不舒服的地方。也有碰到几户人家的聚落，但是都有平展的柏油马路连接起来，几户人家的房前屋后，都停留着汽车和一些机械，看起来他们的起居也都是很方便、很现代的。可能他们都是几十年前到此地的拓荒者，或种植或放养，过着悠闲自得的生活。后来我们从佩斯卡拉到威尼斯，沿着濒海的公路一边走一路看，走了两天，都是平原，种植业比较发达，有庄稼、葡萄园。除了有小城市连接以外，这才看到有限的几个类似的农村。说类似，是因为既不像我们近郊的城中村，也不像我们现在中国典型的乡村，应该说是像我们现在正保存完好的历史文化村镇和在建设的社会主义新农村还比较确切。有明显的规划迹象，除了小洋房或加工设施以外，而且有教堂、有农机设备、有汽车，明显展示出现代化乡村的特征。我们在西班牙，住在马德里，参观访问了三天。无论是到马德里的北面还是到马德里的南面，在深入一两百里的腹地，都是丘陵地带。在丘陵地，根据西班牙当地的气候特点，农业的经营不是种植橄榄树，就是种植土豆，也就是说少不了种植者——农民，但是，我们在所路过的地方，也很少见到村庄，亦和其他地方一样，看到的尽是有数的几户聚落，很秀气，也很清丽，估计他们就是当地的农业经营户。

诚然，西方发达国家的城市化水平应该很高了。再很高，也有非城市化的因素，不过，应该感到即使不是城市化的部分，也是具有城市化的生活水平、生活习惯和生活质量了。这就是城乡一体化。说到城乡一体化，我们会感到西方发达国家很容易一体化。因为从古罗马开始，他们就建立起了强大的社会帝国，不管是自强也好，还是掠夺也好，一千多年前他们就奠定了坚实的经济基础。而且近代以来，他们率先进入工业化、实行资本主义制度，又把西方的经济发展推向一个新的阶段。而工业化生产又是城市化的基础，农业、农民、农村就是社会分工中极小的一部分了。因此，城乡一体化就是一个普及与提高、反哺与共进的关系了。同时，乡村和农民又在整个国民经济中占着很小的部分，那么乡村和农业的现代化就是一件比较容易的事情了。

改革开放以来，我们开始全面建设小康社会。经济建设突飞猛进，改革开放日益发展，社会事业全面进步，文化软实力不断增强。最近又提出了生态文明的新要求，到建党 100 周年，也就是到 2020 年时要全面建成小康社会，而美丽中国又成为一个既有内涵又有形式的一个新目标。我们完全有自己的制度自信。2007 年，我们到印度考察，5 天的行程下来，突出的感觉不仅是"脏、乱、差"以外，还有就是基础设施非常落后。有些问题是和民族、宗教有联系，但核心问题是和国家制度有关系。比如说交通问题，在我们国家近年来高速公路、高速铁路以及机场建设已经达到和超过一些发达国家，而在印度修一条公路不知有多难。不要说投资要有多大的代价，就征地就是一个难以解决的问题。印度虽然也是一个资本主义国家，但是这对于一个刚摆脱殖民统治的国家来说，基础薄弱，百废待兴的事太多太多了。而且它的制度又保护的是私有制，那么一条几百公里的公路不知要涉及多少家个体和私营者的土地，光赎买的价格和土地主权的变换却不比一个中印边境主权争端的问题而简单。但在中国说要建一条高速公路，从开工奠基到通车使用，两年拿不下来，三年总可以完成。因为土地为国家所有，只要合理安排好土地使用者的生活，一切都不是问题。不仅如此，拿西班牙来说，这倒是老牌资本主义了，应该说社会发展已经达到了一个饱和的阶段，也就是说已经非常完善了，但是碰到世界经济危机，也束手无策。经济发展停滞，工人收入降低，失业率增高，政府压力加大，于是为了转移社会矛盾，把怨气撒向华人华侨。2012 年 10 月 16 日凌晨，马德里大举出动警察，包围华人区，一下抓走 80 多人，其中有 60 多人是中国人，说是涉嫌走私、偷税漏税等。其实这些问题，大小多少在所有经营者身上都是普遍存在的问题。只不过在西方，他们感觉为什么在金融危机的形势下，大家都很困顿，唯独中国人很滋润，他不说你辛苦、你勤奋、你坚守，他只眼红、只嫉妒、只心里不舒服。其实，在金融危机下，如何能有效地救市，也存在一个国家制度的问题。像中国应对金融危机，无非也是增大投资、刺激内需、加大出口。但是这在中国实行的社会主义市场经济就能有效，而在资本主义国家碰到这些问题就难以应对了。所以说集中力量办大事，有计划的市场经济对于发展中的中国来说，无疑是建设中国特色社会主义的正确道路。

尽管如此，但是对于建设城乡一体化来说，资本主义已经发展了几百年，而中国又是一个传统的农业大国；资本主义已经发展得很完备，城市化率很高，而中国的历史文化在农村、传统根脉在农村、民族情结在农村、发展引擎也在农村；西方发达国家在几千年的发展中，在城市化的过程中，已经很注重中、小城市的建设，无论是生活设施、生产要素、文化建设、精神寄托都不断地优化完善，走过漫长的发展道路。我们如何面对，既要提高城市化率，发展城乡一体化，又要继承传统文化、保护历史文脉、满足乡村居民的心理诉求，这是我们建设社会主义新农村和城乡一体化的过程中应该思考的一个大问题。特别是对于一些古村落、古驿镇的保护尤其重要。同时，城镇化的推进，也需要坚持以消灭三大差别为前提，在渐进过程中来提高和完善。不然，在盲目的推进中，城市化的加速造成城市建设人口剧增、设施不完善的一条腿长一条腿短。而农村年轻人的盲目涌出涌进造成新农村建设的空壳村和老龄村，这都会形成畸形的社会形态。好在我们党

的十八大提出建设中国特色社会主义道路总依据仍然是社会主义
初级阶段，总布局是五位一体，包括文化建设和生态文明建设，
总任务是建成小康社会——美丽中国，我想这些深刻内涵和丰富
内容，在我们建设城乡一体化的任务中也是必须牢牢把握和认真
遵循的。

合作交流呈豪迈

俄罗斯 2007 年 10 月下旬，太原市文化代表团在市领导的率
领下，到俄罗斯瑟克特夫卡尔市访问。瑟市和太原市是友好城市，
工业以锯木、造纸业、家具为主，还有船舶、汽车和拖拉机修造
业。1586 年建居民点，1780 年建市，人口 21 万多。她是俄罗斯科
米共和国的首府。其实共和国人口也才 100 万人口。地处乌拉尔山
脉西部，北德维纳河支流维切格达河畔。城市不大、人口不多、
面貌不新，也感觉不到现代化，只有一所综合大学，文化单位也
没有几个。但是比较宜居。因为她地处俄罗斯的西北部，地域辽
阔，人烟稀少，森林覆盖率高，湖泊河流多。因此农业、渔业、林
业发展都颇具特色，又有原苏联经济发展的底子，虽然看不到经
济发展的活力，而这也正是感到宜居的原因。

我们到此地，虽然只是十月底，但天已经比较冷了，因为该市
地处纬度很高，在我们到之前已经下了一场雪。由于她在俄罗斯

北部，所以这里是国家滑雪训练基地。我们在那里住的就是滑雪运动员营地。科米人属黄种人，很热情，安排我们在该市参观了学校、博物馆、造纸厂，还有居民家庭。安排我们吃饭就在市政府的食堂，很家常，也很随便。市长很年轻，也很有俄罗斯的率性，同时他在我们来访之前曾带领他们的财政局长来过太原，和太原市里的几位领导也见过面，因此总想和我们谈一些合作项目。特别是科米共和国的领导以及联邦外交部驻科米的负责人，也多次和我们洽谈。但是，无论引进还是投资，都是初加工，没有什么科技含量和附加值。我们只能答应回国后再研究。再有就是想在太原设留学生点，而我市或山西省均无这方面的批准权，只能申请国家来批准。后来听说他们又来了几位到太原，据说也没有谈成什么项目。关键是不对等——经济发展的层次不对等、品质不对等、需求不对等，因而很难有对等的项目。但是文化交流可以不受这些拘束。

2008 年上半年太原市文化艺术学校代表团到瑟市交流演出，下半年，该市副市长兼文化局长涅恰耶娃率该市文化艺术学校代表团到太原市访问，虽然两市文化底蕴、建市时间、城市规模、经济发展盘子悬殊都很大，但太原市还是非常重视的。宴请主要领导出席、演出四大班子出席观看、安排了他们所需要去的地方。只是购物我们安排去品牌商店，他们则提出要到秀水市场。而我们也深知在俄罗斯的偏远地区，既很少有暴发户，而居民的收入又普遍不高，我们也只能主随客便了。尽管如此，但我却感到，俄罗斯民众还是有破落绅士的气质。

印度 2000 多年前印度就和中国一样，创造了辉煌的历史，成为世界上四大文明古国之一。只是中华人民共和国成立以后，因地缘政治时常和中国磕磕碰碰。但印度在中国人的心里仍然不失文化的魅力。同样是 2007 年底，我们作为友好代表团到印度，确看到别一番景象。

我们先到孟买、再到新德里、再到几个小城市，一路走来，给人感觉还不如我国三十年前的城乡面貌，"脏、乱、差"成为当年我们"五讲、四美"治理的对象。环境卫生差，垃圾乱丢、乱扔，并得不到及时清理；很少有公厕，随地大小便；城市面貌混乱，一片一片贫民窟，严重影响观瞻；基础设施落后，城市的火车既破旧，又没有门，旅客挤得水泄不通，车厢顶上还坐着人，随时都有掉下来的危险。整个印度，凡是名胜、酒店、公共单位和贵族住宅的墙外、楼外、屋外属于公共管理的地方都是脏、乱、差的世界。正如我们的地陪导游说，像孟买这样在国家的地位上类似于中国上海的大城市，三十年也赶不上上海。他说的赶不上主要是指城市建设和环境发展。而他则是印度一所大学汉语言专业的研究生。

在我们完成公务后，行程安排要从新德里到附近一座城市参观。导游讲，明天早上六点起床，六点半出发。我们说，太早了，问多少公里呢，他答，100多公里。我们问什么路，他答，高速路，并强调就得这么早。后来协调好，七点出发，不在酒店就餐。第二天，我们七点出发了。一路上我们才发现，所谓高速路，犹如我们的二级路，中间没有隔离带，两边没有护栏。路上什么车也有，轿车、汽车、拖拉机，甚至还有马车。即使再好的车，在这样的路上想跑也跑不快，想跑也不敢快。何况我们坐的中巴，看起来挺漂亮，但机器芯子是印度造的，时速最多70迈。路上很少见到进口车。据说印度为了保护民族工业，限制进口外国汽车，更不要说引进世界品牌汽车生产线了。其实，进口汽车也无用武之地，因为它就没有真正的高速路。而当我们到达红堡、米纳克希神庙，时间也确实不早了。如果我们再固执，就要辜负导游一片责任心了。

当然，这是五年前的情况了，现在如何也很难说。不过按本地导游的说法和我们的印象，以及印度现在社会制度的实际，要按发展中国家的现实来计算，在很短的时间改变这种状况也确实很难。但这并不能否定印度的教育、IT业以及文化，特别是电影业很早就发展得很好，美国有好莱坞，印度有宝莱坞，我们到此也进行过参观。

美国　2011年2月7日（正月初五），当人们还沉浸在春节的欢乐时，应美国美中友好协会的邀请，受中华人民共和国文化部的委托，代表太原市文化大发展大繁荣的成果，我率领太原市歌舞杂技团到美国参加"中华文化周"演出活动。这个活动是先参观美国职业篮球新泽西网队的主场，纽约普天寿中心的联赛。在这个赛场举行"中华之夜"新春晚会，并拉开"中华文化周"活动的序幕。

在"中华之夜"新春晚会上，结合篮球联赛，分赛前、赛中、赛后三段演出。而在最后的演出，则是观看篮球赛的华人华侨的新春联欢会，准备得很隆重，原来还准备邀请谭晶参加演唱，后来因故没能参加，就靠我们代表团的实力，仍然赢得了一片赞誉和欢腾雀跃。正如美中友好协会会长张锦平先生所说，这场演出是一个东方文化与西方运动的激情碰撞的盛宴，这不仅让前来观看球赛的美国观众更加了解中国文化，而且促进了不同文化间的交流，让中华文化艺术的精髓在美国发扬光大。张锦平先生是福建人，到美国二十多年了，他团结一批华人积极为中美友好推进助力。

中华之夜新春晚会同时拉开了"中华文化周"活动的序幕。随后几天，我们在纽约等市的 3 所高中、1 个华人社区和布鲁克林区政府的新春聚会（类似于团拜会）上进行了演出，都取得了强烈的反响和广泛的赞誉。我参加了布鲁克林区的团拜会。布鲁克林区（是纽约的核心区之一）的区长（是国会议员）在颁发给我们的荣誉状上说："我向你们已取得的所有成绩表示祝贺。我在此祝愿你们取得更大的成功，并感谢你们在这个重大节日里为布鲁克林带来了如此令人惊奇的艺术。"

这次活动意义非常重大。因为不是商演，是代表国家到社区、学校演出，不仅反响强烈，而且场次多，受众广，中华文化和价值观在此得到充分体现。为此，中国驻纽约总领事馆的文化参赞和文化处的工作人员全程陪同了演出，而且总领事彭克玉同志还破例邀请我们的一个小小演出团全体到领事馆做客答谢。他说："你们经过精心的准备，为美国观众带来了一台充满浓郁山西地方特色的精美演出，特别是斯坦顿岛托腾维尔高中的演出非常成功，观众中 95%以上来自当地主流社会，而节目中贯穿的中国地方特色文化深深地打动了现场观众……贵团在美的成功巡演，有力地支持了我们对美开展的公共外交工作。"

2011 年下半年，美国美中友好协会会长张锦平、副会长李丽回国到山西拜访老朋友。同时，他们也想考察一下山西的市场，打算在太原投资奢侈品市场。但是，经过考察不言自喻，已经打消了他们的念头。可能他们认为，山西属于中西部，甚至不是西部的西部，是一个像刚开始改革开放时期可以大把淘金的地方。其实，经过三十年改革开放，经过产业结构的调整，山西已经今非昔比。即使现在山西还需要大开放，还需要大招商，但现在要招的商应该是大集团、高科技、附加值高的产业。落后的产业已被淘汰了，能赚钱的行业早在多年前就被人抢滩了。尽管现在还有一些空白，但那是一些放线长、见效慢、投资大的前瞻性产业，也许将来能有大回报，但那更需要资金雄厚、技术前卫、眼光远大的大财团。也因此，我们送走了张锦平这个中美友好的使者和多少有一点经济实力的投资者。

意大利　我已经是第二次来意大利了。上次是考察团，欧洲八国行，第一站也是从意大利开始。这一次是山西友好代表团，到意大利阿布鲁佐区来访问交流。山西和阿布鲁佐是友好省区，双方来往已经二十多年了。欧洲的大区其实和中国的省是一个行政级别，而他们区下边的省则等于我们的地市一级。我们这次访问是2012年的10月中旬。从罗马下飞机，第二天下午驱车到阿布鲁佐区下辖的佩斯卡拉市（佩斯卡拉省的省会）。这个城市濒临亚得里亚海，13万人口，工业以机械、化学和食品加工为主，也是个著名的渔港。我们的访问以这里为中心，参加了以大区议会主任，前任议会主席、现名誉主席，1999年时任山西省省长王森浩访问时的议会主席以及区旅游局长和意中东方经济文化交流发展协会主席戴维谊出席的欢迎仪式；参加了佩斯卡拉市和太原市签订合作协议的仪式；参加了运城市和兰恰诺市签订备忘录的仪式；参观了两个工厂。尤其是参加佩斯卡拉商会(对外发展中心）的产品推介会很有感触。西方人干什么都随意，说得确切点叫享受生活。但这个推介会却很认真，近十个人发了言，其中有七八个企业负责人或营销员都做了产品推介。有汽车、有皮革服装、有城市规划等。看来欧盟经济危机确实很严重，对外营销出口也很迫切，尤其对中国的市场特别看好。据他们研究推测,中国的经济增长,2012 年应该是 8%,2013 年则应该是 9.2%。尽管我们不是搞经济的,全团也没有一个说话算数的领导,但他们对我们这些人还是抱有一定的期望,起码表现出强烈的合作意识。

中国的经济确实有了长足的发展,特别是经济总量排名美国之后、世界第二,便成了全球瞩目的焦点,因此,在这次访问中也感到有奢中国对意大利救市的期望。戴维谊是个中国通,他早年就出了个中国影集,里边有好多的山西七十年代、八十年代、九十年代农村或城市的照片,也确实数次到过山西,因此,这次接待真正意义上是他在安排。本来我们倒时差很累,但他白天晚上的给我们安排活动。其中还安排我们到一百多公里的兰恰诺市(县级市)参观葡萄酒厂。说是那里的葡萄品质世界最好,法国的葡萄酒厂的原料就是那里供应的。还陪同我们到二三十公里的皮亚内拉市(县级市),参观一个橄榄榨油厂,一条龙生产,这边倒进橄榄,机器设备的尾部油就流出来了。并且说,意大利的橄榄要比西班牙好。其实,参观这些,都只是为了让我们加深印象,因为,2011 年王君省长曾访问过意大利,并和布鲁佐大区签订过协议,2012 年或 2013 年要把葡萄酒和橄榄油销售到山西去。戴维谊先生很热情、很认真,但把我们折腾得很辛苦、很无奈,每天都是晚上 10 点或 11 点才完成公务,回到宾馆就倒头睡觉了。

这次出访,尽管我们的代表团规格不高,尽管我们没有一个能拍板定案的领导，尽管我们没有一个搞经济工作的，但是对于意大利阿布鲁佐区来说，虽然没有像我们中国礼仪之邦那么多的繁文缛节，但都是实实在在的，访问交流都是安排得很扎实。戴维谊先生和鲍丽娥（曾在中国留学）女士自始至终陪同，并且很纯朴；自始至终围绕着交流合作。我出国时带了几幅自己的书法作品和自己旅途抽的香烟，作为赠礼，这便进一步拉近了我们的距离，增添了些许话题。团友们说我是书法外交，其实这不但提高了我们团的文化品位，同时通过意大利友人的赞扬，而且增强了中国人因国力不断的强盛而倍加自豪的感受。

精神家园的随想

　　每个人都有自己的精神梦想。从古至今，越是文人骚客，他们的精神世界越丰富；越是圣哲贤人，他们探索理想世界越困苦。历史上任何一个时代如果没有营造出让人的心灵得以慰藉的精神家园，生活在这个时代的人们，无论其出自哪一个社会阶层，也无论其是否受过系统的文化熏陶，大抵都会或多或少或深或浅地感知到精神心理层面的不适与无奈。

　　现实中，我曾探访过香格里拉——这一让当代世界风靡的精神家园。那里有高原草甸，有雪山江河，有白云般的羊群，也有蘑菇般的帐篷。有村庄，但没有院墙和围栏的设防；有诉求，且有堂皇巍峨的庙宇可祈愿。珍珠般的湖泊，清澈透明，像是与世隔绝的圣湖。迷人的草原与森林交织，给人以神秘，并塑造出"此中有真意，欲辩已无言"的禅境。这里没有物欲横流的奢望，这里没有想入非非的重负，这里也没有现代生活的刺激，呈现给世人的是静谧、安详而温馨的生活，这算不算我们理想的精神家园呢？

让我们慢慢咀嚼王安忆在她的《乌托邦诗篇》序中的独白，那会给予我们更直观更贴切的认知。她说："当我们在地上行走的时候，能够援引我们，在黑夜来临时照耀我们的，只有精神的光芒。精神这东西有时候大约就像是宇宙中一个发亮的星体，光芒是穿越了凉冷的内核，火热的岩浆，坚硬的峭壳，最后才喷薄而出。"那么反之呢？假若没有"精神的光芒"来照耀我们，我们的"行走"是否只能是步履蹒跚甚至跌跌撞撞了呢？

纵观整个世界人类文明史，无论是刀耕火种、茹毛饮血的蛮荒阶段，还是意识活跃、学术争鸣的文化开创时期，抑或是宗教盛行、思想禁锢的黑暗的中世纪，人类对精神家园的渴望与追求从来都没有停止过。西方先哲关于"伊甸园"和"乌托邦"的生动描述，中国古人对于世外"桃花源"的种种遐想，其实都是同一种人间情怀的诠释和理想精神境界的追求，尽管这种诠释和追求因缺乏理性与科学的光芒而不免流于稚嫩和空幻，然而它们却无不直观地呈现出现实社会对圣洁而美好的人类精神家园的深情眺望——仿佛在隆冬三九的严寒中送给瑟瑟发抖的人们以融融暖意，又像是在黄沙大漠中给舌干唇裂的人们引来一汪清清甘泉。

其实，那些深受儒道两家学派影响的中国传统知识分子，大抵都抱有"达则兼济天下，穷则独善其身"的人生观，这也是他们当中的许多人把寄情山水之乐作为一种生命时尚的原因所在。因为静谧的大自然中，没有世俗的喧嚣与纷争，没有人间的逢迎与倾轧，只有那风烟俱净、天山共色的清丽风光和泉水激石、潺潺作响的山水清音。庄子说："圣人者，原天地之美，而达万物之理。"他认为只有置身于大美无言的自然之中，人的精神才是自由与愉悦的。而他的一生恰是与天地并游，与自然合一，寄情山水，逍遥自适，无为而为的一生。

在优胜劣汰的物种进化过程中，鬼斧神工的"造物主"在我们人类生理和心理系统承受极限压力值的临界点，巧妙地设计了一套为避免超负荷重压而造成系统崩溃的自我保护机制。当来自外界的强烈刺激接近极限的时候，我们在生理上会发生"休克"，精神上会产生幻觉，这是一种生物性的本能反应。"望梅止渴"的典故，从一个侧面充分展示了作为杰出政治家的曹操对人类精神心理学艺术的深刻理解和娴熟运用，而鲁迅先生笔下阿 Q 的"精神胜利法"则是身处弱势的"草根"阶层面对高压而无可奈何的自慰。

当然，面对同样的社会环境，不同的人有时也会有完全不同的心理反应。叔本华说："我厌恶人生，人生对每一个人的每一时刻都意味着痛苦。"而歌德却说："人生，你是多么美好！我尽情地呼吸你甘美的芬芳，享受你阳光般的温馨。"这两位生活在同一时代、同一国度的哲人，由于站在不同的角度，面临不同的境遇，持自不同的价值观，对人生的感悟截然不同。这正说明精神家园对于人生驿站的重要性，也反映了人类构建精神家园的思想方式和心理路程的复杂和艰巨。

古往今来的思想家、政治家、社会学家从各自不同的角度出发，不倦地寻找、探求、孕育、追逐……期望人类这棵奇妙的精神之树，能够绽放出一朵美轮美奂的理想之花。恰似一首诗歌吟诵的那样："它交给强者一支叛逆的神杖，为弱者开辟出一片宁静的港湾；它使美的灵魂显得更美，使卑鄙的灵魂面对无法闪避的明镜。一旦聪慧而狡黠的人类开垦出了这片神奇的精神乐园，人们便在告别了洪荒岁月后有了自己的第一首诗、第一支歌；并因此而常使自己的生命在一瞬间现出神奇，光芒四射，宛如处子……"

无论是历史上还是在现实中，我们都无法回避这样的事实，即任何一个伟大的民族，都需要激情澎湃的社会理想和内涵丰厚的精神家园，因此，历史上每一个伟大民族都拥有自己的一尊尊精神偶像或思想巨匠，他们在不断地探索，不断地追求，不断地布道。从东半球的老庄、孔孟、释迦牟尼、穆罕默德到西半球的苏格拉底、柏拉图、亚里士多德等圣哲先贤，都曾为各自的民族设计、描述过未来社会的理想画卷。这些社会理想首先都是超越于物质的。正是这样的社会理想，才可能使一个民族具有整体向上的超越性的精神，使我们每个个体摆脱物质的诱惑，投入到精神生活的创意之中，让我们能够在物质相对贫乏的状态之下，获得生命的核心价值和生存的崇高意义。

如果我们失去了作为一个民族整体的精神理想和价值追求，也就失去了现实生活的正确方向，那样就只好把 GDP 本身当成奋斗的唯一目标，把对物质世界的无止索求当成人生的唯一乐趣。于是，每个人都甘愿镶嵌在现代文明的能源和物质转化链条之间，成为加速其运转的一个环节，并被加速运转的链条所牵动，人人疲于奔命，无暇反省自己的生活。人生的追求发展至此，得到的只能是，虽然我们现在能往返于月球，但我们却很难接近左邻右舍的心灵；虽然我们的收入增加了，但快乐却大大减少了。我们也可能获得更多的成就，却感觉不到人生的幸福。人们有了更宽敞更舒适的住房，但更多的家庭精神空间狭小破碎了……

事实上，任何一个伟大的民族，都需要守望自己的精神家园和文化传统。中华民族历朝历代作为修身齐家治国平天下的伦理道德，并不仅仅是封建社会的支撑，而应该是人类文明的结晶，君臣父子、忠孝节义，天地君亲师……都蕴含着太多太多建设现代文明应该遵循的准则。中华民族积累了丰富多彩的历史文化记忆，古城古都遗址、庙观殿堂建筑、窟壁碑墓雕琢……这些上面都承载着深厚丰富的国学符号，展示着完整晰缕的历史文脉。而民间挖掘不尽的文化艺术、工艺作品、社火绝技……都表现出祖先超凡的智慧，寄托着天人感应的意象。中华大地，山河壮丽，图景如画，祖祖辈辈生存的环境，本该是山川秀美，丰衣足食，但是侵略、内耗、违背天理的生产、生活，损害了本该有的天象。在科学发展的今天，我们应该恢复和再造，使我们的家园具有超凡的气象和魅力。守望精神家园和文化传统，它使我们获得了有别于他人的特殊品性，构成了我们自己的族群记忆，使我们成为我们而不是别人。它把我们和本民族久远的历史连接起来，使我们仿佛是一棵根深叶茂的大树上的翠绿的叶子，或是在源远流长的江河中奔流不息的一朵幸福浪花，而不是现代化大潮之上随波逐流的轻轻浮萍，或是在全球化列车上悄无声息地传递能量的精致齿轮。

这个世界未来的文明应该是颇具文化多样性的。费孝通先生晚年曾提出过自己独特的文明理念：各美其美，美人之美，美美与共，天下大同！这是一位当代贤哲的精神境界和人生追求，也是一个古老民族梦寐以求的社会理想。一个民族应该有自己的社会理想，而且必须是适合于本民族发展轨迹和预期的理想。这样那些设想中将要和谐共处的不同的文化才能存在，否则，我们将只能美人之美，自己则无美可美。

置身于全球化背景下，我们对优秀传统文化资源的开掘和发展其实对世界文明都具有深远的意义。早在十八世纪的法国思想家眼中，中国以儒家为代表的传统道德就极具理性的启蒙价值。伏尔泰认为孔子的"以德教人"的修身治国之道比之于求助于神的启示要高明千百倍。霍尔巴哈则断言，东方以"德治"为核心理念的政治传统无疑可以为西方社会提供很好的范本。英国当代著名学者汤因比坚持认为儒家学说必将深刻影响未来世界精神伦理学发展的方向。

可以预见的是，未来的新文明不可能凭空产生。在新文明的建设中，传统是巨大的参照，也是巨大的资源。所谓传统，就是自文明源头流传下来的某种生存方式或文化样式。传统本身是具有多样性和浓厚的地域色彩的，每一种传统都有其自身的价值。弘扬传统文化，就是要用中华民族文化精华武装我们的头脑；用传统文化的形式来活跃我们的精神生活；用流传于几千年的传统节日，来寄托我们的民族情感；用传统的伦理道德来规范我们的行为；用古人的智慧和现代的文明成果，来构建我们的新生活，那么，我们民族的精神家园，将不是"桃花源"，也不是"香格里拉"，而应该是中华民族的伟大复兴和秀美山河的重造。

同行惜缘

这一次出差很惬意。说惬意，不是时间长，也不是参观考察了类似世界八大奇迹之类的景点，而是有两三个小时的无目的、无主题的自由行。

这次是参加中国戏剧节，来回三天。第一天去，第二天演出，第三天回程。正好，这次出行的第二天有个空隙，我便和同行的两位朋友一起上街去转一转。这次举办戏剧节的城市是苏州。苏州曾来过，一些园林景观也看过。但更多自然和人工形态的景点于我现在的年龄来说，似乎兴趣不大，而现在社会又日趋注重传统，雅兴思古，于是我建议同行者去山塘街走一走。

山塘街是中国历史文化名街，紧连过去"红尘中一二等富贵风流之地"的阊门，是明清时期中国商贸、文化最为发达的街区之一，被誉为"神州第一名街"。街道呈水陆并行、河街相邻的格局，建筑精致典雅、疏朗有致，街面店肆林立，会馆聚集，堪称"老苏州的缩影，吴文化的窗口"。有俗语形容："上有天堂，下有苏杭。"天堂的杭州是指西湖，而天堂的苏州则是山塘街街区了。街面是石条铺砌的，寓意古朴、雅韵纵生。走在这条七里街头，浏览两边店铺中琳琅满目的地方产品，可以看，也可以不看；可以问，也可以不问；可以买，也可以不买。而我们一边议论、一边漫谈，全然把这些街饰建筑，当成舞台布景，把商贾呼应则当作背景音乐了。走到一家茶社，雇主问喝茶吗？我们相对一笑，因为都渴了。雇主又说，楼上有评弹。于是我们就走了进去。上了楼，空空如也。雇主走了过来，问我们要什么茶，同行点了茶。雇主又问，听评弹吗？我们说可以。于是我们三个人坐了下来，泡上茶。于是又走过来一男一女，妆饰得体，扮相温润，坐到表演台上。女的说，先送我们一曲苏州的小调。完了之后让我们点了两曲传统评弹。我们听得很认真，演台上方还有字幕，我们看得也真真切切。吴侬软语，弦索流韵，低唱浅饮，上下共鸣。堪若：雅韵留客驻，清声入神听。我们一边喝着茶，一边回味着同行的喜悦和爽意。三个不同单位、不同行业的同行者收获了共同的缘分。

无独有偶，二十多年前单位买了一辆新车。我和我们单位的杨师傅到上海去接。当时我三十出头，他四十多岁。出一次远门，对刚出道的我来说是无比兴奋，对他来说是旧地重游，给我当向导也显得非常自豪。乘火车到上海，办完手续接上车，先是到市郊的社办企业装上空调，然后一路返程开始我们的旅行。行程线路从上海到杭州，一路经过苏州、无锡、南京，进入安徽到蚌埠，游山东济南、泰安、河北石家庄，最后顺利入山西并到本市。接车是顺利的，一路旅行也非常愉快。因为这些地方我都没去过，对经过的每个城市都非常向往，很感兴趣。凡是经过的城市，杨师傅都要给我介绍该市的历史风貌和旅游景点，因此，每个城市标志性的重要景点，我们都光顾了。虽然那次是工作之旅，时间有限，但是，凭着我的想象同景物的结合，凭着书上看到的介绍同现实的比照，对于我第一次的概念性认识，印象还是蛮深刻的。加上，我们是有目的的重点观光自由行，不急不躁，无拘无束，虽然是走马观花，但身心轻松，想细看就细看，想省略就省略，想吃饭就吃饭，想休息就休息。一路上，经历了大江大河、名山大川、名城古镇、名刹古寺，收藏了记忆，收藏了见识，也收藏了善缘。为此，杨师傅说，今后咱们有机会再出去一次。他说的再出去一次，就是我们俩再相跟上自由自在地出行。但是直到他退休，以至退休十几年后，我们也再没有履行过这样的因缘。

人生就像旅行，目的地、同行人员、行程方式等，也许仅此一次。有多少事不能够推倒重来，也有多少事不能够批量复制。人生不能打草稿，人生也没有彩排，同行惜缘应该是每个社会成员的思想意识、人格修养和包容博爱的追求。

婚姻是爱情的形式，婚姻也是护佑男女两人慢慢变老的港湾。背靠着背坐在地毯上，听听音乐，聊聊愿望，你希望我越来越温柔，我希望你放我在心上。你说想送我个浪漫的梦想，谢谢我带你找到天堂，哪怕用一辈子才能完成，只要我讲你就记住不忘。我能想到最浪漫的事，就是和你一起慢慢变老，一路上收藏点点滴滴的欢笑，留到以后坐着摇椅慢慢聊。我能想到最浪漫的事，就是和你一起慢慢变老，直到哪儿也去不了，你还依然把我当成手中的宝。你看，这就是婚姻，这就是爱情。既很体贴，又很理解；既很物质，也很精神。她的最高境界，就是即使磕磕绊绊，也能相互谅解、相互包容、相伴到老，珍惜同行的不易——你依然把我当成手心里的宝。

家庭是社会最基本的单元，也是几千年来亘古不变的人类亲情的巢穴和集散地。是家庭就有老有少，更多的是兄弟姐妹，这种复杂、叠加和多变的关系，造成了经营一个家庭的不易。就像小说《红楼梦》和电视剧《大宅门》《乔家大院》一样，它们演绎了多少喜怒哀乐和兴亡盛衰。但凡家庭都有上养老下养小的问题，也就是说要把生自己的养老送终，把自己生的抚养成人，这是家庭最基本的责任和任务。孝老敬亲，首先要体现在对父母的人文关怀和精神诉求上。找点空闲，找点时间，领着孩子常回家看看。给老人揉揉脊背搓搓肩，听听父母的唠叨洗洗碗，这是家庭天伦之乐的最起码的要义，而教育孩子则是家庭的刚性任务了。一个家族的兴衰莫过于后代的修炼和自强。"子不教，父之过"，孩子的成长，更重要的是家庭的影响和教育。良好习惯的形成、高尚品德的塑造、技艺学业的进步，父母是推托不掉的第一任老师和终身的样板。家庭是建立在亲情的基础上，亲情也要靠理解和责任来维系，不然，上苍把几辈人安排在一起，角色又在不断转换，还要在人生漫长的道路上艰辛跋涉，风风雨雨，没有坚守，没有责任感，没有一颗感恩的心，即使是血缘传续也很难一路同行。

工作单位是每个人履职的共同家园，也是每个人的价值呈现的舞台。孔孟把人和人的关系大体归纳为仁、义、礼、智、信、忠、勇等来阐述，说明在以人为核心的社会中道德的重要性。一个单位、一个集体要有秩序、要维系好各种关系，离不开道德。一个人在单位、在一个集体里要想游刃有余，要想营造一个良好的氛围，依然要靠道德来支撑。一个人一生一世很不容易，特别是在纷繁的职场里，如果不懂得珍惜、不懂得营造、不懂得打理良好的环境，那么必然会造成终生遗憾，而遗憾的原因就是没有珍惜同行的缘分。

人生就是一次漫长的旅行，风雨中要跨越多少阶坎，要转换多少角色，要承担多少责任，要经受多少磨难。一路跋涉，一路奔波，无论对于学业还是出行，无论对于家庭还是职场，一路同行，都要用感恩的心，宽容仁爱，广结善缘，珍惜人生旅行中的每一个驿站和每一位旅伴的缘分。

回望山水

　　按天干地支、甲子轮回计算，2014 年应该是农历甲午年了。进入腊月，年味愈来愈浓，不仅让人感到过去的一年，还没有顾上盘点、还没有顾上回味，新的一年就像黎明的曙光映照着辞旧迎新的门槛，笑盈盈地走进了人们的视野。时间逼仄、光阴荏苒，恍惚之中，那即将过去的一年，就像舞台演出中音乐低回悠扬的尾声，大幕一合，再继续拉开，演员们整冠将带，理袖收功，列次出场，主次排列，演出该隆重谢幕了。

　　谢幕是演员和观众的心灵互动。天地大舞台，舞台小天地。不管是秦汉唐宋，还是士工农商；不管是历史古装，还是现实话剧；不管是惊涛拍岸，还是曲水流觞；不管是英雄鏖战，还是儿女情缘，戏剧都把它浓缩在舞台上，千古英雄收眼底，数声雅调拓胸襟。乾坤大戏场，俯仰皆身鉴。好便是了，了便是好，戏完幕落，曲终人散。即便是谢幕，也是将演出过程中，经典的段落、特色的表演、个性化的张扬和创新的成果来一个概括和回顾，以展现演员台下十年功、台上一分钟的本领。以满足观众费心购票、全神贯注、热情鼓掌、意犹未尽的心理，感动之余，又岂是一个"谢"字了得。其实人生何不如此。

人生如演戏。假如你上完一个阶段的学，假如你服役完一段义务兵，假如你辞去一个公司的工作，假如你从一个单位调往另一个工作单位，假如你从一个层级翻转到另一个层级，假如你留学归国……这种转场、这种嬗变，都像是演出结束后的卸妆，无不要对这一段生活的酸甜苦辣进行回顾、对这一段生活的得失成败进行反思。但是，这毕竟是一个阶段性的历练，是一个初步阅世的小试牛刀。尽管有马失前蹄的遗憾，但也有初生牛犊的豪迈，这些都构成了今后华丽变换的经验和教训。尽管我们收获得还不够成熟，尽管我们表现得还不够完美，但重要的是我们能对自己今后做准确的定位，为下一步选好行当、选对角色、选准方向。更主要的是端正态度，坚定信心，鼓足勇气。人世间，没有干不成的事，关键是要靠自己。既然转身，就该谢幕，人生重在下一场的演出。

幕开幕合，上台总有下台时。人生不管如何辉煌、如何自信；不管驾驭能力如何炉火纯青、价值发挥如何才气横溢，但是人生的规律、特别是职场的规矩总有卸职的时候。也许你在职场上积累了丰富的经验，也许你在工作上留有遗憾，这恐怕都是职场上难免的过程和经历。唯只有该帮助的人你帮助了没有，该办的事情你办了没有，该处理的问题你处理了没有，该完成的任务你完成了没有，这些便成为你永远的心结。更何况你重视的人却和你反目为仇，你帮助了的人却和你路若陌人，你感觉很仗义的人其实却很猥琐，你最寄希望的人最后却衰败沦落，这些都丰富了你对人生的思考。欣慰的是你给了一点阳光他就灿烂，你批评最多的人他却能茁壮成长，你不经意地点拨他却能当成终生恩惠，你总认为长不大的后来他却很有出息，这些便成为你意外的收获。难忘的是任务紧迫时却能和你挑灯夜战、共同奋斗，紧要关头时却能勇挑重担、冲锋陷阵，疑难险重时却能出谋献策、分忧解愁，困厄低潮时却能善解人意、暗伸援手，这些便成为你终生的自豪和满足。不管是悲欢离合，还是成败得失，在职场只要尽心尽力，尽一份真诚就好。当谢幕时则谢幕，掌声怨声任表述。倒是及时谢幕才是人生的智慧，更是人生的境界。"岁晚喜东归，扫尽市朝陈迹。拣得乱山环处，钓一潭澄碧。卖鱼沽酒醉还醒，心事付横笛。家在万重云外，有沙鸥相识。"这是南宋达人陆游的《好事近》词，应该说很接近职场谢幕的告白。只因有这种旷达的谢幕，才会有斗转星移，才会有春夏秋冬，才会有百花争艳，也才会有欣欣向荣。

其实，不管是转场也好、还是职场卸任也好，这些只是人生的折子戏，而本戏才能反映人的一生，才能更全面、更深刻、更确切的反映云谲波诡的人生。

人生为功名所累，但功名确是推动社会前进的动力。不追求功名，自身没有价值，社会没有标杆，历史没有导向。但功名又和时代、环境相联系，一味地不考虑自身、不考虑环境、不考虑目标的盲目追求又容易事半功倍，何况人生变数无常，弄不好又会身败名裂。"世人都晓神仙好，唯有功名忘不了！古今将相在何方，荒冢一堆草没了。"功名不能不追求，它是为社会贡献的一个标尺。功名不能太追求，往往它又是邪念的陷阱。如果人人都能把功名作为普度众生来对待，追求功名就是一项纯粹的好事情了。

金钱是体现财富、满足生存的码洋，其实也是衡量人生勤劳智慧的标志。不管是农耕经济、计划经济还是市场经济，金钱的多寡都反映了个人价值、家族兴旺、社会繁荣的程度。问题是君子爱财、取之有道应该是聚财、生财的朴素规则。富贵于我如浮云，金钱于我如粪土，虽然听起来很高雅、也很气派，但是仔细一琢磨，总有点吃不到葡萄还嫌葡萄酸的感觉。其实，人人都在追求赖以生存的财富，而真正的财富是在市场经济中靠辛勤博弈而获取的，真正的财富观不但是能以钱生钱，而且是能以钱渡人，以钱来实现社会价值。不然"生前只恨聚无多，及到多时眼闭了"，就成了守财奴。而不劳而获，或挥霍奢侈则为世人所不肖或走上可怕的犯罪之路。

当然，财富留给子女，荫及后代是中国人最普遍的世俗观念。但是，在社会制度完善的过程中有继承法来平衡。从历史和现实来看，儿女自有儿女福，儿女各有各的追求，儿女各有各的成色。你能管得了社会的变化？你能管得了后代的发展？你能管得了的只是如何让子女接受良好的教育，如何把子女引上正道，如何理顺子女和方方面面的关系，孝老敬亲，仁爱报恩，这是自己能管了的事，也是自己应该管的事情。至于"望子成龙"、"望女成凤"还是靠他们自己去吧。

其实，人生的谢幕考虑最多的还是乡愁。乡愁是一种文化心理的情结。在农耕文明时代，无论是隐身朝衙的官宦，还是茶马古道的商贾，告老还乡、叶落归根是终生的文化归宿。而现代社会，制度嬗变、交通便捷、城乡差别，大多数人已经是"直把杭州当汴州"了。但是，无论怎样的变化，文化记忆的概念没有变，精神家园的追求没有变。因此，乡愁的归宿，在客地可以撮就，在故乡也可以营造。身居文化洼地，在这里悉心回望走过的山山水水、咀嚼经历过的酸甜苦辣、消解纠结过的坎坎坷坷。

人生是个过程。这个过程很热闹，也很冷峻；很丰富多彩，也很烦人闹心。在这个过程中，既可能很充实，也可能很孤独；即可能有收获，也可能有遗憾，但是，只要能坚实地走过来，就是圆满的人生。

该谢幕时，还是悠然的谢幕吧。

正月，我与短信那点事

这个春节过得很充盈，也很踏实，因为短信带来了广泛的温暖和祝愿

手机对我来说，长期以来只是一个通信工具。原来的一个老手机，虽然当时还不错，但是后来丧失了发短信的功能。我也曾修理过，但是每修一次并不能维持太长时间，而且每次修手机的工钱比我的手机本身的价值还要贵，一直到后来连修也不能修了，我只能和短信绝缘。虽然手机不能发短信，但却能收到短信，收而不发，不但和别人的信息不对称，似乎对对方也不礼貌。然而，知我者谓我无能，不知我者谓我何由。无论如何，长期以来，因为不考虑短信的发送，我却得到了些许沉静。

沉静是沉静了许多，但由此也产生了许多严重后果。比如说，影响了与主流社会的交流，缺乏了和方方面面师长的沟通，疏远了和朋友、同事们的联系。还有一些，比如不便于直接见面、打

电话来解释的误会、隔阂或难以启齿的事，只有用短信来撮合，然而这些也都受到了影响。当然，还有一些比如信息共享、同喜同乐的短信，因为不能互通有无而断送。

去年下半年，伴随了我近十年的手机寿终正寝，我不得不更换了一个新手机。这个新手机很时尚，功能很多，但是功能越多越复杂，越复杂越难掌握，用上之后很长时间不能适应，到年底了我还没学会发短信。过年了，正是发短信的高峰。除夕和初一我收到了几百条短信，有同学的，有朋友的，有同事的，也有老乡的，熟读之后非常感动，虽然知道这是群发，但毕竟是一份问候、一个祝福，心里还是欣慰的。但是对于像我这样年龄和状态的人来说，来而无往，心里总是个结。

年忙忙乎乎过完了，初七上了班，我总在想这个问题。手机改变了人的生活方式、也改变了人的思维方式，而短信则改变了人的文化行为、也改变了人的交往行为，如果长此下去不重视、不适应、不运用，那么不管你年龄多大、学历多高、修养再深、官位再重也是一种没礼貌的表现。于是我决定，索性也时尚它一次。这样在上班后几天的业余时间里，我用心琢磨，写了一条短信："破五已过，元宵未到。节日空隙，问候正好。发条短信，祝福祈祷。平平安安，青春永葆。全家幸福，善缘广交。年年岁岁，风清月姣。"短信编好后，我又看了几遍，基本上还满意，既强词夺理地说明了迟发的理由，又花言巧语地给自己下了个台阶，而且还属于个性化的产品、表达了真情实感，于是我就郑重地落了款。考虑再三后，找了一位和我手机型号相同的同事，拜托他把这个短信在我的手机上编出来，并对春节期间给我发过短信的诸君回个短信。这位同事很认真，两个小时后他告我说，他给我手机里所有存储的号码全部群发了。我感到惊讶。手机里有近千个号码，都是十来年我不断存储的。但风云变幻、世事变迁、人事沧桑，这些手机号码的所有者都不一定纯粹了，还有一部分多年来已经不联系，这下可惹下麻烦——会给人们造成错觉——这人有病了。心里是这样想，可我还是感谢同事对我的帮忙。

预料的事情发生了。不到十分钟，先是我多年的朋友和属下，也许是真情使然，也许是互相帮助过，反正纷纷回复短信，表示感谢、表示祝福，其实这里边的诸位春节期间已经发过短信。还有好多虽然平时关系不错，或长期保持联系，但和我一样，属于不会发、不愿发、不重视短信交往的，也回复了类似的公共信息，或用简单的几个字来问候，以示收到而感到惊讶。特别是一些平时已很少来往的，也投桃报李似的及时回复，以示讲礼貌。更有一些多年失去联系的老朋友，也包括外地各省的，还嫌短信不明确、不清楚，干脆打来电话，实属按图索骥、打探虚实，来核实我的生存状态……短信的威力太大了。两个小时中，回复接连不断，手机都快打爆了。翻看之中，我收获着喜悦，收获着惊讶，也收获着满足。

短信体现着交往，交往表现出风格，风格呈现出境界。第二天，我还继续收到回复的短信，其中一位是我的老领导。他长期在山西宣传文化部门工作，对我很关注，我也受他影响很多。虽然退休多年，但我们还一直交往。他回复的短信是："信息虽短，品位颇高。情真意切，不迟不早。互致问候，青春不老。迟复为歉，还要检讨。新春顺意，全年运好。"你看老先生不但表现出谦虚，而且还步韵作答，雅意十足。还有一位老先生，是我大学时期的老师，他的短信是一周后回复的。这种经过时间的沉淀，必然积累着思想的深刻。短信的前几句是夸奖我的，不好意思照抄。其后还有夸奖我的意思，但内容里有了共勉和指点迷津的意思，我就不能不厚着脸皮来欣赏了："……脚步踏实，印履清新。人过留名，雁过留音。笔耕不辍，净化人心。书中有矿，矿中有金。文化金石，世代永存。浮财不取，不争名位。不懈追求，圣境必臻。人生在世，报祖孝亲。光明磊落，处世坦诚。以此白话，交流寸心。春节祝福，迈步前进。全家幸福，万事称心。"我反复玩味之后既感汗颜，又受鼓励。

这个正月在太原过得很充盈，也很踏实，因为有了短信广泛的温暖和祝愿。确实，短信不仅成为人类步入现代化、全球化须臾不可或缺的生活方式，而且也成为中国传统文化的样式和程序。比方说，过年过节了，除了节庆文化的传统内容和形式外，还应该发一条温馨、热情的短信，向父母、向亲友、向师长问候、祈福，由此来广泛播撒爱意，以丰富我们的精神生活，充实我们的节日内容，完善我们的节日礼仪，何乐而不为！

晋韵放歌誉京城

　　山西是民歌的海洋。山西民歌既表现出北方地区音乐的特色，又概括了中国艺术的共同特点，唱起来辽阔婉转、优雅动听。多少年来，特别是改革开放以来，真正让山西民歌登上艺术舞台，只是在山西，在太原。而影响，也仅限在音乐圈子里。偶尔在电视上播出，在各类音乐比赛中崭露头角，对全国的观众来说，要么山西、陕西分不开，要么民歌、二人台分不开，要么单打独斗点缀陪衬，要么为了扩大影响而以原生态聊以自慰。总之，将山西民歌打造成整台专场演出，形成气候是这几年的事。

　　这台演唱组合最能代表山西民歌的水平。从 2007 年开始，山西戏剧职业学院联手太原市文广集团开始将山西民歌搬上舞台。创意编排，形成剧本，服装设计，舞美道具制作，音乐创作，配以舞蹈，然后集合了全省优秀的民歌演员，开始了山西民歌整台演出的划时代排演。最后呈现于舞台，名为"《唱享山西》——山西民歌汇"。这台节目在太原演了两年，虽然没有一直演下去，虽然还没有底气走出去，但是为锻炼队伍、锤炼心智、积淀能量、培养勇气、挖掘艺术资源、凝练音乐主题、再次冲击艺术舞台奠定了良好的基础。后来太原歌舞杂技团在此基础上创作了第二版"《唱享山西》——山西民歌大型旅游专场"《我们年轻，我们追梦》。这都是一种整合、一种尝试、一种历练。直到2011年，在积累了丰富的经验，收拢了深刻的感受，采纳了广泛的意见之后，他们开始了新的创作。

首先从创意上下功夫。把左权民歌《桃花红杏花白》作为演出的基础，把寻找"桃花"作为一条红线来穿插，把老年"桃花"作为人生美好爱情生活的回忆和梦幻来链接，之中有情景，有印象，也有串联的线索，从而使这台演出以情景诗的形式呈现。而音乐创作，则邀请作曲家程大兆先生出场，为作品增添了无穷的魅力。整台音乐大气磅礴，浑厚流畅，特别是将山西民歌《桃花红杏花白》作为主基调、主旋律，在过场、序曲、尾声中，既将左权民歌、河曲民歌，甚至晋南民歌相衔接而浑然一体，又不失山西地方音乐、民间音乐和晋剧音乐的特点。尤其是用交响乐来演奏，突出体现了山西民歌的高亢、粗犷、野性的特征。从舞美来说，既有劳动的场面，又有民俗的场面，还有谈情说爱的场面。整个舞美设计简洁、热烈、写意、唯美，反映了北方，特别是山西黄土高坡的生活习惯和日常习俗。这台演唱组合最能代表山西民歌的水平，除了享誉全国民歌大奖金牌得主石占明、高保利自始至终擎柱于台之外，还集合了全省近几年来培养和涌现出来的著名男女歌手。他们既吸收了黄土圪梁上的野趣野味，又都形成了自己苦练独运的行腔特色。每一首歌都唱出了特质韵味，唱出了不凡深情。就这样，在山西省文化厅、中共太原市委宣传部的大力支持下，太原市文广集团、太原歌舞杂技团有限责任公司倾心打造，太原市歌舞团盛装登上了中国最高的艺术殿堂——国家大剧院。

叫响国家大剧院，让山西人自豪这次在国家大剧院演出，可谓"有缘千里来相会"，"无心插柳柳成荫"。本来在国家大剧院演出应该是提前一年订合同，但偏偏是演出前三四个月才有了动议；本来心里就没有什么底数，可是请来国家大剧院演出部的负责同志看了说，改一改没问题；本来国家大剧院今年一年中都没有时间，但是鬼使神差就有一家在节骨眼上因故终止了合同。就这样，全团动员、抓紧赶排、临阵磨枪、背水一战。功夫不负有心人，在方方面面的共同努力下，演出终于如期登场了。

《桃花红》在国家大剧院一共演了两场。既没有召开新闻发布会作铺天盖地的宣传，也没有邀请名人来支撑场面，单靠国家大剧院按部就班的宣传，第一场出票率竟达93%，第二场出票率100%，赢得了满堂红。音乐爱好者来了，热爱山西民歌的人也来了；热情的普通观众来了，专家学者也来了，就连国家部级领导也闻讯赶来了；山西籍的老同志、在山西工作过的老同志、和山西有千丝万缕联系的老同志也都不约而同前来观看。整场演出，一首歌一次掌声，一个亮相一次掌声，一次谢幕一次掌声。山西被誉为民歌的海洋，在国家大剧院的演出，则演绎成了掌声的海洋，掌声如涛声阵阵，一浪高过一浪。观众观演的热烈场面让演员自信，让出品单位扬眉，让山西人自豪。

山西不仅是民歌的海洋，山西民歌以地域性、民间性、民族性的独特艺术色彩堪称世界性的奇葩。从音乐上来讲，它辽阔雄浑、朴素明快、清新婉转、柔媚缠绵，对于反映生活、激励劳动、歌颂爱情，既挥洒自如，又雅俗得当。从内容上来讲，特别是在爱情题材上，憨直泼辣、诙谐幽默、声情并茂、淋漓尽致。一曲曲从山沟里冒出来的野调俚腔，极尽文学创作的所有手法，穷达爱情生活上的难言表述，让人叹为观止、回味无穷。比如歌颂劳动、赞美恋人的：小妹妹在那／半山腰腰圪担弯弯／白胳膊膊银手镯镯／珊瑚珠珠红指甲甲／手提上篮篮拿上铲铲／圪嘣圪嘣刨山药（《割莜麦》）。小手手红来小手手白／搓一搓衣裳把小辫甩／小亲圪呆（《亲圪蛋下河洗衣裳》）。有欲擒故纵式的表达：（男）樱桃好吃树难栽，有哪些心思口难开。（女）山丹丹开花背洼洼开，有了心思慢慢来。（男）青石板开花光溜溜，俺要比你没一头。（女）谷地里带高粱不一般高，人里头挑人就数你好！（男）河地里栽葱扎不下根，因为俺家穷不敢吭。（女）烟锅锅点灯一点点明，小酒盅量米不嫌你穷（《有了心思慢慢来》）。有直抒胸臆表达相思之情的：想亲亲想得我／手腕那个软／拿起个筷子我／端不起个碗／想亲亲想得我／心花花乱／煮饺子我下了一锅山药蛋（《想亲亲》）。山药蛋开花结圪蛋／圪蛋亲是我心肝瓣／半碗黄豆半碗水／端起了饭碗想起了你／想你想得迷了窍／寻柴火掉在了山药蛋窖（《苦相思》）。这些信手拈来的段子，都十分形象、生动、感人，如果说，千百年来，一曲曲民歌打动了不知多少青年男女恋人，难道在舞台上的盛情献演打动不了热情观众？如果说，越是民族的就越是世界的，那么我们还可以断言，既然《桃花红》能在国家大剧院叫响，那么我们就有信心让它在国外走红。

不断努力，呈现更完美的精神大餐《桃花红》大型民歌情景诗已在国家大剧院华丽落幕，当我们整理每一个经历者、参与者的思绪，感受和激动的同时，我们深刻体会到，一个艺术作品要想自立于艺术的历史舞台，需要不断地汲取观众的智慧，不断地打磨，不断地修改。好在《桃花红》大型民歌情景诗，清新质朴、情感动人，形式雅俗共赏，大有提高、完善和精创的空间。如果我们在音乐、剧情、表现形式上不断努力，那么会呈现给观众更完美的精神大餐。无论如何，当下艺术作品能走进国家大剧院这个中国最高艺术殿堂，就是最大的成功，就是盆满钵溢的收获。一路走来，风风雨雨，实属不易。山西民歌这种从黄土沟坡走出来的艺术题材，能自立于省城的艺术舞台，能震撼于首都舞台，作为山西文化体制改革，文化大繁荣、大发展的成果，我们由衷地祝贺。

小人物唱大信义

　　著名戏剧艺术家尚长荣曾经说过："城市没有戏剧难言美好。"因此而言，太原应该说是一座美好的城市了。晋剧的芳韵润泽了这座城市的每一寸土地，即便是小小的一条街也可承载这种独特的"美好"。《上马街》正是将太原一条老街的历史风情与晋剧这一"美好"的艺术表达方式完美融合，几经磨洗，在传统文化坚守的同时，实现了现代意义的精神突围。

　　至简之处见精神。在现实生活中捕捉时代精神是艺术创新的一大要义。《上马街》根据解放太原时发生的一个真实故事改编而成，故事发生在太原上马街的一个四合院，讲述了新中国成立前夕，人民解放军已将国民党反动军队控制下的太原城围困，我地下党经过多方努力秘密取得太原的"城防图"。为了转移和传送这份情报，四合院的人们历经艰辛和危险，自发组织起来，完成这个攸关太原解放的特殊使命。纵观这部戏，其核心并不在故事情节本身，而是力图于情节之外的至高处发掘建构一种精神，通过生活在四合院的人们心灵深处积淀的大信大义，及在历史大变革中勇于追求真理的勇气和觉悟，让观众在跌宕起伏的情节之外，深深感受到一种革故鼎新的时代精神。这也正是《上马街》的艺术价值所在，剧作者继承欧洲"三一律"的创作方法，用最简单的故事，最真挚的情感，挖掘人性最深层的潜质，阐述时代最崇高的精神。把故事的思想性融于艺术之中，并不露痕迹地深化了作品的主题与内涵。通过这种方式，让它所要表现的精神得到无限高扬的空间，最终将这种精神转化为推动这座城市进一步发展的强大动力。

小人物群力谱春秋。"人物是故事情节发生和发展的动因，也是使一个故事真正具有意义的根据。"艺术作品中，我们见惯了英雄豪杰豪情壮志，飒爽英姿。然而，《上马街》不是这些英雄豪杰的舞台，它呼唤小人物，崇敬小人物，把小人物置于艺术舞台的中心，让他们成为历史舞台的主人。用专家们的话，"它将舞台让给了这些名不见经传的小人物，使他们从被遗忘的历史时空中走了出来，以戏曲的形式和当今的人们会面。他们虽然平凡、渺小，但精神和觉悟同样伟大，同样值得我们怀想。"平凡和伟大这对字典中的反义词，在这些说着太原话、住在上马街、平凡而渺小的"小人物"身上无限和谐地统一在一起，见证了"人民群众创造历史"的真理。用小人物展现大事件，不仅仅是一个艺术视角，一种表现手法，更是《上马街》真正的思想核心，即"广大人民群众，众多的小人物不是历史中微不足道的分子，而是历史洪流的主导，是代表历史的必然性选择。"简言之，《上马街》用晋剧这种方式传递了一个声音："人心向背关系党的生死存亡。党只有始终与人民心连心、同呼吸、共命运，始终依靠人民推动历史前进，才能做到坚如磐石。"

本土风情见真实。记得鲁迅先生曾经说过，"只有民族的才是世界的。"在这部戏中，这句话大概可以转化为，"是本土的才是民族的。"要发掘一个城市的精神，离开城市本土生活就等于凭空造楼，《上马街》深谙这个道理。因此，本土化的形式，本土化的语言，演绎一个植根本土却又超越本土的故事，高扬一个既属于太原又超越太原的人文精神，成为《上马街》这部戏的一个重要特征。我们经常会看到一些凸显地方精神的文艺演出，采用了许多很有创意的表演形式，场面的确宏大，振奋人心，却没有让人找到一种本土的感觉。我想，既然是发掘一个城市的本土精神，寻找一种内心深处熟悉的艺术形式至关重要。晋剧在太原市这块土地上，城镇乡村无不浸润其芬泽。《上马街》选择了晋剧作为表现形式，本身就是选择了本土民心。此外，《上马街》注重运用老太原旧有的地名、人物、事件、语言和民间艺术形式作为主要戏剧元素，使得这部戏本土韵味更为浓厚。徜徉在《上马街》的晋声晋韵中，"上马街""海子边""鼓楼街"耳熟能详的地方，就像漫步于太原城的老街上。而"光眉俊眼""切他""假迷三道"等方言，又像回到了那段老太原的时光。《上马街》就是力图用浓郁的民情、民俗让每个太原人找到内心深处的那种熟悉感，通过这种熟悉感，认同这部戏，认同这部戏所要高扬的民族精神。一个院，一条街，不是整座城市。然而一个院，一条街所散发出的气息，所散发出的精神魅力却又是整座城、整个民族解放战争时期的人心所向。也只有古老的太原城才会有这样的一个院、这样的一条街。也只有太原这个典型的城市，才能反映出《上马街》这样典型的戏，这样典型的精神境界来。

梅花杏花满园香。京剧表演艺术家程砚秋先生曾说："美的感觉主要在'看角'意义上讲戏曲演员运用'四功五法'的审美创造。"这就是说，一部戏的艺术价值,主要是通过演员在舞台上的完美呈现而得以最终体现的。《上马街》汇集了谢涛、牛建伟、梁美玲、王波、郑海珍等5位梅花奖和国家一级演员、9位"杏花奖"获得者，如此众多的名家联袂演出，更增添了这部戏的艺术魅力。艺术家们一系列唱、念、做、打，手、眼、身、法、步的运用，准确完美地完成了人物神与形的结合，塑造出一个个有血有肉的鲜活形象。在这部戏中，"二度梅"获得者谢涛并未担纲领衔，甘为年轻演员充当绿叶，在她和其他名角看来，舞台上"只有大演员，没有小角色"。我想，这也许就是艺术的一种至高境界，也正是因为演员们这种无私的奉献与付出，才使每一朵梅花、杏花都能在《上马街》里散发出阵阵芳香。

现代戏里铸精华。《上马街》是一部现代戏，它讲的虽然是几十年前的历史故事，但是她所彰显的却是与当下同步、与人民同心，传递当代太原人精神追求的思想和声音。它以自己独特视角，本土化风格，深刻揭示社会生活的本质真实，烛照当代太原人心灵的皈依，引发了当下观众的情感共鸣和对历史、社会的文化思考。《上马街》在艺术上可以说已经摆脱了现代戏曲概念化的缠绕和模式化的平庸，它不仅仅用时代所需要的精神去点燃作品的灵魂，更担负起塑造太原时代精神的重任。《上马街》也是一部主旋律戏曲作品，但是对笔下人物心理、情感和精神层面的开掘是全面立体地，人物的内心斗争，人物最终的思想变化，人物的无奈与奋争、动摇和坚定、求生和理想，在艺术上并没有无限拔高，而是归于生活本真，细致入微，打动人心，使得这部戏不是简简单单的时代传声筒，而是艺术性与思想性、生活化和典型化并举的现代戏曲精华。

文化的作用是"引领风尚、教育人民、服务社会、推动发展"。《上马街》以晋剧这种文艺形式，将一条街，一座城，一段历史及无数真情凝华成一种精神，表达出一个城市的核心价值，以此激励这块土地上的人们，在筑梦的道路上，以强大的精神支撑"逐梦"奋进，在攻坚克难的淬火锤炼中"圆梦"成真，这便是《上马街》表现出的最大的艺术魅力吧！

大爱无疆

——舞剧《千手观音》主题解识

随着张继钢创作的大型舞剧《千手观音》在首都国家大剧院的精彩首演，在诞生地家乡太原的火爆回馈，和在新加坡扬帆起航的海外巡演，我们在惊喜这一波又一波强烈反响的同时，也在思考、探寻其根本的原因。在反复琢磨中，我以为除了因张继钢先生所编创舞剧的独特艺术魅力和鲜明特色而引起海内外重新审视当代世界舞剧艺术走向的文化现象外，就是这台舞剧创新性地把内容触角伸向了佛教文化，用佛教文化来弘扬、解读人间的大德大爱、至真至善至美和人类传统文化的共同命题。而且在对佛教文化的解悟和不断探索中逐步深化、逐步升华。

当年张继钢在创作舞蹈《千手观音》时，就已经把民间信众长期以来对佛教文化中观世音菩萨大慈大悲、救苦救难的皈依和认同，转化为个人独到的认知和理解，并经过艺术提炼，不但形象生动地搬上了艺术舞台，展示了其普世的慈悲，而且对其核心价值诠释为：只要心地善良，只要心中有爱，你就会伸出一千只手去帮助别人；只要心地善良，只要心中有爱，就会有一千只手来帮助你。七年之后，大型舞剧《千手观音》面世。在那宽阔、高贵、纯洁、神圣的舞台上，在那天籁般的梵音仙乐中，在那神奇而大气的舞美灯光的演变行进中，主题歌"太阳升起，不在东边，不在西边，是在心间"缓缓响起，张继钢把自己对佛教文化的理解又提升到一个新的高度。

张继钢在编创舞剧《千手观音》过程中对佛教文化认识的不断升华，使我联想到宋代禅宗大师青原行思参禅悟道的三重境界。其实人生在不断认知的旅途中，也经历着三重境界。人生的第一重境界：对一切事物都是用一种直观、本真的眼光来看待，万事万物在我们的眼里都还原成本原，山就是山，水就是水。人生的第二重境界：我们开始用心去体会这个世界，对一切都多了一份理性与现实的思考，对事物都多了一份通融和宽宏的理解。这个阶段的山就不再是单纯意义上的山，水也就不再是单纯意义上的水了。人生的第三重境界：经过苦苦修炼对世界的认识已经超凡脱俗、臻于化境，达到一种洞察世事后的返璞归真，这时世间的山和水，看在眼里，已有丰富的内涵和深远的意境了。当然这个阶段不是凡世每一个人都能达到的。而张继钢在对佛教文化的认识上，已经达到了一种新的境界。

在我和张继钢几年时间的接触交往中，直面他创作舞剧《千手观音》的艰难，甚至濒于绝望的痛苦，真可谓王国维在《人间词话》中所说：古今成大事业、大学问者，必经过三种之境界。张继钢先生既有"独上高楼，望尽天涯路"，登高远望、雄观天下，以确定目标和方向，为完成艺术构思和锤炼主题而刻苦追求的阶段；也有"衣带渐宽终不悔，为伊消得人憔悴"，夙夜不懈、栉风沐雨、呕心沥血、自出机杼的创新、提炼、羽化的过程；当然，经过"众里寻她千百度，蓦然回首，那人却在灯火阑珊处"的踏破铁鞋、钻透牛角、碰倒南墙而绝处逢生的文化苦旅，舞剧《千手观音》的主题终于成为他心中柳暗花明的风景，成为观众永远挥之不去久久回味、追寻的境界：千手观音非凡，不是你，不是我，不是他；千手观音平凡，就是你，就是我，就是他。只要心中有光，只要心中有爱，就要伸出双手，播撒温暖。千手观音是佛教文化丰富内涵的化身，在她身上集中着人类美好的愿望和善良的情怀。千百年来，随着佛教文化的传播和普及，特别是由于战争、灾难等给人类带来的无尽贫困和苦难，千手观音作为意识形态的佛教偶像，就成为苦海中人们顶礼膜拜、祈愿诉求的对象。千处祈求千处应，苦海常做度人舟。长期以来，众生心中的纠结和委曲、不满和压抑、期望和祝福，每每通过对佛的倾诉来排解或寄托，以达到自我梳理和安慰的目的。千手观音是无私的，她能普度众生；千手观音是智慧的，她能给人指点迷津；千手观音是善良的，她能对人慈悲为怀。这些朴素的文化观和普遍的从众心理，或许就是张继钢对当代社会核心价值其中内容的一种通俗解读。

　　张继钢对佛教文化的理解、认识和阐释，或者说舞剧《千手观音》的主题，如此通俗，如此凝练和简洁，在潜移默化中引导观众把佛教文化作为中国传统文化的重要组成部分来理解而"如听仙音耳暂明"，使人们对佛教文化在现实生活中的教化、实践和传承也有了新的认识，进而使我们体会到"改造世界观"、"以人为本"、"全心全意为人民服务"等社会主义文化观念和佛教文化并不无关系。因此说，充满佛教元素的舞剧《千手观音》的命题，并非是实质上的佛教主题，它是用佛教文化的现象或形式形象生动地阐释了人类大德大爱、至真至善至美的主题。张继钢不仅在舞剧《千手观音》的创作上丰富了当代世界舞剧艺术的格式和概念，而且在对佛教文化和社会主义文化的融合和传承上也进行了大胆的创新并做出了积极的贡献。

文化风景需坚守

一辈子文化工作的操持和熏陶，时至今日，为之感到自豪的同时，也为文化的某种失落而常常纠结。

本人学了几十年的书法，显然没有成名成家，但对真、草、隶、篆和唐、宋、明、清名家的真迹、经历、成就也都研习过。最近这十来年，参与各种展览、出版各种书法集、在报刊专版上展示，也有一些影响，于是朋友、同事索要，办事、出境作为礼品广为赠送。文人相交纸半张，以表达自己的礼貌、表明自己的职业，也表现自己的成就。还有的是慕名直接或托人索求的，过了一段时间，碰上这些亲朋好友，往往都很真诚地对我说，我把你写的字给裱了，挂在我家客厅里，谁来了都说好。我不置可否，也不知道该如何表态，好像是给我办了一件事。其实如何说并不重要，而是反映出整个社会对文化的一种态度。书法算什么，除了一些名家大师的字能收藏、能卖钱之外，至于它的美化环境、提升品位、彰显风雅的功能，早已被装饰、工艺、时尚的东西所代替。

对于得到我的字的人来说，不要说我的字写得好不好，单说自己花上钱、占据上他的金屋之墙壁，给你免费做广告宣传，就足以向你表白示好。记得上小学的时候，我们学校有个字纸篓，其实就是专门收集堆放写一些文字的废书废纸的地方。每天学生打扫完卫生后，把废书废纸都堆放在这儿，一个礼拜点火烧一次，老师从来不让乱扔乱丢。也记得，小时候家里孩子要用纸擦拭什么，虽然是物资困乏时期，但母亲从来不让用写有或印有字迹的纸来随便舞弄，因为母亲是末代晋商的后代，她多多少少受过文化的滋养和熏陶。现在想起来，这些都应该是一种对文化的敬畏和尊重吧。

搞文化免不了要舞文弄墨。写文章、出书、编集子，或独立写作，或合作著书，或主持编辑，或同人合编，反正出了不少书。最近这几年，已临近船到码头车到站，于是，把自己的所思所想写了一些小文章，当然，也有平心静气地写一些人生感悟的随笔散文，不断在报刊上刊发。但是，现在的报刊征订与阅读情况已不比从前，即使你的文章吭哧吭哧发表了，到头来，能有几个人阅读！我是这个城市职场圈子里的人，同样也是这个城市文化圈子里的人，因此，多多少少也有一些人关注。因此，每当有一篇文章发表之后，零零星星总有个别人浏览，或看个题目，或发现是我的署名。于是，有心的人讲究礼貌或发个短信表示祝贺，或者在街头巷尾、公共场合碰到了总要说，我在什么报纸上，把你的什么文章看了，写得真好。其实，报纸也没说对，题目也没说对，时间当然更不能难为他了，但是他却很认真，好像是因为热爱你，才把你的文章看了。这样的结果，让人感到似乎写文章的人还得感谢看文章的人。事情到了这种地步，似乎只能是谁写谁看，写谁谁看了。

其实，文化的尴尬还远不止于此。电子计算机和网络的发明与普及是一场深刻的革命，是对社会发展极大的推动，但是它的效率和对人力的替代却也对文化产生着一些负面影响。自然经济时代的书信，是传达感情、传递信息的信物。每当在关山万里、烽火连天的年代收到一封"抵万金"的家书，它带给你的温暖、带给你的激动、带给你的力量，足以让你兴奋不已。但是，现在的电话、短信、微信等代替了驿寄千里、鱼传尺素，我不知道现在的时尚男女和漂泊孤旅的人是一种什么感受。汉字是传统文化的结晶，书写是思想情感的呈现，书法是汉民族独特艺术的表现形式。但是现在计算机打印代替了书写，各种文稿的起草、修改、誊抄完全都在电脑上完成，效率是大大提高，也工整悦目，而传统文化的训练和熏陶则日渐与时代绝缘，更不用说堪称国粹的书法艺术氛围的营造了。再说阅读，自古以来万人空巷、洛阳纸贵的现象恐怕难再出现。纸质书店也不会火爆了，而报刊正经受严峻考验，连美国影响世界的《时代周刊》的纸质版也停刊。计算机在查找资料、阅读打印、联系交往上也确实很方便，但是现在玩计算机的有多少人是在刻苦攻读、深入钻研、认真学习的？恐怕很多情况下是在看一些猎奇新闻、花边消息和恶搞爆料。即使新新人类已习惯于电子阅读，但纸质阅读的温馨、惬意、舒心以及活版印刷以来读者对图书设计、版式、字体、装帧等方面的感受和琢磨，对于与图书有关的作者签名、购买收藏、书友互赠的兴奋和喜悦，对图书的体会眉批、重点笔记、疑点设问的研究和整理等，都是其他任何形式的文字呈现所无法比拟的。最重要的是，除此之外，很难再有其他形式的文字载体能够支撑出一个书香门第、文宗世家。有人说现在出不了大师，我想这话相对于某种令人担忧的文化氛围和价值取向来讲，是有一定道理的。浮躁的氛围，是不会认可"书中自有黄金屋，书中自有颜如玉"的。如果读书人每天考虑的尽是生计、奔波和挣钱，那么纸质图书报刊的淡化、衰弱和文化学者的式微就难以避免了。其实，读书并没有那么多的高雅，也没有那么多的实用价值，却是我们这个民族的历史传续和文化熏陶的重要形式，是我们这个民族集体性格发育和形成的一个重要源泉。而"黄金屋"和"颜如玉"也可能是文化传续某个时代读书人偶遇的福分。当然，对阅读形式的选择是不以人的意志为转移的，强求不是文化的品格。

中华民族优秀传统文化源远流长。耕读传家是先民们普遍的生活方式。精神家园是祖辈们代代坚守的乡愁。种竹千竿时见君子、握书一卷悟对古人，这是自古以来读书人对原生态文化境界的美好向往。然而，一旦享乐主义、奢靡之风腐蚀了人们的思想，异化了人们的行为，民族优秀思想道德和传统文化便必然会受到冲击，导致种种偏差，这个问题不容忽视。读书是弘扬传承文化的主要形式，但读书需要一种环境、需要一种磁场。特别是在当今信息时代，如何让科技和传统联姻，如何让优秀传统文化传承衔接、重新闪光、走近百姓？为此，可能我们还得走一段沉重的路。

我读书的年代是一个百废待兴的年代，不管那时人们出于什么目的，上学是一种追求，学习是一种迈进，读书是一种享受。因此，不管废寝忘食也好，不管夹生恶补也好，都造就了一代学者和专家。我也曾幻想过，何时能拥有一个书房，何时能堆满几架图书，随手能触摸秦汉，动辄能赏心唐宋。虽然我不能拥有书城，但现在我也约略有了一个读书的环境。然而，这种追求，能成为文化的标志，能成为时代的风尚，能体现文化发展的方向吗？

无论如何，读书需要淡定，优秀的文化传统需要坚守，文化的发展和繁荣需要一种良好的氛围和气场。

市有书香可清心

一个城市的品位标志，从大的方面来讲，体现在谋篇布局、规划建筑上；从细微处来讲，在文化上则体现为书法楹联、招牌门匾上。太原是具有 2500 多年建城史的历史文化名城，有着悠久的历史传统，也有着深厚的文化底蕴。无论是古建筑遗存，还是名门老店，上面都有历代名家的题词匾额，或是芳香味长的书法楹联。这不仅丰富了主体建筑的文化元素，而且体现了居住主人的风雅名望，使人驻足额望、流连忘返，实属善哉。

新中国成立以后，城市掀起大建设，我市也有不少经典建筑和公共文化设施平地而起。这既繁荣了城市，也满足了社会发展的需要。更可贵的是，这些建筑都有名人的题字。所谓名人，不仅是有官名，而且是当代的书法家，给建筑提高了品味，也提升了经营管理者的自信心。比如：迎泽宾馆的题字是郑林先生，字写得遒劲有力，大气苍郁，很适合这样的建筑和这样的单位。还有山西的老体育馆，也是郑林先生题写，但是没有落款，前一段时间在太原晚报上还闹了一场"寻人风波"。当然，还有已经歇业了的五一电影院，虽然已经歇业但是作为一个国有的文化场所，总有东山再起，另辟蹊径的时候，但是字早已更换了，底稿恐怕也没人保存，这就有点对不住郑林老先生，也对不起影院的创建者以及当时的文化背景和文化追求了。还有"太原工人文化宫"是朱德元帅题写的。朱德是传统文化熏陶成长的，又是第一代国家领导人，出国留洋、叱咤风云，他的字放在迎泽大街的建筑上，无疑为太原市增色不少，只是最近题字后面不见落款，这会让不明底细的人猜测不透，也容易让人遗忘忽略，更主要的是让题字本身的价值大打折扣。当然为太原题字的名人还有不少，如：并州饭店是老一辈无产阶级革命家薄一波题写的，并州剧院是大名人爱新觉罗·溥杰题写的，晋宝斋是赵朴初题写的，希望大厦是陈云题写的，山西省图书馆是郭沫若题写的，晋祠是康生题写的，"文革"后又换成陈毅的字……无论如何，这些字都为太原提升文化味，增加历史感，彰显时代性，起到画龙点睛的作用。

"文革"结束，改革开放以后，太原的建筑如雨后春笋、鳞次栉比似的长了起来，城市是大了，但是，似乎少了一些文气。细想粗看，除了千篇一律的雷同建筑以外，文化的装饰不够充分，就说招牌和匾额，要么是电脑集字、要么是请达官贵人，特别是掌权者，不管是不是书法家，提了后让文人修改修改，缺乏了文化含量和书法韵味。即使请名家题字，也丝毫不考虑单位的性质、面对的群体和建筑的特点，捡到篮里就是菜，然后用霓虹灯勾边，一到晚上，是够繁荣和现代了，但却失去了传统文化的特点和牌匾的意义。

　　牌匾是名门老店的象征，也是无形资产的组成部分。回望过去，太原不知道有多少老字号，在改革开放的大潮中，不着力于革故鼎新，不紧跟时代的步伐，不注重保护精神遗产，江河日下，百年传承都灰飞烟灭，遥望太原辉煌，只能在"老照片"的图册里寻找。而坚守老字号牌匾，如"双合成"、"六味斋"、"清和元"……他们就是顺应历史潮流，自强革新，走出了一条繁荣发展的新路。我接触过他们和他们的企业，光看他们的企业文化，就能得出一个结论：牌匾不仅仅是老字号的招牌，更多的是一种精神的集结——创业文化、管理文化、营销文化、团队文化……这种无形资产焕发的力量是巨大的、持久的。我想能不能把老字号，或者现在的新字号、将来的老字号的标志，刻印在企业的任何地方，体现在各个方面，让全体职工引为自豪，让顾客在消费心理上打下深深的烙印。于是我提醒那些丢失和放弃了以前真正名人题写的牌匾的底稿，把它重新制作出来，以守先传后。如果已经改换门庭、另作营生，也应该把它存入档案，记录辉煌。一个人、一个单位，忘记过去、忽略历史，是不注重文化的表现，其实，也是忽视精神力量的愚昧。

　　招牌很重要，因此，无论请人题写招牌的，或给人题写招牌的都要慎重。请题招牌字的，首先要考虑自己是什么性质的单位，是和什么人打交道的单位，然后再考虑向适合自己单位特点的书法名人来索求，千万不能把请人题字作为一种简单的私人交情来对待。而给人题字的也应该琢磨、忖度自己字的风格、特点适合不适合别人的需求和单位的性质，不要一味地只顾扩大自己的影响，而应该坚守自己的社会责任。还有，选好了自己所需要题字的人和字的特点、风格，制作招牌也是一个非常重要的过程。要知道，制作招牌的过程就是艺术加工、艺术提升的过程，非得内行和有专业修养的人来指导把关，否则就容易画蛇添足、不伦不类。

文化的直接体现是文字，文字的最高境界是书法，而书法既有明事明理的功能，再有就是艺术审美功能。因此，一个城市的每个单位的招牌或牌匾以及楹联，既是文化风景，又是无形资产；既要考虑自家的文化需要，又要考虑市民的审美心理。使在这个城市生活的人，因招牌字的书法呈现既得体、又风雅，从而有一种安定感、从容感和自豪感。

招牌，在某些程度上讲也是一种文化的生态文明建设。

让文化之花结出廉洁之果

廉政文化是人们关于廉洁从政的知识、信仰、规范和与之相适应的生活方式及社会评价的总和，是廉洁从政行为在文学艺术和思想观念上的反映。古往今来，逐渐发展形成了许多闪烁光芒的廉政思想，产生出大批彪炳史册的廉官清吏，积淀下大量增益现实的廉政遗产，引领了社会风气，推动了社会发展。

廉政思想是中华民族优秀传统文化的重要内容。"廉政"一词，最早见于《晏子春秋》一书。齐景公问晏子："廉政而长久，其行何也？"晏子回答："其行水也。美哉水乎清清，其浊无不雩途，其清无不洒除，是以长久也。"春秋时期政治家管仲在《管子·牧民》中讲："国有四维，一维绝则倾，二维绝则危，三维绝则覆，四维绝则灭……何谓四维：一曰礼，二曰义，三曰廉，四曰耻。礼不逾节，义不自进，廉不蔽恶，耻不从枉。"意思就是说，"礼、义、廉、耻"犹如支撑国家大厦的四根柱子，如有一根断裂，政权就会倾斜。而关于廉的内涵则出现在战国时期。相传为周公所著的儒家经典《周礼》中提出廉善、廉能、廉敬、廉正、廉法、廉辨等"六廉"，以"廉"为冠，从六个方面规定了官员必须具备的基本品格，是我国最早的官吏考核标准。西汉贾谊认为，"廉"应是为人为官都具有的一种道德品质，为政者要做到"闻善而行之如争，闻恶而改之如仇"。北宋欧阳修认为，"礼义，治人之大法；廉耻，立人之大节。况为大臣而无廉耻，天下其有不乱、国家其有不亡者乎！"如此等等。这些弥足珍贵的官德思想，为当下廉政文化建设留下了宝贵资源。

反腐倡廉一直是历代中国百姓最基本的政治诉求之一，中华历史文化中也有一个经久不衰的主题，即是鞭挞贪官，歌颂清官。在文学艺术领域，诗词歌赋、绘画雕塑、小说戏剧等多种艺术形式中，都体现了廉政文化的内容，倡导廉洁为政的社会风气，其对廉吏的旌表，对贪官的惩罚，有力推动着整个社会廉政氛围的形成。从古至今，清官戏一直是中国戏曲艺术的重要题材，像宋朝的包公、明朝的海瑞、清朝的于成龙，都是古代戏剧中清官的典型形象。至今还在传颂他们的廉政故事，历久弥新，成为中华文化的重要组成部分。

"文化而润其内，养德以固其本。"廉政文化看起来是个无形的东西，其实它不但包含着廉吏的高尚品格和浩然正气，而且包含了种种廉政制度规范，一旦植根于人们心中，就会对社会成员的行为构成更为自觉的规范，形成内在有力的约束，起到法律制度约束等所不可替代的潜在熏陶、引导、渗透、影响的效果。面对高压反腐、实现弊绝风清的新形势，廉政内容理应成为文艺工作重大命题。广大文艺工作者，要对浩瀚的中华文明中廉政文化遗产加以系统的整理与发扬，紧扣时代的脉搏，为当前反腐倡廉工作的开展提供智力支持，弹奏激浊扬清的主旋律。要认真组织挖掘、整理传统廉政文化资源，通过各种文化形式，让廉洁价值理念深入人心，在全社会形成"以廉为美、以廉为乐、以廉为荣"的社会风尚，为形成全新的政治生态，提供强大的精神动力支撑，营造浓厚的清雅文化氛围。进而让纷繁的文化之花结出累累的廉洁之果。

文化魅力溯文脉

《人文太原·文化卷》试图从文化思考的角度阐述具有五千年文明史和两千五百余年建城史的太原所处的战略地位、文化魅力、民族精神，包括军事，文化，边关，商旅重镇太原的起源、形成、发展；记述生发在太原地区的民族大融合对华夏先民形成的巨大贡献等等，从而彰显太原历史文脉的涌流、文明史的钩沉，华夏先民留给后世的具有太原地域特色的各类文化元素，自古迄今太原传统的风土民情和地缘文化属性，太原文学艺术创作展演的辉煌历程和繁荣发展。对太原文化的探寻，或许只可窥一斑而难见全豹。无论是以历史的眼光还是以现代的视野俯瞰，太原文化发展、文明演进无不体现出兼容并蓄、海纳百川的人文精神和终极情怀。

中华民族传统的人文史有着坚实的哲学基础，有一个从多角度、广视野的世界观、宇宙观的高度立论的文论基石，这就是中国传统的天人之辩，其表现形式有殷周天命观、自然天道观、理学天理观等等命题。然而，无论天命观，还是天道观，或者天理观，都不是孤立地讲天命、天道、天理，而是与人命、人道、人理相联系、相贯通。人命是指人世间的命运轨迹，人道是指人类社会中的人事之道，人理是指生生不息的人伦之理。讲天命、天道、天理是为人世间的人命、人道、人理寻求哲学上的理论根据和人文基石，从而为人道服从天道、人命服从天命、人理服从天理提供佐证，这就是所谓"究天人之际"，即从哲学层面探究天与人之间的关系，也就是所谓的"天人合一"、"道法自然"。无论是人命源于天命，还是人道遵循天道，以及人理服从天理，都是从人文哲理的高度认识宇宙，规制人世间遵从的法则，其最终目的是奠定"天人合一"、"道法自然"的哲学和人文基础，目的是实现"修身、齐家、治国、平天下"天之大任。正是所谓："君子达则济世救民，穷则独善其身。""修身、齐家、治国、平天下"作为最为核心的人文思想得以发扬光大。当然，中国人修身、齐家的最终目的也是为了治国、平天下，这也正是以"天人合一"为根基，以人类和睦、社会和谐为理想世道，而这种理想也正是中华民族梦寐以求的"天下为公，世界大同"的最高境界。

在世间万物之中，人无疑是极为重要的创造美好生活的有生力量。在古人看来，人乃天地之子，与天地相依为命，也就是说，天地与人类的命运息息相关。每个人都是天地的缩影，是天地之身的一个细胞，藏着世界的全息而又有自己的独特灵性。因此天地在每个人心里，而每个人心中都有一个理想的天地。因此，人无所逃于天地，无所失于自然，无所离于世界。正是因为大千世界的辽远而苍茫，方才点燃了人类文明之火。我们正是怀揣这样一些想法，对远古太原地区人类文明起源进行些许考古般的探寻，得知太原这座国家级历史文化名城所具备的边塞文化、军镇文化、商旅文化、宗教文化等多远文化融合的非凡个性，以及其特有的丰富内涵与宽泛外延。

荀子说："为事利，争货财，无辞让，果敢而振，猛贪而戾，悍悍然唯利之见，是贾盗之勇也……不学问，无正义，以富利为隆，是俗人者也。"经邦济世并不只是沽名钓誉的事，也不只是聚敛财富的事，而是经国家、抚百姓、经世致用、道济天下的大事。因此，它必须平天下之大经，立天下之大本，知天下之化育，然后才能尽人之性、尽物之性，造国家百姓之利；必须先慎乎德、立乎义，有德有义才能有人，有人才能有土，有土才能有所创造，勤劳才能创造美好幸福的生活。而这一切都是和中国的文化大道密切相关，或者都是由此而出。若放弃大道本体的存在，放弃由此产生的伦理道德的存在。一个没有伦理道德和经邦济世远大理想的国家是无法维系其生存之道，其经济的发展也是不能持久的。"人能弘道，非道弘人"。圣人之道，"优优大哉！礼仪三百，威仪三千，待其人而后行"。在五千年文明史和两千五百多年建城史的太原，谁是最早弘道之大家？谁被百姓称为"疏河开埠"之神？

他就是在历史隧道中我们碰到的太原远古第一人台骀。金代有首诗名为《台骀祠》，诗中详细记载了台骀治水的全过程，说他"分野扪参次、山川奠禹先"。字里行间赞扬台骀治理水患，靠的是揣摸着天上的星辰来划分地上的水路与疆域。正是因有台骀治水的功劳，我们这方被称为太原的热土沃野早在大禹治水前已奠定了其有别于蛮荒无人之地的山川形胜，而且因为得益于台骀的治理，太原地区的先民百姓基本上可过上一定时日的稼穑渔猎，男耕女织的安稳生活。到了大禹时代，为了从根本上解决水患的问题，从根本上为百姓群众创造生存的机会，就有了"打开灵石口，空出晋阳湖"的动人心弦的故事。据史书记载大禹"既修太原，至于岳阳"，这无疑为太原地区先民的生产生活创造了必要的条件，为太原地区人类文明延伸和华夏民族的逐步形成创造了有利的条件。

在远古时期，农耕生产形式的开启，肇始人类进入远古文明时代，有史籍记述的中国历史从此拉开了帷幕。《史记·晋世家第九》中有个成语典故"剪桐封弟"，成为人们尤其是太原地区的百姓津津乐道的趣事美谈，故事就发生在公元前12世纪的周成王时期。太原境内的晋王祠，是为纪念周武王幼子叔虞而建。叔虞封于古唐地，将所封之地称为"唐国"，史书称其为"唐叔虞"。因古唐地濒临晋水后改国号为"晋"。晋祠无疑是春秋时期晋国最大的宗庙。"剪桐封弟，持圭于唐"的故事充分展示了周代的"仁礼"文化。唐的概念迄始于太原。后来，隋朝任命的太原留守李渊，携子太原公子李世民兵起太原，攻入长安建立大唐王朝。从此，"唐人"、"唐风"、"唐国公"、"唐风晋韵"成为中国影响世界，世界认识中国；让世界了解太原，让太原走向世界的重要文化载体、文化符号。今天，"唐风晋韵"业已成为了太原极具文化品位的宣传口号。

太原处于中原农耕文明与草原游牧文明的交汇地带，也处于南北方民族大融合的核心半径圈之内，作为春秋战国时期著名边关重镇、军事重镇，其兼收了中原农耕文明崇儒尚礼和草原游牧文明的骑马射箭的兼容思想，其中，赵武灵王"胡服骑射"、刘琨"闻鸡起舞"等典故就是太原战略文化有力的佐证。由是，"勤俭质朴、忧深思远、重礼尚武"等优秀品格也渗透在太原地区民族血脉源流之中。我们可从大唐太原诗家的作品，以及来自各地众多诗文大师歌颂太原的佳作名篇里发现，太原这座名不虚传的城市所具备的"大唐气象、三晋韵致"。寻着黄尘故道而来，这座城市的文脉魂魄渐趋清晰。翻开诗中先声，启蒙弦歌的《诗经·唐风》，我们可以看到源于三晋大地，包括太原地区现实主义文学作品纯粹质朴的风土民情；可以看到魏晋时代志人笔记小说中的言谈轶事；可以看到长于经史，笃学不怠的文史哲人们词直理正的经世佳篇。那群星闪耀的大唐气象，那山光凝翠、川容如画的名都地缘，那田园诗文的清秀，那七绝辞章的干练，这一切都为太原文化支撑起一片湛蓝色的天空。

太原还是一个博采众家、多元融合的历史文化名城。考古学家曾经断言，太原是研究北朝历史最重要、最广博的实物博物馆，天龙山石窟和蒙山大佛的开发，特别是北齐娄睿墓、徐显秀墓和隋代虞弘墓的发掘，为研究西域、中亚人在中国开展商旅文化活动和北朝时期开放开明的文化交流提供了鲜活的实物佐证。同时，太原还蕴含着释道儒等诸多宗教文化的元素，这就充分证明了太原是一座多民族融合、多宗教辉映的多元信仰、多元文化相互促进、相互影响的边塞城市和边关重镇。

在北方多次民族大融合的影响下，太原人不仅受中原文化的陶冶，且受草原文化，乃至异域文化的熏染。在魏晋南北朝时期的乐府诗中，有许多记述并州青年的诗，如"幽并游侠儿"、"并州儿"。那时，许多活跃在今天河北、山西、辽宁一代边疆地区的游侠义士，以扶危解难、报效国家为己任，统称为游侠儿。因为这一地区古属幽州、并州，所以又被称为幽并客，曹植有一篇名为《白马篇》的诗文专门歌颂这一群体，"幽并游侠儿"词句也源于这首诗。当然，唐代以后游侠儿这一群体因为其好武的形象与儒家正统思想不相符合，所以多被古代文人墨客所贬损。其以武犯禁的行为方式也和封建国家的建国体制产生冲突，所以受到了封建统治者的严厉打击，降唐以后已经销声匿迹。近代的武侠小说或多或少受到了这一群体及其行为的影响。

　　古建筑文化与祠堂文化是太原文化极其重要的载体。无论先贤祠堂，还是城池造型，无论是宗教庙宇，或是街巷民居，无不体现着太原古建筑祠堂独有的文化魅力。在这散发着无穷魅力的文化空间里，潜藏着既具哲理又富人情的掌故佳话，诠释了太原历史名人极为深刻的哲学理念和浓厚有加的情感慰藉。在这散发着无穷魅力的文化空间里，潜藏着精致臻丽、傲骨清奇的丹青彩墨。这诸多的公私庋藏的书法绘画作品，除其认识境界和艺术张力外，还可窥测到其微妙的师承关系和时代特征。所谓"龙马飞腾，曹衣出水"等的美术精品、"书天下，行天下"、"米芾刷字"、"宁掘勿巧，宁丑勿媚"等的书法精品，书论高见，已经成为中华文化宝库的经典之作，为后人敬仰效法。

　　自古以来，中国就是戏曲王国，山西是戏曲之乡。全国三百多剧种，山西有五十六种之多，而在省会太原则以源远流长、铿锵激越的梆子腔为主，占据久演而不衰的文化舞台。太原人民喜爱的戏曲形式主要是四大梆子之一的中路梆子，后称晋剧。拥有高亢有力、粗犷豪放特点的晋剧，已经成为国家级非物质文化项目。在我国元代戏曲艺术中，元杂剧的成就最为显著。元明时期知名杂剧作家，如刘唐卿、乔吉、李务、罗贯中等都是太原人。当然，还有不少以太原历史上的人物为题材创作的杂剧，如关汉卿创作的《风雪狄梁公》，讲述唐代名臣狄仁杰的故事，以及散曲的成就等。正是在此基础上，明清以来，山西逐渐形成了带有地方色彩的"四大梆子戏"。其中，中路梆子即是流行于太原这一地区的主要的地方戏曲种类。清中叶以后，太原县成立了书会组织——聚文会，晋剧即产生于此。中路梆子，大约形成于清代同治、光绪年间。此后，又衍生出秧歌戏、祁太秧歌、太原秧歌等剧种。

太原地域文化的兼容性，同时也造就了许多坚守中原文脉，身怀凛然傲骨的仁人志士。疏理许贤达仁人的思想与成就，可以窥见中原知识分子舍生取义、恪守中原文脉的秉性与品格。比如：创作第一部长篇章回体历史演义小说《三国演义》的开山鼻祖罗贯中；生于斯成于斯的博学大师、文化巨匠傅青主；水滴石穿、积思自悟的阎若璩；明理其事、立业持家的王氏；体恤百姓、不畏权势的狄梁公；戎马一生、屡建奇功的郭子仪；精忠报国、满门英烈杨家将等等。他们的存在，为太原城争得经百战而不屈的英雄城市的名分。

近现代以来，随着新中国的社会主义建设和改革开放的社会实践，来自于人民群众、还原于人民群众的优秀文艺创作展示，注重社会效益和经济效益统一，集思想性、艺术性、观赏性为一体的优秀文化产品的创作生产展现出百花齐放、百鸟迎春的喜人景象。文化的大发展大繁荣也进入一个更为广阔的新领域。大型舞剧《千手观音》的横空出世，新编晋剧《傅山进京》的奋勇夺冠，文献电影《决战太原》的金鸡报晓，大型文化图书《太原历史文献》的艰辛辑录，大型专题片《太原五千年》的远播海外等都表现出了新时代太原文化的魅力之所在。站在全球统一整合的哲学立场上来俯瞰世界和人类的整体状态与终极关系，是人类迟早必须直面的存亡攸关的大视野与大境界，宇宙的无限在于人类与自然万物融合后对不增不减、不生不灭的大千世界本质规律的和平面对。我们不会忘记人类文明的过去，我们更加渴望人类文明的未来。回归东西方文化经典、挖掘传承东西方文明中的史前神话，敬畏天地、亲近自然、崇尚诗颂乐舞根本的目的不是简单的回归，不是简单的重现，而是要求人们在寄情于内心修为的同时，建立人类生存的正能量，激活人类心灵深处的道德自律，张扬人性里的自主和尊严，增强人的使命感和神圣感，从而构筑引导人类走向光明的新型世界文明，实现人类对文明记忆的召唤、觉醒与升华。当我们在博大精深的人文精神引领，创造一个个超越时代的奇迹时，才能感受到我们生存的世界多么的神奇无比。

《人文太原》（文化卷）序

富有魅力的人文风景

　　人文是一座城市灵动的魂魄和流通的血脉，时时见诸这座城市的山水形胜、建筑风貌、生产生活、习俗风尚、韵味格调、禀赋品性等，具有强大的历史穿透力、文明渗透力、艺术感染力、民族凝聚力，乃是这座城市独特性的决定基因和内在源泉。《人文太原》（综合卷）作为首卷，站高瞩远，总揽统收，分诸十篇，第一次试图从人文的角度，重新发现和再度审视太原建城两千五百余年之演进轨迹，开创性地细心梳理，采撷物质发展之英华，萃取精神锤炼之美质，期冀能深入挖掘太原人文涵育之亮点，清晰描述太原人文向来之大端，光大其耀眼史册、烛照后人的熠熠精华，汇集其熏陶人、塑造人、鼓舞人的正能量，激发其自信自强、爱乡爱土的人文情怀，构造其佳美的人文环境和精神高地，形成历史感、生态性、文化味并存的现代化大都市气派，为建设美丽太原提供强大的精神力量。

　　寻究太原人文精神之渊薮，离不开中国传统文化的人文精神这个根本源头，同时还应以普世的视角挖掘区域文化之鲜明特质，才有可能沿波讨源，逐渐呈现出人文太原的精神图景。是为"人文精神纵横谈"篇。

远溯台骀治汾之功，即自晋阳肇建以来，斯地始终蕴藏着一股神奇而伟岸的正能量。这种力量总是顺应着社会历史发展的大潮而动，因此必然生发成为开拓进取、百折不挠、不懈奋斗的创造力量，演绎出了一幕幕开基立业的人生大戏，为后人所景仰。是为"开基立业的创造力量"篇。

作为南北民族交融之要冲、历代政权北方之军事重镇，包容是太原城市文化最重要特质之一。有容乃大，有容乃强。支撑太原文化多元性、多样性、继承性、特殊性的背后，即包容性。是为"包容通达的开放胸襟"篇。

这片土地，从来就不是一片平静的土地。在这片土地上演人生大戏的人们，譬如常惠、王允、狄仁杰、令狐楚、裴度、李光弼、崔神庆、李克用、王琼、张之洞……从来不乏勇担重任的忧患意识。是为"勇担重任的忧患意识"篇。

汉唐以来，太原籍文化人中，不仅产生了百科全书式的丰碑人物如傅山，还产生了王勃、王维、王之涣、王昌龄、白居易、温庭筠、米芾、郭若虚、罗贯中、阎若璩等十数位名垂后世的大家宗匠。此地物华天宝，岂不人杰地灵？是为"卓越领先的人生境界"篇。

　　大山为脊梁，大河为血脉。支撑太原始终挺起脊梁、贲张血脉的正是贯注其中的刚骨烈性之可贵精神。刘琨、王禀、乌古论德升……一个个顶天立地的英雄用武于这片热血浇沃的土地上，名重青史。"城不浸者三版"而"民无叛意"、"薛王出降民不降，屋瓦乱飞如箭镞"、北宋抗金太原保卫战……一件件可歌可泣的事迹流传于这座精神崛起的城市里，千古激荡。这种把城与人紧紧地凝结在一起的刚骨烈性的品格，是什么力量都难以摧毁的。是为"刚骨烈性的坚韧品格"篇。

　　在两千多年的历史洗礼中，写不完的忠贞信义，说不完的高尚品格：剪桐封弟，君无戏言；匹夫豫让，重义轻生；东汉郭泰，砥节砺行；朔方杨业，一门忠烈；阳曲周经，刚介强谏；傅山青主，人格高峰；晋商辉煌，义通天下……是为"忠贞信义的高尚人格"篇。

　　仁者爱人。凡仁爱者，不但所行军国大事，根本在于造福百姓，接济苍生，更重要的是，还将仁爱作为他们的人格追求，为此而使人生达到忘我境界，甚至不惜牺牲生命。从传说中的水母娘娘到尹铎、窦犨、周举、梁习、马燧、陈尧佐、戴梦熊等历代先贤，再到被后人誉为"晋祠三贤"的高汝行、杨二酉、刘大鹏，都是这片土地上众多仁爱践行者的杰出代表。是为"宽厚向善的仁爱情怀"篇。

　　裹挟着战争年代铸就的无私品格，进入人民当家做主时代的太原，为新中国成立初期政治经济社会建设积累和奉献出许多鲜活经验。改革开放之后，太原更是用自己的光和热照亮改革开放前行的步伐。在新一轮发展浪潮中，谋求华丽转身的太原，正奋起直追，昂首迈向全国一流省会城市方阵。是为"人民至上的执政理念"篇。

在迈向一流省会城市的奋斗征程中，太原城市核心价值观的确立，深刻回答了对于这座城市"什么是最重要的"这一历史性课题。借此安身立命之本，不断提振城市精气神，相信在不远的将来，太原一定会成长为一个有着强烈道德感和崇高价值观的城市。是为"铸魂聚力的价值追求"篇。

展卷舒目，情怀油然；激荡之际，不由自己。仿佛历史风烟刚刚掠过，英雄贤哲跃然纸上，风流绝响萦绕耳边……真心希望这卷探索之作，能够勾画出城市一道道富有魅力的人文风景，与人们心灵深处蕴涵的不绝如缕的人文情怀交相辉映，为我们这座城市实现美好梦想增添厚重的人文基础，创生新的源源不断的前进力量。

《人文太原》（综合卷）序

书写韶华

三十年前，全国各条战线分配进一批十年动乱后的莘莘学子，给万马齐喑、人人自危的压抑职场带来勃勃生机。这就是"文革"后恢复高考的七七、七八级毕业生。

十年"文革"，使中国的经济濒于崩溃，把中国的文化拖入泥潭，也让风华正茂的年轻人整天郁闷不安，在高音喇叭的鼓噪下，为所欲为、替人作嫁，消损着大好年华。十一届三中全会使中国的混乱局面戛然而止，给中国这条在急流险滩中横冲直撞的大船拨正了航向。随之，人们刻骨铭心的追求知识的高考也欣然恢复。

七七、七八级大学生，大部分来自知识饥渴的田间地头、厂矿企业、机关学校、部队军营。他们有的已经结婚育子、有的已经领薪受俸、有的已经参军入伍、有的是下（回）乡知青，当然也有刚刚走出校门又进校门的应届毕业生。他们年龄相差十到十几岁，他们经济情况不尽相同，他们社会背景情况各异，但他们为了追求知识又都走到一起。

当一路经过文化沙漠的跋涉后，知识的海洋便是对饥渴者的最大慰藉和满足。这些背井离乡的学子，有的丢下床头嗷嗷待哺的孩子，有的挥别了村头沧桑孤独的父母，有的放弃了既得的待遇，有的告别了优越的工作环境。一齐汇聚到向往已久而美丽的大学校园，坐在温馨敞亮的教室里，接受本该在若干年前就应该接受的高等教育，而此时他们的心情该多么激动、多么迫切、多么豪迈。这里有仰慕已久的书院讲坛，这里有浩瀚广博的资料图书，这里有盛名远播的名师名教，这里有云集四方的优秀同窗。太阳初升的树林里的琅琅书声、夕阳湖畔静静的阅读倩影、荧光灯下的教室里的辛勤笔耕、星期天放飞理想追求创造的广阔空间成就了一代学子的壮丽情怀。这个阶段，曾产生过中国文学史上"伤痕""反思"文学的篇章；这个阶段，也曾产生过科学春天到来的最基础的科研成果。共和国最急需的人才在校院里速成哺育，改革开放的观念在校院里集束形成。应该说，这个阶段是新中国成立以来高等教育成效最好的时期之一。

就业是学子的最终追求，也是教育为社会输送人才的终极。这一时期的大学生对于工作没有太大的奢望，也没有太大的压力。哪里缺人组织上就往哪里分配，组织上往哪里分配就去哪里报到。没有太多的挑选，也没有削尖脑袋的刻意追求。如果说有遗憾，也只是有的人为了全家团聚，想分回原籍，或者为了照顾父母想回到他们的身边。可那种渴望只是条件艰苦的农村或者就是比较偏僻落后的地方。回想起来，那两届的大学生毕业时大多也都三十岁左右了，思想还是那么的纯朴、那么的善从。

想分回老家而不愿留在大城市，其实也不是为了追求多么高的境界。但至少说明一个问题，那就是起码知道养育之恩，知道"父母在，不远游，游必有方"。"文革"对中华民族辉煌的历史传统和优秀的文化观念的冲击破坏罄竹难书。那两届大学生的平均年龄段，正好一半成长在"文革"前，一半成长在"文革"中。在参加工作后，国家提倡弘扬中华传统文化、保护文化生态，他们既有"文革"前的朴素传习，又有大学里的良好教育，因此，在挖掘、传承、保护历史文化上发挥着很好的链接和传承的重要作用。无论是在文化观念、传统礼仪方面，还是民族精神、历史风尚方面，包括物质和非物质技艺方面都勇于坚守和积极担当。

弘扬优秀传统并不是坚守腐朽和保守。相反，这两届大学生由于有对中华文化的新旧反思，有对思想观念的中外比较，有对"文革"的切身体验。因此，在改革开放的大潮中，他们的思想观念应该是领时代潮流。无论是在农村的联产承包，还是城市的所有制探索；无论是在机制创新，还是体制改革等方面都充分表现出理论的智慧和实践的新锐，甚至有的在改革的攻坚方面做出了自身利益的牺牲和卧薪尝胆的贡献。三十年过去了，无论是在共和国事业发展的各个领域，还是在中国特色社会主义建设的各个方面都成为坚韧不拔的中坚力量。

孟子曰："天将降大任于斯人也，必先苦其心志，劳其筋骨，饿其体肤。"不能说这两届大学生必担共和国大任，但是这两届大学生确实是在新旧体制交织、结束"文革"后的摇摆徘徊和改革开放初始各种思潮风雨激荡中锻炼成长起来的。他们历尽艰辛、经受磨难、跋山涉水、踏破铁鞋，辛勤耕耘在希望的田野上。一代人的刻苦追求，一代人的创业实践，一代人的苦乐年华，一代人的共同理想，恰遇跨世纪的考验。他们共同参与了波澜壮阔的改革开放，他们共同创造了共和国复兴的辉煌，他们共同推动了百年奥运之梦的完满实现。他们是一块块耐火砖筑就了共和国熔炉为建设社会主义大厦的熔铸冶炼，他们是一颗颗不锈钢螺丝钉组装成的开路机，为共和国的康庄大道铺路搭桥——跨越赶超。

七七、七八届恢复高考的毕业生进入职场，如今已整三十年，大多已界退休、退职或退岗的年龄。"三十功名尘与土，八千里路云和月"。虽然，他们之中没有多少人成为共和国的栋梁之材，让世人仰慕。但他们绝大多数都在改革开放的大潮中，以自己恢复高考后的学识、以变革年代的历练、以"文革"前后的经历、以愈苦弥坚的抱负，全身心地投入到中华民族的伟大复兴中，勇当排头兵，甘做铺路石，以实际行动书写中国教育的辉煌，努力完善人生的自身圆满，把韶光奉献给波澜壮阔的伟大时代。

无尽的欢乐

　　我也有外孙了。我并不感觉到老，我也并没有准备切身当姥爷。虽然我的家族、我的亲戚中也有给我叫爷爷的，但那毕竟是一种称呼。轮到我的姑娘有了孩子，并把我抬举成爷爷辈，这我就有点不好意思了。

　　当我的姑娘生孩子时，是在外地。除了由我刚退休的夫人前去服侍外，我并没有多少新感觉，只是例行公事似的打打电话问一问，我还上我的班，我还利用清静的业余时间练练书法、写写文章、看看书，并不感到有什么异样。三个月后，夫人携姑娘并带着小生命回来了。这下家里可乱了套，每日三餐不能少，这是为了哺乳期的姑娘；每日洗尿布、洗衣服是例行功课；每日得两个人照顾孩子——吃、睡、撒、洗、抱；每日得接待来看望的亲戚邻居，这个热闹的家使我再也不能袖手旁观了。本来我是一个会干家务而不干家务的人，美其名曰，我是干有价值的事、是干大事业的人。以摆资格、讲贡献、倚老卖老来逃避劳动（可能还因为我是晋南人，具有浓厚而严重的大男子主义）而自恃。但是现在碰到这种情况，我再也不能不帮家里干一些力所能及的家务。因为我是为一个给我叫姥爷的新生辈而服务。我也不知道这是战略眼光，还是为了自得其乐，间或是为了弥补对我自己儿女的一种亏欠，也不排除在夫人面前显摆，反正这小家伙无意中改变了我的生活态度和人生观。

职场工作，每天得上班，中午、晚上免不了要应酬。过去遇到这事，半是欣慰半是愁。但是现在，则简直成了包袱。不管怎样，在急急忙忙应酬完毕后，我要赶快回家，回家后我要先抱一抱我的小宝贝。其实，我不会管小孩。记得小时候，我替家里看小孩，根本不会逗，也不会哄，既没有耐心，感情也不投入。因此，孩子本来不哭，我总要把孩子逗哭；孩子本来哭了，我还要把孩子连打带吓得不敢哭。现在想起这些违背孩子天性的看管方法，简直是对孩子幼小心灵的摧残。没办法，这都是因为我那时无知的行为和恶劣的态度。到了我们有了孩子，更多的是责任和义务。管他们吃饭穿衣、管他们长大成人，管他们上学就业，管他们婚恋嫁娶。但就缺乏和他们耳鬓厮磨、和他们交流沟通，父子之间俨然成为同室路人。现在虽然他们人长大了，但他们的心理是否健康成熟呢？

可能屁股决定立场、地位决定境界。如今我欣然当姥爷了——姥爷就该有姥爷的样子。现在每天回到家，不管累不累，我都要抱抱孩子。尽管夫人要分配给我几件事，我首选的还是抱孩子。抱孩子有好多优越性，一是事情单纯，二是你乐她乐，三是能充分发挥自己的聪明才智，四是有成就感。比如说，为了哄她，我专门学唱"摇篮曲"。本来我嗓音有欠缺，而且乐感也不强，一辈子没有完整的唱过一首歌。但是功夫不负有心人，通过努力自学，我终于把这首歌唱下来了。虽然刚开始呕哑嘲哳，但是熟能生巧、勤能补拙。由于我积极地发挥了自己的主观能动性，比如感情的投入、发声的温柔、咬字的清晰，现在听起来还蛮符合小孩的欣赏心理。"风儿吹、月儿明，树叶遮窗棂。蛐蛐儿叫铮铮，好比那琴弦儿声。琴声儿轻，调儿动听，摇篮轻摆动。娘的宝宝，闭上眼睛，睡呀那个睡在梦中。"这样反复吟唱，还真能把孩子哄得睡着了。她睡着的姿势很好看，像一个仰面躺着的小青蛙。两个小手举得与头齐，两个小腿屈起来，活脱脱一个用泥捏的瓷娃娃。像我们现在这样上无老下无小的家庭，屋子里的摆放还相对固定，收拾得也还整齐。自从世界上有了这个小家伙，我们的家里，到处都是屎布尿片。像我这样连自己的衣服都懒得洗的人，现在回到家，看到脸盆放着的小尿布，我也不由自主地把它洗干净，更不用说对孩子的抱、哄、喂和看管了。

外孙女不但能改变我，夫人因为她而变化也很明显。一个人退休前后的心态和她所处的年龄，听起来就会让人不寒而栗。我讲的是我夫人。她曾把我批判得一无是处，也时常严重的指责我；

她也曾因姑娘对她不讲方式的劝说与不得体的心理疏导而吵架；她和儿子的过节就更让人闹心了，嫌他不守规矩、嫌他不找对象、嫌他心里没有这个家而说话态度又不好。这下可好了，在外地服侍姑娘，条件再艰苦也不吭声。自从外孙女回到家里，晚上她和姑娘两个人搂着孩子睡觉不知要起多少次，白天整个浸泡在侍养孩子的事务中。没有厌倦、没有苦恼、没有抱怨，也顾不上批评像我们这些不怎么地道、也不很自觉的家庭成员，而且脸上从早到晚都洋溢着灿烂的笑容。

儿子还没成家，每天工作很忙。这个家好像不是他的似的，想回就回，不想回就不回。他的房间从来没有整齐过、一派生动多彩的景象。他也从不考虑家里缺啥少啥，也没有主动为家里履行过义务、尽过责任。这个家对他来说，好像是车马大店，我们是店老板和服务员，一切设施都必须配备好、一切侍应都应该到位，而他是这个店里的顾客——上帝，但从来还不买单。自从他的姐姐怀上孩子后，他似乎就有些变样了；自从外孙快要降生时，他就网购了一个小笔记本电脑给寄去，说是送给未来的外甥（外甥女）；自从孩子回来后，他就每天都回家，还要抱上逗一逗。就是性子急躁不会逗，每逗必哭，每哭必烦，夫人说他是活脱脱的一个当年的我，像我这样比较善解人意，因夫人的断定我也不好意思批评儿子；每天回家他都要主动或受他妈的指派买一些吃的和用的。有一天，他妈说孩子的经典行为和纪念日没有个摄像机来

207

纪录，第二天他就抱回一个小型摄像机。自从外孙女回到家，儿子对全家人的态度也变了，和每个人都有了交流的话题。

三个月后，夫人陪着姑娘带着外孙女又走了。她们走后，家里空落落的。我又是忙我的工作，中午、晚上又是有一搭无一搭的在外面应酬，也不惦记着回家。儿子又把家当成了车马大店，有一下无一下给我打个电话，问我回家吃饭不。其实这种间歇性的客套只是安慰了我的心。除了应酬，上班时我是在机关食堂吃，晚上基本上不吃饭，两个水果半个馍就很好了。一个月下来，我总共喝过两三次儿子熬的稀粥，面对面吃过他做的两次饭。不过这中间，我曾出过几次差，就这我也很满足了。因为我有一个很挂念的外孙女。自从她们走后，我每天都要打电话。说是给外孙女打，其实不是姑娘接就是夫人接，只是问一问外孙女每天的状况。她又不会说话、不会问候，充其量在电话上哭一哭、笑一笑就算是给我很大的面子了。于是，为了让她不要生疏我的气息和声音，我又时常在电话上唱一唱《摇篮曲》，直到她有了反应，我方感到欣慰，我盼她早日回来。

迈入爷爷辈，自己的身份自然就提升了，而隔辈亲，她又能给我带来无穷的欢乐。其实，不要说外孙，就是孙子又能为自己派上什么用场。只不过她是一种精神上的抚慰、是一个对未来的向往、是一个血脉的传续。这就使得无论门外的风云如何变幻、无论自己的身价升降褒贬、无论自己的财富聚散增减——回到家，那天真的笑脸、那稚气的呼唤、那柔情的姿态、都是属于自己最现实最直接的情趣和欢乐。这是多少金钱也买不到、最珍贵的赐舍也换不来、山盟海誓的宏愿也得不到的人间永恒的爱意。

关于"旧城改造"

三十多年的改革开放，三十多年的经济发展，使中国在国际的地位日益飙升，经济总量连续超越意、法、英、德、日，成为世界第二，国防力量得到加强，人民生活得到改善，城乡面貌发生了翻天覆地的变化。就在人们物质生活不断满足，现代化步伐不断加快的同时，突然发现我们的生活环境千城一面、大街小巷似曾相识、万丈高楼同出一模。大多数城市建设摧残了个性，湮没了特色，失去了灵性。这些后果除却大干快上、加速发展、急于求成的指导思想和缺乏文化内涵思考、传统特色和民族风格传承外，最重要的一点就是当时提出的"旧城改造"惹的祸。

一提到旧城改造，大家不难想到，"旧的不去新的不来"、"破旧立新"等一系列革命时期的思维惯性。结果，开发商视为发财的好机会，主政者作为政绩工程来对待，倒是给收藏者创造了千载难逢的好机遇。当然，也有为政者破除发展瓶颈、尽快解决老百姓民生问题的善意愿望。但是，这样的结果，城市的历史积淀被荡平，文化记忆被中断，精神个性被消除，整个城市文化的生命受到了重创。当今天我们意识到城市的进一步发展要靠文化的竞争力和软实力时，我们原本丰厚的文化遗存、深厚的历史积淀、魅力独具和风格各异的建筑脉络在我们热情的"旧城改造"中消失了。

一个城市的形成、发展到繁荣，不管是几百年或上千年，它一定有其规划时的客观依据，建设时的主观智慧，也包含了丰富的地域风情，肯定也记载着不同发展时代的建筑成果（或风格）。我们怎么能一说"改造"就一股脑都否定了呢？可能当时我们的概念设计还不够准确，建设理念还不够科学，如果我们叫"古城改造"或"老城改造"，那么我们实施起来会倍加留心和格外慎重，因为中华民族的文化，对于"古"和"老"是要受到维护和尊重的。对于"旧"则很容易同推翻和打倒相联系。但是如今为时已晚。偌大中国没有几个有个性的城市，类似于像平遥古城、丽江古城那样的景象。

随着金融危机的消退，新的一轮城市延伸改造已经开始，这就是"城中村改造"。"城中村"是经济、文化、社会发展的产物。它原本是古老城市的附属，是连接官道的驿站，是过去城市周围闪烁着文化光芒的星辰。如今，随着城市的扩张发展，它一个个被包围在高楼大厦之中。在消退了古老村落神韵的同时，也为经济发展做出了牺牲；在融入现代城市生活的同时，也失去了自己的精神家园；在淘到第一桶金时，收获的喜悦肯定掩盖不了心灵的茫然。"城中村"改造如何改造，往哪里改造？

每一个乡村，都是一个小社会。千百年的绵延发展，他记载了丰富的文化符号，他传承了浓厚的风俗习惯，他秉承着系统的宗族、家族的原生根系。它的布局规划都是一代一代对传统文化的实践和体验，它的建筑（包括民居和祭祀）都是物质文化遗产的展现和传承，它的乡间古树和村中场景都是祖祖辈辈的记忆和存念。如果我们能够汲取"旧城改造"的经验和教训，能够借鉴发达国家村镇建设的理念和模式，能够继承民族优秀的营造法式和规划设计，那么，我们在"城中村"改造和社会主义新农村建设中将能够取得历史文明和现代文明的交相辉映。

我们应该懂得，每一个村落是每一个村民的精神家园。如果在每一个"城中村"改造和每一个新农村建设中，把那些典型的建筑保留下来，把主要的街道修整好，把那些不同时代的标志性物态维护好，把完整的文脉传承下来。本着这个原则，该拆的拆，该建的建，该修旧亦如旧，该时尚的则不断满足现代生活的需要。这样，每一个村落（或社区）都有自己的特色、都有自己地域的多样性，文化的记忆和标识、民族的习惯和样式都能得到传承和保护，那么这样的"城中村"改造会让老年人满意，青年人喜欢，千里游子也能找到自己的家，我们的物质生活和精神生活不是更能够丰富多彩和生动温馨吗？这样该多好。

晋风醋韵

人说山西好地方，地肥水美醋更香。

山西太原（古称晋阳）是我国食醋的发祥地之一，其酿醋历史距今已有 4000 多年了。相传，帝尧定都尧（今太原清徐县尧城村）后，采摘瑞草"蒉莱"以酿苦酒，这里所说的苦酒就是人类最早的酸性调味品—醋了。至公元前 8 世纪，晋阳已有醋坊，春秋时期遍及城乡，但那时醋还是属于比较贵重的调味品。到了汉代，并州晋阳一带的制醋作坊日益兴盛，从民间到官府，制醋食醋成了人们生活的一大嗜好。北魏贾思勰在其名著《齐民要术》中总结的 22 种制醋法，有人考证认为就是山西人的酿造法。明清时期，山西酿醋技艺日臻精湛。近年来，山西醋的酿制技艺不断提升，产量连年剧增，醋的系列产品行销全国，许多醋还漂洋过海，运往世界各地。平日来山西旅游的各方宾客，离开时也定要选几瓶山西醋带回去细细品尝。

山西确实是醋乡。过去山西有"家家有醋缸，人人当醋匠"的场景，现在全省有 100 多家醋厂，品种有老陈醋、名特醋、双醋、陈醋、特醋、晋醋、味醋、熏醋等。同一品种的醋，根据使用原料和生产工艺的不同，又可分出各种各样的品种类别，真可谓琳琅满目，各具特色。山西醋中最著名的当属山西老陈醋了，可谓醋中之王。其色泽黑褐，醋液清亮，酸香绵甜，挂碗无沉淀，存放时间越长味道越好，因而它与镇江香醋、四川保宁醋、福建红曲醋并称为中国四大名醋。山西老陈醋更以其独特的制造工艺堪称中华醋之极品，以色、香、醇、浓、酸五大特征著称世。史料记载，清顺治元年，梗阳（今山西清徐）中华老字号《美和居》改高粱大曲熏醋为老陈醋，突出了"夏日晒、冬捞冰"的新醋陈酿工艺，形成该字号食醋的独特品位，并将产品定名为"老陈醋"，从此名声大振，被后世称为"山西老陈醋"。在 1924 年巴拿马国际博览会上，山西老陈醋一举夺得优质商品一等奖。中国微生物学鼻祖方心芳先生在对山西老陈醋进行考察之后，在其所著的《山西醋》一书中称："我国之醋最著名者，首推山西醋与镇江醋。镇江醋酽而带药气，较山西醋稍逊一筹，山西醋之色泽、气味醇正，皆因陈放时间长，醋之本身起化学作用而生成，绝非人工伪制，不愧我国之名产。"

山西人对醋有着深厚的感情。我想这除了山西醋品种多，质量好之外，应该还有其特殊的地域和生活习俗的原因。一来说山西水土较硬，醋可以起到软化的作用；二来说山西人喜欢吃各种面食，尤其各种杂粮面食，醋有帮助消化的作用。久而久之，醋成了山西人的必备食品。所以在山西又有这么一说：男人不吃醋感情不丰富，女人不吃醋家庭不和睦，小孩不吃醋学习不进步，老人不吃醋越活越糊涂。因为山西人善酿醋爱吃醋，所以素有"老醯儿"之称。因为古时管醋叫醯，把酿醋的人叫"醯人"，把酿醋的醴叫"老醯"。在汉朝史游所撰的《急就篇》中就有"芜荑盐豉醯酢酱"的说法，其中"醯"和"酢"指的都是醋。因此，吃醋不叫吃醋，而叫"吃醯"。由于山西人对酿醋技术的特殊贡献，再加上山西人嗜醋如命，又巧合了"醯"和山西的"西"字同音，所以山西以外之人就尊称山西人为"山西老醯"了。

"老醯儿"对醋的贡献确实应大书特书,因为醋的作用真是太多了。醋内除含有大量醋酸外，并含有钙、铁、乳酸、甘油、氨基酸及醛类化合物。醋不仅是调味之首可以入味，还是人体健身佳品。在食用方面，它能溶解食物中的钙和铁，使人体易于吸收，也可以用于脱制萝卜、白菜、大蒜等食物。在医疗方面用醋入药，有生发、美容、降压、减肥之功效。相传女皇武则天在东都洛阳有次龙体欠安，常常腹胀气滞，不思饮食，御医们想尽了办法也未能奏效，有位御医因此还被砍了头。后来有一道士进献洛阳小米陈醋，武则天吃后胃口大开，龙体转安，这可能和武则天系并州文水（今山西文水县）人，在她的成长过程中有食醋的习惯有关系。从此以后，武则天沿袭着山西人吃醋的习惯，每御膳时总要放上一壶山西醋。又载，清乾隆四年京师太医院集中全国名医，为治疗宫妃瘀血病而炮制的"定坤丹"，其中所采用的二十多味中药，都是用老陈醋炮制的。在现实生活中，醋的应用更为广泛，它可以散瘀、止血、解毒、杀虫，治产后血晕、疡癣癥瘕、黄疸、黄汗、吐血、衄血、大便下血、阴部瘙痒、痈疽疮肿，解鱼肉菜毒等等。尤其是随着现代"文明病"的泛滥，"少盐多醋"的健康时尚正风靡开来，"家有二两醋，不用去药铺""醋是随饭吃的药，更是顿顿吃的饭"，醋对人之重要愈益凸显，已成为人们追求健康长寿的必需品。

几千年来，醋与人们惜惜相伴，除了作为调味品，在不知不觉中也融入了人们的生活与情感之中了。醋有许多的引申含义。通常我们说到酸味就不得不想到醋，因此酸味成了醋的象征。酸味不仅仅是一种调味的味道，它还可以体现人对生活的感悟，可以支配感情，可以说酸味是情绪性、文化性的味，还是嗜好上、意识上、身体上所必需的味。生活中我们还用这样一些成语"熬姜呷醋"、"酸甜苦辣"、"寒酸落魄"、"攻苦茹酸"等来比喻生活中的种种遭遇和复杂感受。人们还常用"吃醋"、"醋意"、"醋劲儿"等说法来说明因嫉妒心理而表现出来的情绪、行为等，指代男女之间感情的排他心理。相传，唐太宗李世民在洛阳大会群臣，表彰重臣房玄龄辅国之功，特赐美女两名以代房夫人，房玄龄不敢抗拒，推说夫人肝火至旺，脾气刚烈，故不允，皇帝要房夫人在"同意"与"赐饮自尽"之间选择，不想房夫人忠肝烈胆，竟捧壶大饮，却原来是食醋一壶。这个"吃醋"典故也为中国食醋史上添了一笔笑谈。在《红楼梦》里，明恋暗想宝玉的晴雯听说宝玉和袭人要好，心中"不觉又添醋意"。随着文化的演变，后人还用"半瓶醋"来讽刺对某种知识技能一知半解的人，用"酸腐"、"酸秀才"等来形容封建时代读死书、死读书的学子。

醋在有效改善人的体质的同时，还有利于人们诚实和谐性格的形成以及心理健康和聪明才智的发挥。正所谓："性格决定命运。"或许正是这些特点，造就了敦厚、忠诚、开放、豁达、精明与睿智的山西人。他们的典型代表就是闻名天下的晋商。数百年来，历代晋商们靠诚信、勤奋以及同行们的精诚合作，驰骋中外商界，并将山西的制醋技术和食醋习俗带到了长城内外、大江南北。山西老陈醋也伴着他们的足迹而香飘神州大地，与杏花村汾酒、山西面食等并肩是谓山西名扬四海的重要媒介。

"夏伏晒、冬捞冰、反复淋"背后映衬的是历代老醯儿们制醯儿的心血和汗水，正所谓"绵酸香甜调味佐餐国人争夸三晋醋，蒸酵熏淋夏晒冬捞此中艰辛有谁知。"看似寻常的山西老陈醋，反映着三晋这一方水土特有的风土习俗，透视出黄土高原的特有的地域文化，其中也显露出山西人的聪明才智。因此，以老陈醋为代表形成的山西醋文化是三晋文化重要的组成部分，是中华民族传统文化的一部分。而且，山西醋文化和晋商文化一样，都是山西特有的、极具民族特色的传统文化，都是三晋文化绵延不衰、广播华夏的重要载体。2008 年，山西老陈醋酿制技艺入选了第一批国家级非物质文化遗产名录，2010 年，山西老陈醋的重要生产基地——山西老陈醋集团有限公司荣获首批"国家级非物质文化遗产生产性保护基地"的称号，这些充分说明，保护和发展老陈醋酿制技艺、凝集和丰富醋文化资源，已成为当今老醯儿们弘扬民族瑰宝、光大民族品牌的责任和使命，已成为山西文化自觉意识和文化责任意识的重要体现。

随着广大人民群众的生活水平的提高和健康意识的提升，这些年晋醋产业可谓是蒸蒸日上。但由于现代市场的强大竞争等因素影响，晋醋产业同样面临着巨大挑战。晋醋饱含着历史、地理、生物、文学、科技等方面的知识，文化旅游资源丰富，开发条件优越，所以开展醋文化旅游，提升晋醋品牌形象，促进晋醋的研制、开发和促销，推动晋醋消费量增长有着重要的现实意义。山西老陈醋集团在 2000 年建成开放了第一家动态展示传统与现代老陈醋生产工艺流程和老陈醋历史文化内涵的博物馆—东湖醋园，成为国内外游客了解山西老陈醋的平台。醋园收集了我国西汉以来各种酿醋器具和 700 个醋疗药方，原生态展示了古法酿造老陈醋的场景。特别当游客进入醋园中古色古香的美和居醋坊，犹如来到了 500 年前的老陈醋作坊，老醋芳香、扑鼻沁心，醋味十足，难以忘怀，作坊内"蒸、酵、熏、淋、晒"的老陈醋制作工艺和步骤一览无余，游客们既可参与部分制作过程又可尽兴品尝"绵、酸、香、甜、鲜"之感的老陈醋。此外，清徐县的醋生产企业也适应现代旅游市场，相应开发了醋生态园、科技园、博物馆等，为拓展山西醋文化旅游增添特色。新时期的老醯儿们以新晋商特有的精神，正在努力实现非物质文化遗产社会价值、文化价值和经济价值的相统一、相协调。

醋香徐徐，岁月悠悠。山西老陈醋历经风雨沧桑，其味更浓，其名更胜。在今日推崇科学，向往自然的年代里，老陈醋这一中华瑰宝将会飘往更多人的餐桌，走进更多人的生活。

记得住乡愁

　　乡愁是一种习惯，是一种记忆，也是一种精神的寄托。千百年来，中华民族的生活习惯形成了中国人固有的思维秉性、适应特性和居住习性。不同地域、不同族群的居民，在固有生活环境中不断完善生活方式的同时，世世代代又都在坚守着自己的乡愁。

　　古老的中华民族源远流长。勤劳、勇敢的炎黄子孙从黄土高坡，从黄河岸边，从水乡丛林中走来。他们挟带着鱼兽的温馨、野果的芬芳、庄稼的清香。他们靠山吃山，靠水吃水，逐水而居，世代相系。他们日出而作，日落而息，男耕女织，耕读传家。他们居黄土高坡，凿窑洞为地窖子而居住，居平原和盆地则建四合院而生活，如在南国水乡则是粉墙黛瓦，绿树四合，看得见门前屋后，看得见山川河流。即使后来有了城、有了市，但那城市的街巷、城市的民居、城市公共活动空间的建筑，也一样是砖木结构、民族风格、传统味道。更何况一般的城市也都选择在远山近水之间，在方便生活的同时，也和大自然融合在一起。要知道中华民族是在农业耕耘之中发轫壮大的，崇尚大自然已是劳动者的习性。

然而，社会总是在不断发展。工业化、现代化、城镇化成为不可阻挡的世界潮流。有多少年轻人向往城市，有多少小城市需要扩张。而这些不断扩大的空间，都是需要高楼大厦来填塞，需要"外来人"来充实。这就必然产生离乡的人，在物质满足之后产生乡愁。中央城镇化工作会议指出，城市建设水平是城市生命力所在。城镇建设要实事求是确定城市定位、科学规划和务实行动，避免走弯路；要依托现有的山水脉络等独特风光，让城市融入大自然，让居民望得见山，看得见水，记得住乡愁。

"记得住乡愁"，不仅要有华美的外表、宽敞的空间、别致的现代造型，还要和当地的风土人情、民俗风貌以及精神需求等密切联系，成为缓解居民心理疲劳、提升心灵幸福的"精神家园"；不仅要注重气派与豪华，还需要充分的公共活动空间。这种空间能激活我们充沛的感情、丰富的创意和乡愁的归宿感。这种充分融入了感情、灵魂、文化的城镇，当然也就是"记得住乡愁"的精神化空间。

记得住乡愁，就是要在规划先行时，注重山水形胜、注重历史遗存和文化标志。"山水林田湖是一个生命共同体，人的命脉在田，田的命脉在水，水的命脉在山，山的命脉在土，土的命脉在树"，要在此基础上把握城镇发展的脉络，体现尊重自然、顺应自然、天人合一的理念。不能一味倚重物质主义、大干快上。甚至在改造的同时将故有的文化遗产推倒，建起来的却是一片文化沙漠。这种不考虑传统、不考虑布局、不考虑宜居的建设将是对历史发展的不负责任。像有的地方，利益为上，追求产值，盲目发展，倒是建起了一大片楼盘，但却成了无人问津的空城，何谈"乡愁"之有。

记得住乡愁，就是要根据实际情况结合民风民俗，围绕民族风格、民族特色、民族情感，设计建设富有地方品位的建筑和民宅民居。前一段时间，《光明日报》报道了湖南11个"最美县委大院"。这些县委大院都是20世纪五六十年代的建筑，有的更早，报道刊发后，在湖南引发热议，在全国引起广泛关注。我想，除了大家对他们艰苦朴素、亲民为民的赞赏外，还有一个情感问题——民族的情感，因为这些建筑都具有民族风格。它们多是新中国成立后建起来的县委大院，有些是第二次国内战争时期的县政府，有的已经是地方的标志性建筑，其中蕴含着历史的情感和文化的记忆。建筑的情感也是"记得住乡愁"的很重要的元素。

记得住乡愁，就是要注重民族文化内涵，要考虑对居民的情感尊重和精神观照。一座民居的设计、一个小城镇的建设、一个城市社区的规划，都要十分注意民族的习俗、民族的信仰、民族的崇拜、民族的记忆，或者说民族文化的敬畏感。人们内在的诗意、激情，乃至创造梦想的动力，要依托建筑空间所承载的精神家园来实现。即使建筑创新，也要既中国又现代、既民族又宜居，并且要与所在地区的自然和环境融为一体。苏州博物馆是建筑大师贝聿铭设计的。他的设计就是把中国特色和世界风尚紧密融合，小天地展现出大境界。在此，苏州人看到了世界，外国人看到了苏州；江南人看到了全国，全国人看到了江南。这就是情感，这就是文化。那种追求奇、特、怪，那种盲目照搬外国的设计，那种死搬硬套古代的建筑式样，都不能算作创新的文化，也不是宜居的标志，当然，也不可能让居民记得住乡愁。

记得住乡愁，就是要在城镇建设中，十分注意文化遗存的保护。要保护那些历史建筑、传统民居和古村名木，甚至包括那些很讲究的街巷规划和建筑小品的点缀。这些都是中华民族长期形成的民族特色，也是祖祖辈辈的习俗遵循以及几百年永续传承的文化记忆。在城市化进程中，一些原本的历史文化名城被改造得不土不洋、不中不西，不少历史文化意蕴深厚的古村镇原貌尽失。抚今思昔，应该吸取深刻的教训。在加快城镇化的进程中，决策要民主、规划要科学、实施要慎重，切莫捡了芝麻丢了西瓜。

城镇化建设，让建筑事业进入发展的黄金期。建筑既是物质的，又是精神的，如何在黄金期把建筑做成时代的宠儿，如何把建筑做成可以安放心灵的居住空间，这就要时刻紧扣建筑的主题——记得住乡愁。

光韵璀璨

—— 历史深处走来的西杜

村容村貌　山川形胜

山西地处晋陕黄土高原，是中华文明的重要发源地之一，在其南部的黄河三角洲地区，历史内涵非常丰富，文化特征极其明显。特别是在黄河之东、汾水之南，横亘着一条东西绵延数十里的峨眉岭，境内的万荣县物华天宝，人杰地灵。孤峰山拔地而起，雄居千年万载，成为万荣县独具地方特色的重要文化地理标志。

西杜村就位于孤峰山的东南部。村庄是一个丁字形的布局，村里的地形北宽中窄南宽，从高处往下望去，形状颇似一狭长葫芦。村子的地势由北向南逐步向低，层层梯田，绵延十里。之所以形成这样的地形地貌，可能是蛮荒年代，洪水在村子的两边各冲刷成两条不规则的深沟。

村子东边的沟被称为东沟，宽约二十几米、深约十几米，北至和南吴村的连畔地，南至漫峪口化村店，长约十里。千百年来，东沟也留下村民们劳动的影子，曾在沟底种植小麦、玉米，也栽过树木等，后来随着社会经济生产方式变化，村民就不再利用它，把精力集中转移到农田里。沟的两壁悬崖阴壑上长满柏树，沟沿长满杂树、棘刺和野草植被，形成自然的生态系统，神秘而幽静。

在村子西边的沟被称作西沟。西沟不深，口面很宽，因此，形成祖祖辈辈耕种的小块梯田。它的起始点是和袁家庄相邻的交界处，终至漫峪口和东埝底的交界处，亦有十余里。由于它的地形能耕种，长期以来，村民大多种植一些杂粮和栽植一些干果树。整个西沟的造型千姿百态，自然和耕种的植物相交互应，因此，一年四季色彩绚烂。这两条沟如同两条祥龙一样，始终围绕着村庄，恰似双龙并侍，孕育着文化，呈现着吉祥，是西杜村村民们心灵的慰藉。

西杜的东边是东杜村，在历史发展过程中，西杜、东杜有时以一个行政村合署，有时以两个行政村自居，因此，外界统称杜村。两村以沟为界，以桥相连，亦称桥西、桥东。桥是何时何人所修建，没有记载，但是可以肯定，大桥千百年来在和外界交往上给村民们带来的方便是功德无量的。因此，历朝历代历届村干部都为大桥修建做出过努力，村民们也把修桥铺路作为衡量村干部政绩功德的标准。这座桥除了实用功能外，还有它的审美和象征性，村里有文化的村民把它命作仙桥，使它成为西杜村的标志。每当我们行走在大桥上，总感到赏心悦目，它不仅造福了西杜历代村民，更为重要的它还是村民创业奋斗的见证，文化的意义和特征使大桥在西杜村的历史和现实中显得格外重要。

西杜与东杜合称杜村，在历史上还有一件凄惨的传说。在某个朝代，杜村以南的西杨李村多出官宦人家，其中有一家在朝里势力极大，号称"十子百孙子"。皇帝得到"十子百孙子"要谋反的消息，不辨真假，于除夕之夜展开了对他们的"剿灭"。由于是黑夜，官兵对地理位置不很熟悉，便把杜村误认为是杨李村，待到快天亮时才发现杀错了人，就这样，杜村居民同时几乎全遭杀害，正所谓"杀了千家西杨李，捎了八百小杜村"，杜姓家族从此在杜村就很少见了，尤其是现在的西杜村，到目前为止杜姓家族一户也没有，（这个传说事件目前有两种说法，一是说明朝初年，朱元璋残杀令狐一家；还有一种是说明朝时期，残杀尹姓一家），而"十子百孙子"的故事仍在民间广为相传，并且和吴姓移民到西杜村，也可能有很大的关系（这是后话）。

西杜村的西面即为袁家庄。据考古学家(万荣县北吴村人)卫聚贤《中国考古小史》中所述："柏林庙西南二里有袁家庄，在元、明碑上书为原家庄、阎家庄、严家庄，是原无定名，用原袁阎严等字音，当为'绵下庄'的音转"。因为孤山史称绵上之山，亦称绵山，由此我们可以说袁家庄同样具有深厚的历史文化。

西杜村以北通向南吴村，南吴村以北则是北吴村。生长在北吴

村的卫聚贤先生是中国考古学的奠基人之一，也是山西考古第一
人。这两个村同样有悠远的历史，因为考古发现北吴有龙山文化
遗址，这就很能说明问题。

西杜村、东杜村、袁家庄连同南吴村、北吴村均属于四社八村
（皇甫村为一社，南、北吴为一社，东、西杜为一社，高家、杨李
为一社，袁家庄为看庙村），这是村民们在解放以前甚至更早的时
候每年六月六和春节期间朝拜柏林庙，而自发组成的民间社火团
队。

柏林庙所在的孤山文化底蕴非常深厚。康熙版《平阳府志》记
载："孤山，县（注：原万泉县）南二里，周围盘踞八十余里，高
十五里，形势独尊，不接他山，上有法云、槛泉寺，其南即猗氏
（注：现临猗县）境，又山势绵延，亦称绵山。因晋国文公时期的
忠臣介子推曾经隐居于此，历朝历代多有庙宇建筑以示祭祀，再
加上后世文人学者光临孤山，寻幽探古，留下许多脍炙人口的诗
文佳作，因此，孤山在当地很受人们青睐。

西杜村南面的漫峪口村，原本属于埝底乡管辖。2001 年中央
调整区划，把埝底乡与皇甫乡合并，仍沿用皇甫乡之名，这样，
漫峪口村也就归属皇甫乡了。由于西杜村毗邻的这几个村同位于
万荣县南部、孤山东侧的皇甫乡，应该说从古到今都受孤山文化
的影响。而皇甫乡政府所在地皇甫村，距离西杜村仅有十里左右。
有关皇甫村来历，历史上也没有清晰而准确的记载，可能是和东

汉末年皇甫嵩隐居在皇甫村一事有关，据说皇甫嵩墓就坐落在皇甫村境内（还有一说其墓为南北朝时期汾阴人皇甫遐墓）。位于皇甫乡的前小淮村还是二十四孝之一董永的故里。根据康熙版《平阳府志》和民国版《万泉县志》记载：董永墓在上孝村（今小淮村）。这都足以说明皇甫地区文化积存之丰厚。

西杜村便是在这样的文化氛围当中，世世代代、祖祖辈辈注重耕读传家，守护传统，弘扬文化，延续民风，从古走到今。

建制沿革　追踪历史

中华民族的历史源远流长，如同一条奔流不息的大河，浩浩荡荡流向远方。全国有行政建制的村庄成千上万，但是很少像西杜村这样历史发展轨迹异常清晰，通过仔细梳理，探源溯流，它就像奔腾大河的历史文化支流一样，印证着中华民族的发展历史。

盘古开天辟地，他以自己的生命演化出生机勃勃的大千世界，本人则成为自然大道的化身。随着历史的发展，盘古文化逐步演变成了中华文化一颗璀璨的明珠，影响中国长达数千年。三皇五帝(三皇即燧人、伏羲、神农，五帝即黄帝、少昊、颛顼、帝喾、尧)时期，华夏文明始终覆盖影响着中原地区，再加上尧、舜、禹时代对中原文明影响，他们被后人尊为华夏民族的人文始祖。尧、舜、禹时期没有明确的区划，他们主要活动地就在黄河以东的晋南地区，如今位于"尧都"的临汾、"舜都"的蒲坂、"禹都"的安邑等，都在河东地区，而这些地方距离西杜村也就50—100公里。

迨至西周初年至东周春秋时期，晋国国力逐步强盛，势力范围已经囊括了整个晋南地区。春秋中后期，"晋无公族"体例产生，遂导致了晋国异性诸侯的崛起。待到春秋末年，晋国异性六卿势力逐渐强大，架空了晋国国君的权力。到最后韩、赵、魏"三家分晋"标志着战国时代的开始。从此齐、楚、燕、韩、赵、魏、秦七国在中国大地上开始登台表演，其中魏国属地就是以现在的晋南地区为中心，治辖范围当然包括孤山区域。从吴起变法之后，魏国逐步强大，曾一度鹤立于其他六国。自从魏将庞涓兵败，魏国势力急速下滑，一蹶不振。七国争雄，秦最终一扫六合，统一了中国，定都咸阳，魏国成为其领地，与都城咸阳仅一河之隔的河东地区，包括孤山周围，也就归属秦朝的管辖了。

秦朝传至二世胡亥，因其昏庸无能，朝政混乱，及秦亡后，引发楚汉相争，最后刘邦统一了天下，史称西汉。之后便在汾水之南设置汾阴县，所辖范围大致等同于现在的万荣县。西汉初年，皇帝在汾阴县建造后土祠，汉武帝曾六次巡幸后土，行游介山，刘彻之后，历朝均有君主光临，在我们这块土地上留下频繁的圣迹。

东汉至唐初，汾阴县所辖范围并没有明显的变化。及至大唐武德三年，唐王朝将汾阴县一分为二，县东设置为万泉县，县西仍保留原名，不过所辖范围比以前大大缩小了。到宋朝时候又把汾阴县改为荣河县。至此，原汾阴县长期分设为万泉县和荣河县。

北宋王朝因赵匡胤黄袍加身，定都河南开封，拉开了赵宋王朝历史上衰弱式微的序幕。北宋政权中心开封距离万泉县不远，均在黄河流域。南宋偏居临安，辽、金少数民族强劲南犯，万泉县也就更多的与少数民族来往频繁了。草原文明与农耕文明的交融，致使万泉县这块土地一直处在变革发展中，直至元朝的建立。明清相继建都北京，汉文化与满族文化交流融合在清朝时期达到了极盛。随着历史的发展，万泉这块土地在时代交替中经历了文化交流的多次碰撞，而西杜村这块土地的行政归属应该是从未改变。

当时间的指针走到清末民国时期，西杜村的行政归属便就有史可查了。自从民国六年至 1953 年，西杜村属于南乡、东埝底镇、杜村治村、皇甫治村、吴村乡管辖。1954 年 8 月，万泉、荣河两县合并为万荣县后，西杜村属吴村乡。1956 年至 1961 年，西杜村属乌苏乡、东风公社、汉薛公社管辖。1962 年至 1983 年属于皇甫公社管辖。1984 年 10 月改公社为乡、镇，改生产大队为村民委员会，西杜村属皇甫乡。至 2001 年 5 月，皇甫乡与埝底乡合并，西杜村仍属皇甫乡。

西杜村名源于何时，行政归属究竟如何？西杜村立名之前叫什么村，或是一种什么样的繁衍状态，由于明朝及更早时期，我们找不见相关史料加以佐证，但是清朝及民国以后，县志和有关资料记载就较为清楚了。无论如何，可以肯定的是，在中华文明演进和影响下，如今位于晋南大地、孤山东麓的西杜村，从古到今，历史风云一定会在这里际会，社会变革一定会在这里激荡，时代发展一定会在这里辉煌。因为中华民族的历史文脉在这里有着明显而清晰的走向。

文脉寻迹　世代传续

文脉是在历史演进中人民群众创造文明的文化印记。深受古老华夏文明的影响，在西杜村亦然能梳理和对接出中华民族完整而清晰的文脉。

远在五千多年前的新石器时期，先民们在西杜村周边就已经有了活动的踪迹。1927 年春，卫聚贤在孤山周围进行考古调查时，就发现了多处新石器时代的文化遗址：袁家庄龙山文化遗址、北吴村龙山文化遗址。这两处均被山西省文物局专家评定为县级文物保护单位。民国二十年，卫聚贤在荆村瓦渣斜附近考古发现了荆村仰韶文化遗址，1931 年 4 月 1 日—5 月 15 日与董光忠一起进行了发掘，出土文物很多，其中就有陶埙这一西周时期先民生活所使用的乐器。经山西省文物局专家评定为省级文物保护单位。

龙山文化遗址和仰韶文化遗址的发现，是近代以来中国考古事业在万荣孤山周围取得辉煌成就的开始。

西周之后始为东周列国，也就是春秋向战国的演变过渡期，当时的文化积淀，在西杜村有着明显而具体的实物佐证。2012年秋，太原市文物考古研究所研究员常一民为瞻仰考古学家卫聚贤先生故居，在运城市文物局副局长、研究员李百勤先生的陪同下，来到当年卫聚贤先生在西杜村考古发掘现场进行学术考察。考察过程中在小山周围西沟边崖壁上发现了大量的陶器。这些陶器颜色有灰色与浅红色等几种，器形也不尽相同。经两位专家认真观察研究后一致断定，这些陶器应为春秋战国时期所烧制，可能是居民的生活用品。在此地发现这一类陶器后，又去介子坡四周考察，同样发现很多同时期的陶器。大量陶器的发现，直接说明了西杜村这片土地上在春秋战国时期已经是居民劳动、生活的聚居地，也显示着中国历史从奴隶社会向封建社会文明演进过渡的缩影。

如果说春秋战国时代先民在此生活的证据有些意象的话，那么有关介子推在此地隐居传说的证据，就更为充实。晋文公是春秋时期晋国的一位贤君，他与介子推君臣之间的故事早已家喻户晓。关于介子推隐居何地一事，历来众说纷纭。考古学家卫聚贤根据《汉书·郊祀志》等相关史书记载，考订介子推隐居在万泉孤山说，从七个方面论证了介子推隐居在万泉孤山的可能性。历史烟云过后，史实已经离我们渐行渐远，而介子推携母泪洒绵上已成为孤山周围人们世代相传的美好记忆，之于推论柏林庙遗址之前为介子推庙的观点，作为历史课题研究，只能是对后人的殷切期待。

秦朝遗迹在西杜村介子坡周围的发现，又成为我们对接历史的关键。2012 年，常一民、李百勤两位专家在介子坡周围考察时，发现了一中等规模的墓葬，遂即认定这座墓葬应该是一座秦墓。秦墓的发现，欣喜地填补了在秦朝时期，人们在西杜村这块土地上就生生不息地劳动、生活的空白。

与秦代相比，西杜村西汉活动的印记就较为明显了。1930年，考古学家卫聚贤与董光忠、当时在中央研究院历史言语研究所考古组供职的张蔚然、时任山西图书馆图书部主任聂光甫等专家在西杜村阎子疙瘩（今上甘岭）进行考古发掘。经过发掘，得到铜五珠钱、铁刀、铁钉、陶壶、陶釜、陶温器等古物，有"千秋万岁"砖、几何纹砖，"宫宜子孙"、"长生无极"、"长乐未央"等瓦当以及大瓦等文物。卫聚贤后来经过与其他地方发掘物做比照考证，认定这些出土物确为西汉时期的生活用品和建筑用品。

关于此项考古发掘工作，卫聚贤先生此前曾有一篇重要文章发表（卫氏所著《汉汾阴后土祠遗址的发现》刊登在 1929 年《东方杂志》第二十六卷第十九号）。据文章所说，这里曾经是汉汾阴后土祠的所在地，而后土祠的前身即为介子推祠。其观点无论最终为历史认可与否，单凭这些考古发掘物与遗址也足以说明，在西汉初年，这里曾经是规模宏大的祭祀场所，并建造着规制严整的汉代庙宇建筑。正如常一民、李百勤两位专家在此考察时所说，这个地方在西汉时一定存在着高规格、大规模的建筑群。

西杜村不仅在西汉时期有着辉煌的历史印记，而王莽新政和东汉立朝的历史在西杜村周边也有璀璨的标识。距离阁子疙瘩向西不远处，位于西杜村、袁家庄、南吴村交界处有一座在当地很有名的柏林庙。柏林庙又称"风伯雨师祠"，是当地老百姓用来朝山祈雨的场所，历代均有重修，在抗日战争时期为了防止日军在此驻扎，遂被二战区一把大火烧为灰烬，成为永久的遗憾。现在的柏林庙是袁家庄村民近年自发修建而成，面宽三间，为一红砖砌成的普通民居建筑，文化味和影响力已经大不如从前了。在柏林庙上有一个动人的传说："刘秀避难，麻雀相助"。故事内容大概是：汉光武帝刘秀逃至柏林庙中避难，新帝王莽派人来追杀时，庙中的麻雀悄然不作声，藏在门背后的刘秀，很快被蜘蛛网住，侥幸躲过了这一劫。后来他当上皇帝开创了东汉帝国大业。至今，柏林庙护主的这个故事仍在民间流传。

大唐王朝光芒万丈，万泉县距离大唐的西都长安、东都洛阳都不远，盛世的恩泽也一定会惠及到这里。能够解释历史的除了建筑、遗址、碑刻和典籍之外，还应该有古树。西杜村古树在历史上究竟有多少，具体生长在什么位置，我们不清楚。截至目前，村里最古老的一株，是位于南头巷小池边上的国槐。至今槐树树冠庞大，树干粗壮，生长仍然十分茂盛。据考查，与其他地方粗细差不多的国槐大多都是唐朝以前时代的树龄。根据比照，我们可以认定这棵人工栽植的槐树，起码可以证明自唐以来，西杜村的村址就已经定型在现在的这个地方。因为千百年来，人们把槐树栽在门前屋后，取谐音"槐荫后人"之吉利，应是汉族的风俗和传统。况且，国槐是适应性强、生命力旺盛、寿命亦长的树种，也是人们对于美好生活的向往和寄托，因此普遍栽植自不必说，单就西杜古槐的体量，根据专家的测估为唐以前的遗物，就很能说明问题了。

宋词元曲的委婉嘹亮，虽然至今我们在西杜村还没找到它的余韵回旋的迹象，但是从汉唐的辉煌以及明清的富庶来推测，此地此时的繁荣程度应该是和历史一脉相承的。

当明、清的金戈铁马占领北京，入主故宫以后，浩荡皇恩就必然惠及到文脉已经很清晰的西杜村了。西杜大庙建造在西杜村的中央，庙里供奉的主像是观音菩萨，东边为关公及侍者，西边为土地爷及牛马神。现在村中央矗立的大庙是 2007 年在原址上重新修建的。根据《西杜大庙民国九年修缮碑记》中记载所述："西杜村中央旧有观音、关帝、牛王、土地庙，规模宏大，自前清康熙甲申、乾隆丙子历有重修可考，而创建莫稽焉。"我们知道在康熙、乾隆年间大庙重修过两次，虽然创建时间无据可考，但是作为一座宗教信仰建筑，没有百十年左右是不需要修缮的，因此，我们可以推测大庙可能是清代以前的建筑。另据太原市文物局原副局长肖盛炎先生根据 2007 年重修前的大庙构件及建筑风格来推测，西杜大庙应该是明末清初时期所建。既然这两种观点基本一致，那么，就说明了大庙是明中后期的建筑。这也就应该和吴姓祖先移居西杜有一定的联系了。

有关吴姓祖先迁至西杜村的具体时间，根据村里遗留的吴璋老祖先的墓碑所显示的立碑时间（嘉庆五年）和合户镌立之记载，说明此时吴姓已经有了好几代人、几个分支了。再结合其他几方面来综合推测，也说明吴姓祖先大概是明朝中后期就从县西的通爱村迁到这里。西杜大庙的修建、吴姓的迁移也可能和"杀了千家西杨李，捎了八百小杜村"亦有关，都应该是明中后期。关于村里现有张、黄、李、董、吕、王、路、尹、康、朱等其他姓氏来到西杜村的时间，从目前村里的户数较少等原因来分析，大多应该是在吴姓到来多年之后，从别处迁移过来的，有些就是新中国成立前后迁移的。如今这些不同姓氏和吴姓村民一起在村里处邻结亲、和睦相处、共享欣荣、安分知足。

明清之际，随着资本主义萌芽的兴起，山西大地逐渐出现了一股外出经商的生意人，这些人在做买卖方面大多有所成就，这种现象被后世的人们称之为"晋商"。晋商的崛起有着十分明显的时代特色和地域特色，比如晋中的乔家大院、王家大院，晋南万荣的李家大院等这些大院文化都是晋商发展鼎盛时期的见证。河东盐商是晋商的鼻祖，后来随着时代的发展变化，经商内容日趋多样化。明清以后，西杜先祖们纷纷远出陕西、甘肃、宁夏等西北方向经商、创业，他们栉风沐雨，含辛茹苦，背井离乡，百折不挠，为奋斗付出而淘回了第一桶金，成为西杜人创业的先驱。

及至 1912 年以反清为主要内容的辛亥革命成功，统治中国两千多年的封建王朝土崩瓦解，新鲜的空气带给人们新鲜的气象，村民们在感受到时代变化的同时，也开始效仿减掉辫子、不再缠小脚，以摆脱封建社会毒害人们的不良风气。社会变革导致生产力得到极大的解放，生产关系开始产生变化。此刻村民们情绪高涨，全心致力于发展农业，继续坚守自己农耕文化的本色，晴耕雨读，延续传统。这个阶段村民们仍然有外出创业的，还有几位在西安、太原、北京等地求学与工作，而他们则成为那个时代西杜外出创业者的代表。

新中国成立后，社会面貌发生了巨大的变化，劳动人民当家做主，土改时土地分配给村民，自家田地自家种，村民有了更大的动力。后来又实行互助组、合作社，生活逐步走向自给自足。生产资料公有制的实行，促使土地归集体所有。再后来实行人民公社，村民在一起吃大锅饭，度过了 1960 年开始的三年天灾人怨最为困难的阶段。期间还记忆犹新的就是，1966 年"文革"开始，村里和全国一样也进行了夺权与派系斗争。1968 年 12 月，二十多个北京知青上山下乡来到西杜村，接受贫下中农的再教育。他们和村民们在一起进行生产劳动，无论是在体魄上还是精神上都得到了艰辛的历练。后来又通过招工、参军、上学等陆续离开西杜村，大多回到北京，如今，他们对这些经历都充满了苦涩和自豪的回忆与怀念。

"文革"结束后，1978年，党的十一届三中全会召开，吹响了改革开放发展经济的号角。经历了"文革"十年动荡的西杜村也不再沉默，村民们积极响应党中央的号召，开始谋划发展村里的经济。后来国家政策规定实行家庭联产承包责任制，土地五十年不变，更加激发了村民们火一样的热情。尤其是近几年，随着改革开放的持续深入，村里承包土地、种植各类经济作物，发展家庭养殖都取得良好成效。村民们真正开始为家庭、为自己奋斗谋业，有的在村里经营劳作，有的到外面做生意，干事创业的积极性，促使村里各项事业的发展进入了一个新的阶段。

西杜村作为一个有行政建制的村庄，它的历史、它的文脉清晰而绵长。实际上，一个村庄就是一部历史，它清晰地记载着本村发展的兴盛与衰落，也折射出中国历史进程中的细枝末节，有的甚至和中国历史风云息息相关，特别是在中国这样的文明古国，在黄河三角洲地区，任何一个村庄它所表现的历史长度基本都能和中华文明传承遥相辉映。真可谓：明月依旧人不再，还忆西杜几千年。

景色长宜　风物世韵

西杜村不但文脉绵长，自然景观也十分迷人。四季分明，景色优美，文气鼎盛，气候宜人，自然、人文相互衬托，民俗民风在此尽情演绎。

西杜的美与它临近的孤峰山有着很大的关系。孤峰山景色秀丽，风光宜人。尤其是自隋唐以来，佛、道、儒三教相继进入孤山，老姆洞、柏林庙、法云寺、槛泉寺等庙宇壮丽，规模宏大，僧人众多，香火鼎盛，一时成了众多学者、游人凭吊怀古、登高赏景的目的地。由孤峰山带来创意的孤峰晓月就是西杜风光最美的写照之一。

孤峰晓月在历史上是怎样一种景致，曾经映照过何人，我们无从想象。但是我们知道，在西杜村这样一个特殊地理环境下，孤峰晓月自然带有浓郁的农耕文明特色。天刚蒙蒙亮，村民们便在鸡鸣时起床，扛上锄头，行走在月色的衬托下，准备从事农业劳作，忙碌的一天就这样开始了。田间劳作很辛苦，但是在晓月的映照下，稍有文化修养的人也会从精神的层面上来感知它，把它当作一种乐趣，一种享受，一种劳动的喜悦和期盼丰收的欣喜。

西杜四季的美和独特的风情风韵，与孤峰晓月一样成为村民们的一种精神享受。

在西杜村，春天最美的时候还是春节。"爆竹声中一岁除，春风送暖入屠苏，千家万户曈曈日，总把新桃换旧符"，王安石的除夕诗寄寓了太多的情感，传达给我们太多的节庆气氛。春节是中华民族最重要的传统节日。一元复始，万象更新，除了传统文化所带给人们的美之外，西杜春节的民俗风情和别的地方有些还不太一样。在村里大年初二有个习俗，那就是给过世未满三年的亡人送纸。据说这件事情和"十子百孙子"历史传说有关。除夕之夜，西杜村民全遭杀害，大年初一报丧，初二家家户户都不出门，以示祭奠。至今这个习俗仍在村里流传，每年正月初二，村里人带上裱纸，成群结队到过世未满三年的人家里送纸、磕头，表达哀思，演绎着古老纯朴的乡俗。

春节民俗文化带给人们心灵的震撼自不必说，西杜春天的自然景观就更迷人了。当一缕南风悄然来临，满村的油菜花、杏花、桃花、梨花、果树花香随风飘起，再加上漫山遍野乔木、灌木和山坡、沟壑里的野草花，姹紫嫣红，蜂飞蝶舞，村里到处就都能感受到春的气息。对农民们来讲，耕种的季节便是充满希望的季节，全村的人们都在忙碌着为秋后的收成进行安排。农耕文化影响之下的村民必然崇尚"天人合一"的理念，尤其是春季与大自然融为一体的美妙，这不正是一幅烟雨纷纷的山郭水村图吗？

与春节期间大年初二相比，同是祭奠，但清明祭奠则反映的是另外一种民俗。清明节不仅是中华民族的传统节日，也是二十四节气之一。它的来历和寒食节（介子推从亡日）有很大关系。介子推曾隐居在孤山，所以受其影响，村里人在节日期间，家家户户吃寒食，并且还要给嫁出去的姑娘送"子福"，不知道这是传递信息，还是表达情谊，总之，这种风俗一直流传至今。当然，带上自己家蒸的"子福"上坟祭奠祖先才是清明节最重要的仪式。人们除了祭奠期间要进行必要的程序之外，清明时节也是踏青的好时节。在古代、在各地，人们都会在清明时候踏青、放风筝，享受着春天带给人们诗画一般的感觉。清明节，族长带着族人祭奠完共同的祖先之后，然后各自分开去祭奠支系的先人，祭奠完之后就已经快中午了。人们除了享受分供品带来的喜悦之外，大人带着小孩，小孩缠着大人，在地里你追我赶，拥抱着大自然，尽情享受着春的气息，这无疑成为村里最合时宜、最可人意的节庆活动。随着时代的发展，国家的重视，清明节又被纳入了法定节假日。这样对于长期出门在外的人们来讲，又可以重续幼年时的那种美好的祭祀踏青活动了。西杜村长期形成的祭祖不仅是一种民俗仪式，更重要的体现则是文化传承，是对孝文化的传承。

夏天的到来伴随着和煦的阳光和暖风，使人们更加袒露出集体性格的彻底和豪爽。那时，在布满整个村里的桐树上，蝉声嗡嗡，小孩们拿着自制的捉蝉袋，走动于各个巷子以及地里，享受着捕蝉带来的喜悦。其实相比于孩子们而言，大人的乐趣并不在这里，这是因为在农村最美的风景往往在干农活时展现的最为完美。农忙时节，平畴沃野如地毯一样，家家户户热火朝天的干劲，村人尽管汗流浃背更多展现的却是另外一种精神风貌。此刻正值小麦的成熟，大人们拿起镰刀去地里面白天连着黑夜抢收麦子，特别是小麦回仓的时候，看到满囤堆积的小麦，大家喜在眉梢、乐在心头。虽然，现在种麦子的少了，夏收的程序完全由机械化来代替，但是，农民对于收获的感受应该是亘古不变的。

在夏天，有一个谚语最能代表村里的特色了，那就是"孤山戴帽，相公睡觉"。整个夏天天气虽然炎热，但村民们一直在忙忙碌碌当中，没有时间休息，唯有下雨才是村民们的休息日。其实，下雨的时候也是村里景色最美的时候之一，孤山远远望去，雾蒙蒙的像戴了帽子一样。此刻，道路、巷子空无一人，所有的雨水都会自自然然的从各家各户流到巷里，从巷里流到井里、流到池泊。虽然，现在村里都吃上自来水，井和池泊也被掩埋了，但人往高处走，水往低处流的追求，依然启谛着人们的心境。因此，尽情地欣赏着雨天的朦胧，对于"千万泉"的人来说，带给村民的闲适和快意仍然乐不可支。

秋天的美丽是很独特的。如果说夏收是一年年景的序曲，那么秋收则是一年收成的重头戏。因为现在种植含金量高的作物的收获期都在秋天。苹果、梨该摘、该卖了，药材该起、该晒了，秋庄稼该收、该藏了。经过秋霜的浸染、温差的刺激和果实的哺育，不管是庄稼地，还是果树园；不管是山坡台地，还是沟壑崖岭，一律从绿色变成了比赤橙黄绿青蓝紫的颜色还要丰富的色素，特别是柿树的叶子，在秋阳的映照下红得醉人。秋天，除了果实收成给人增添喜悦外，收获时的美景更能激起人们心里的波澜。

秋天最有文化意味的节日还是中秋。年怕中秋月怕半，中秋佳节倍思亲。中秋时节是民俗文化当中仅次于春节的重要环节，以团圆为主题的中秋佳节不知醉了多少文人雅士，迷了多少他乡异客。全国各地、不论何时，像中秋这样的民俗节日，文化内涵基本相似。但在农村，人们往往于八月十五晚上，在自家院中，摆上自家做的月饼等供品，以此来祭奠月亮，思念远方的亲人。中秋节，在村里还有一个习俗，那就是在阴历八月十五前后，提上几块自制月饼和时令水果，给亲戚、给邻居去送。其实也不是完全送给，而是到了对方家里，重新换一下，放下一些，再回添一些，然后来者又提上回去了。这可能是农耕文明和物资困乏时的习俗，现在当然不一样了。不管怎样，中秋节是最具温情和诗意的，也是气候和时令最可人的时候，古往今来，西杜村每家每户的村民，在心中把中秋节始终作为团圆日。

除了中秋之外，重阳节也是中华传统节日中景色内涵较为丰富、思乡内容比较纯朴的一个节日。多年以来，重阳节在西杜村并不怎么流行，但是重阳节在西杜村的景色和境界依然是非常充分的。行走在村里的大街小巷、阡陌田园，欣赏着"采菊东篱下，悠然见南山"的孤峰山的清丽，欣赏着"万类霜天竞自由"的南门地的开阔；欣赏着"青山依旧在，几度夕阳红"的介子坡、后坡的凄静；欣赏着"不似春光，胜似春光"的东沟、西沟的幽美，都完整地构成重阳时节的境界。重阳时节体现的是一种成熟的心境，宠辱不惊，去留无意。无论你是一位退休干部、复员军人，还是务农乡贤，孤旅商贾。一辈子跋山涉水、风霜剑影，一路走来，收获了风光，也收获了艰辛；收获了激情，也收获了沧桑，该得到的已经得到了，该放下的已经放下了。"不以物喜，不以己悲"，已成为此时返乡归根之人普遍的一种平静心境，如同寥郭江天的秋景一样，温馨、祥和、柔婉和慈尊，温暖着每一个人。

冬季对农村来说是冬闲，冬闲最美的景色是冬雪。西杜村是丘陵山区，地形地貌，生动多样，加上村舍的建筑，由于传统、由于相对落后的原因，基本保持着硬山和歇山顶的古建风格。当然，也有砖璇窑洞和土窑洞以及具有时代特色的建筑，这些都丰富了村庄的造型。冬的意味很深长，一场大雪之后，满天皆白，整个村庄，在臃肿的冰雪雕塑下，显得像童话世界。加上，村庄的建筑高低错落、钩心斗角、曲巷瓦肆，造型有致，在大雪的覆盖下，高望远眺，满眼琼楼玉宇，云雾缭绕，极像神话影视剧中的天宫境界。在农村，其实冬闲有冬闲的活计，雪天有雪天的安排。一般农村在这个时节，除了大多数村民在家里操持一些家务之外，还有一些村里有头脑的、有影响的人不是撮合矛盾，就是谈结契约，也有说媒引线的，这些人在街巷居户进进出出，真像是一幅隐士得道图。

西杜村景色独特，民风淳朴，民情民俗韵味深长。有些是和中华民族的传统文化接轨，有些是和地方特色相容。一方水土养一方人。西杜村以及西杜周边，由于历史悠久、文蕴深厚，祖祖辈辈在繁衍创世中，在传承中华文明的同时，也被我们自己身边的历史事件和历史传说中人物的故事精神所浸润，同时，又被我们身边的山川风水所凝固。于是，就有了我们自己的风景、风俗和人文；于是，就一代又一代传续下来，成为我们的心灵崇拜、精神寄托和创业动力。

奋展宏图　光前裕后

在经历了千年的风霜和历史的嬗变之后，在时代春风的召唤下西杜村愈发显得生机勃勃。

西杜村地处黄土高原地区、孤山脚下，基本上以新生界第四系细砂、泥灰岩、红色土、黄土及近代冲积层为主，海拔 700 米左右，属暖温带半干旱大陆性季风气候，年均气温 11.9 摄氏度，一月零下 3.8 摄氏度，七月 25 摄氏度。年降雨量 500 毫米左右，霜冻期在十月下旬至次年四月中旬，无霜期 190 天左右。

由于村里气候宜人，适宜生长各类农作物与经济作物，因此，如何利用资源，进行科学耕耘便是村民们勤劳致富必须重视的。

小麦、玉米、高粱等农作物曾是早年最主要种植的对象，现在种植相对较少，仅仅是为了自给自足。市场经济之后，为了提高收入，种植经济作物则蔚然成风。苹果、梨、桃、杏、西瓜、绿豆、花生等,什么挣钱种植什么。经济作物如何管理，直接影响到收入。因此，科学的施肥、浇水、打药、修剪、给果实套膜袋等，就成了村民们必备农业知识和技术手段,这些又促进了村民们学习的自觉和热情。尤其是苹果的种植在村里已经有了很大的规模，基本上家家都有果园，由此带来的经济效益日益彰显。西瓜、绿豆、花生等作物作为庄稼倒茬或自然灾害后的补种,也给村民带来收益。除此之外，人们还种植了黄芩、柴胡等各类药材，这些药材附加值高，又不需要复杂的管理，因此村里现在种植药材的也不少。由于农业生产的季节特殊性,忙闲不均，在调整产业布局和时间安排上,有些村民还开始发展养殖业，种养结合,殖种互补，渐渐地养殖业也成为村里的又一个支柱产业。农村的改革促进了农民的种地积极性,农业产品的市场化带给农民广泛的自由度。改革开放以来，西杜村民啥挣钱就干啥，啥效益好就经营啥。经过辛勤劳动，苦心经营，每年每户都有比较好的收入。

村里长期以来，由于偏居一隅，远离中心城镇，也曾因道路不畅、没有供电、用水不便而非常闭塞、落后。

路是通向富裕的保障。在历史上村里修了多少条路、修了多少次路，没有记载。但是，大路大富、小路小富、无路不富是颠簸不破的真理，而修路也是世世代代造福村民的善行。最近，在普查过程中发现了一块清乾隆年间修路所立碑刻的记载，虽经年累月，饱受雨雪侵蚀，但保存仍相对较好。碑文为西杜村人吴执善所写，记载的意思大概是，西杜村西沟边通向袁家庄的路十分狭窄，通行不便。袁家庄、西杜村、东杜村三个村因此商议拓宽道路。道路拓宽后，方便了车马通行，三村人心情舒畅，遂刻石纪念这件事。其实，从古到今，世世代代，村民都曾或多或少修过到南吴、到袁家庄、到漫峪口村的道路，特别是通往东杜的桥，这些都方便了村民们的通行交往。路是制约西杜村发展的重要原因。由于我们村的地形是东西窄，南北狭长，大部分地都在通往漫峪口南北的这条路的两边上。虽然，历史上有这条路,历任村干部也都修过,但是现在坑坑洼洼，已经严重影响着农业经济的发展了。今年村里筹集了几十万元重修了这条路，宽八米，长七八里。这条路的修成，有力地促进村民在南门地栽植果业等作物，成为经济发展新的增长点。当然，新中国成立以来，特别是改革开放以来，村里也多次修过桥，修过到皇甫村的路。特别是硬化的柏油路,这都为西杜的方便交通、繁荣发展做出了贡献。

电是社会发展的动力。自然经济的照明，都是煤油灯，新中国成立以后村里有了气灯。直至1966年村里终于通上了电,全村像进入共产主义一样的高兴。电的出现，确实改变了人们的生活。不仅可以供照明使用，还可以作为动力，推动了生活、生产机械化的实现。改革开放以后，电视、电冰箱、洗衣机、电话、电脑、电动车和电影放映机等一系列现代电器用品及文化生活用品的大量使用，更加提升了村民的生活品质，而且,给村里的农业现代化也奠定了基础。

水是生命之源。人类的生活、生产都离不开水，在西杜村，长辈们对缺水的体验刻骨铭心。以前村民生活用水，都是井里积蓄的雨水。牲畜饮水或洗涮衣服用的，往往在村里村外的两个池泊取水。即使节俭用水也时常因缺水而苦恼，天旱不雨时，还要远去村西五里之外的袁家庄或到村南十里的漫峪口村拉水。从 1973年开始，用钻井机耗时两年，到 1975 年，村里才破天荒地打出了一口水质好、水量足的深井。当水抽上来时，村民们奔走相告，喜不胜喜。经过专家测定，深井里含有多种对人体有益的矿物质元素。附近村民因此常来西杜村拉水，有经济头脑的村民还把深井水加工成矿泉水，作为商品，销售到县城和城市，以此扩大西杜深井水的影响。最近村里又打出了两眼深井，加上即将完成的引黄灌渠，这些水资源会极大地满足村民饮水及灌溉使用，进一步满足西杜村发展经济的需求。

文化传承是中华民族生生不息的根本，而文物古迹则是传统文化的载体。西杜村历史悠久，文脉绵长，村中遗留的文物古迹比较多。据统计，村里共有大庙、将台（文昌阁）、吴家祠堂、土地庙、财神庙、三官庙、姑姑庵、祖师庙、观音庙、乐楼、龙王庙、小观音庙、佛爷庙、娘娘庙、牌楼、贞洁牌楼等十几处古迹，由于历史的原因，这些文物古迹大都已经不复存在。为了使这些文物古迹得到修缮恢复，从 2007 年开始至今，在村里有识之士的推动下，由村干部组织对西杜大庙、西杜舞台、文昌阁、土地庙、娘娘庙及吴姓祖先的墓碑进行修建恢复，使村里古风昂然，文气荡漾，既增加了景象，又满足了诉求。

西杜大庙是村里重要的宗教建筑，建在村子中央，据考证应该是明末清初的建筑。修葺过三次,分别是康熙、乾隆年间和民国九年。2007 年请古建队重修后，绀宇虹梁、雕楹绣槛、雄姿昂立、焕然如故。西杜舞台始称乐楼，建造在村中央的大庙对面，是为大庙里的诸位佛、道、神唱戏所用，后拆毁。2007 年在原址稍偏西的地方，重新修建了舞台，在规模上比以前大了一些。近几年，村民们把请剧团唱戏作为盛事，还利用晚上等休闲时间放电影，极大地丰富了人们的文化生活。在村东南临沟的大桥边，有一个几米高的土台，原先土台周围是砖砌而成，后被拆毁，这个土台被村里人称作将台。2009 年村人在对将台进行修复保护时，无意间找到了原来的碑文，是为壬申春始建，据推测可能是康熙三十一年，并得知此将台原来称作文昌阁，一为补风水，二为倡文风。土地庙与娘娘庙是 2012 年村民开始修缮和重建的。至此，西杜大庙、文昌阁、土地庙、娘娘庙、西杜舞台各类古建相继修复，这标志着西杜村在保护古建文物、继承传统文化方面迈上一个新台阶。

　　根祖文化是中国传统文化的重要组成部分。吴姓迁移西杜村，既无家谱又无碑刻记载，故有的吴家祠堂原在西杜大庙和乐楼的西边，由于扩建街巷和其他原因，"文革"前已拆除。吴家谱系从此沉迹在历史的烟云中，实在惋惜。欣喜的是，前几年发现了吴璋老祖先的碑，为了追思先祖，恒念家族记忆，2012年，村里在土地庙旁边暂时先把吴璋老祖先的墓碑敬立起来，一为保护、二为祭奠。同时，还发现了乾隆年间，镌刻的共包括十五代先祖名字的世袭碑，虽然没有连续下来，但也算是文脉资料，应加强保护，继续挖掘研究。

　　吴姓后人以德行和贞节为重，留下印痕的就是在村子中央的西杜大庙门口，清代旌表对杨吴老先生和皇清供事主勤节吴公的德行碑，以及在村南池泊里放着清代乾隆年间敕封的吴母薛氏贞节碑。这几块石碑风餐露宿，是吴姓祖先的德行标志和记载，也是吴家后人最珍贵的文化遗产，作为后人，我们应该大力弘扬，亦步亦趋、彰昭后世。

　　西杜村长期以来，注重教育、医疗和文化事业的发展。新中国成立以后，村里就成立了小学，校址曾在村里三官庙、姑姑庵的位置，"文革"后期村里曾在大庙的对面盖了一所学校，并办了一段七年制学校，以后又复归小学建制，十年后县里进行小学合并，村里的学校撤销，适龄儿童都到乡所在地皇甫去上学，虽然需要大人接送，但对提高教学质量确实有一定的好处。新中国成立以来，村里先是扫除了文盲，后来普及小学和初中教育，做到少有所学、少有所教，全村的适龄学生95%以上达到小学水平，80%达到中学水平，特别是改革开放以后，上大学到外边创业找工作,成为大部分农村青年的追求，而且程度不同都有所成就。

西杜村在医疗卫生方面和新中国成立前相比也有了很大的改善。过去由于村里缺乏医疗条件，大病小病都需要到乡里或邻村去看，这给村民带来了很大困难。"文革前"村里建了保健站，"文革中"又有了赤脚医生，实现合作医疗,村里的医疗状况有了一定的改善。特别是近年来，由于国家医疗政策的惠及，村里还给村民办了新型农村合作医疗，这样到大医院看病也可报销一部分，村民病有所医，老有所养，健康水平大大提高，平均寿命普遍高于新中国成立之前，目前90岁以上的老人在村里不是少数。政府的政策真正都惠及到农村，老百姓日子越来越好，幸福指数越来越高。

文化是社会发展的标志，也是村民素质的体现。新中国成立以来，西杜村民十分注重弘扬和传承传统文化。节庆文化、民俗文化、婚嫁文化、丧葬文化丰富多彩；闹社火、唱秧歌、锣鼓队、宣传队形式多样。最典型的是解放初，村民情绪释放时的红火表演，和20世纪六十年代中期的社会主义宣传队。那时，村里曾排演了《一颗红心》、《白毛女》等剧目。村里还有一种放花子的古老形式，那就是将废生铁，用坩埚化成铁水，然后舀出来，倒在一个木板上，打到空中，在晚上观看就像天女散花。村里20世纪八十年代，曾经组织过业余篮球队，在皇甫公社比赛荣获第一，在县里也很有影响。新世纪以来，村里还专门修建了文化广场，修建了舞台，争取到公益电影放映机。在广场上安装了各类锻炼器材，安装了篮球架，设置了专门的老年活动室，还修建了图书室，形式多样的文化设施和文化活动形式，满足了不同年龄、不同层次的村民们日益增长的文化生活需求。教育、医疗、文化事业在村里健康发展，还被县里评定为新农村建设示范村。

绿化是社会主义新农村建设的重要方面，也是提高村民生活品质的具体体现。在西杜村历史上，就有重视植树的先例。"文革"之前村里像南头古槐一样的就有好几棵，村里大庙前、原小学里也都生长着百十年的古柏树和楸树，村里个人的庭院里也都有古树名木，满地的柿子树，百年以上树龄的也很多。回望历史，应该说，西杜村的祖先是乐于植树，热爱自然，注重美化环境的。近年在县林业局和热心村民的支持下，村里建起了小公园，在大桥入村口两边、大桥以南及桥两侧以及广场四周，还有通往阁子疙瘩的路上、土地庙周围都大量栽植了油松、白皮松、侧柏、桧柏、雪松、杨树、冬青等观赏树种，在巷道两旁也栽植了一些其他树种。大量的栽树种花改善了村里的居住环境，也提升了西杜村的品位。

创业是修身、齐家、名村的动力，也是西杜村一代又一代人的追求。新中国成立以来，由于社会制度的变革，外出创业只有通过考学、参军、招工来实现。村里也曾有几位取得大学文凭和招工、参军转业在外面工作，并取得成就，但是人数较少。改革开放以来，政策放活，给凭本事外出创业者奠定了基础。几十年来，经商做买卖的已腰身殷实，职场打拼的亦各有身价，搞专业技术的也事有所成。可以肯定地说，在西杜村历史上，外出创业凡有所成就的人都不同程度地为村里做过贡献。民国九年西杜大庙修建时，我们看到了许多既熟悉又陌生的捐款名字，他们为大庙的修建捐献的真金白银都有明确记载。新中国成立以来村里也曾搞过募捐，在外人员或多或少也都有过表示。特别是近年来，村里大兴土木，古建维修，修桥建路，引水打井，甚至塑神造像，在外人员或慷慨解囊，或争取资金，或接待迎送，或大唱赞歌，总之只要有能力，在外创业者都各显神通，有钱出钱,有力出力，默默无闻地为村里做着贡献。游子创业，回报家乡，不仅会给村里带来物质方面的奉献，而且也在精神上给村民们带来外面世界的新观念、新思想、新方法，通过这些，推动西社村更好更快的发展。故乡是游子心灵的栖息地，乡愁是外出创业人员永远的凝聚力和向心力。

自新中国成立，特别是改革开放以来，西杜村发生了翻天覆地的变化。全村无论总产值还是人均纯收入都有了成倍的增长；村民物质和文化生活也有了质的飞跃；村容村貌向美丽乡村迈进；

传统文化得到保护和传承；绿化、美化使新农村建设提级上档；干事创业成为新一代的不懈追求。真是：踏遍万水千山，梦里家山悠然。

守望梦想　放飞真情

梦想是人类对于前景的渴望和憧憬，是对未来的筹划与描绘。守望梦想是赤子情怀和壮心不已的坚守和追求。西杜村具有辉煌的文脉历史和深厚的文化底蕴，具有广阔的土地资源和新兴的供电供水资源，具有勤劳智勇的人力资源和国家愈来愈好的扶农惠农政策，只要我们勤谨耕耘，精细劳作，坚守优秀传统文化，弘扬现代科学精神，西杜村就能够建设得更加美好。

农业是农民赖以生存的根本，而创新是农村繁荣发展之魂。从家庭联产承包责任制到农村土地流转的转变，从传统农业向现代农业的转变，这是农村发展的必然要求和客观规律，同时也对村民们提出了更高的要求。西杜村具有优越的自然环境和客观条件，再加上村民多年来的探索和实践，不仅既要继续抓好苹果、桃、梨、杏等果业经济和其他经济作物的种植，又要加大投入，注重科学管理；既要坚持联产承包的性质，又要注重土地流转扩大规模经营管理；既要发扬勤劳苦干的精神，又要充分发挥农业机械化的效率；既要坚持自给自足的传统，又要十分注意农户加合作社、走专业化营销的路子。西杜村土地资源相对富有，在发展果业经济、药业经济的同时，也可根据沟坡地形注意发展林业经济。同时，根据实际情况，发展养殖业，立足多种经营，以丰补歉、多业互补。改革开放以来，传统农业已经有了明显的改善，但是和时代要求相比，村民们还要继续同心协作，朝着"优质、高产、高效、生态、安全"的现代农业发展目标迈进，以加快农业发展方式转变、发展现代生态循环农业为主线，着力抓好主导产业发展、农业规模经营、农业生态环境治理等工作，这样就一定能够推进西杜村从传统农业立村向现代农业富村转变。

经营作为支撑农村发展的另一重要形式对农村的发展非常重要。现代农业，已经不是自给自足的自然经济，它是商品经济的重要组成部分，是产、供、销的生产链条，也是产品变成商品的加工销售过程。因此，在农产品的生产销售过程中，产业分工、专业户的形成就成为现代农业的不同要素。无论是在村里从事农产品收购、销售，还是外出经商，作为与外界关联密切的经营活动，无疑是现代农业发展的一个重要方面。在中国商业经营史上，唯有诚信才能把生意做大、做强。不仅如此，西杜村本身就是个小社会，人和人的交往，户和户的交往、个人和集体的交往、村和村的交往也都有一个诚信的问题。唯有诚信，才有信誉，才能形成无形资产，也才能立于不败之地。在西杜村的历史和现实中，都有一些诚实守信的典范，也有一些忠诚信义的事例，他们都成为西杜村发展史上的光辉口碑，同时，又口口相传，支撑着我们村的发展进步。

文化传承是中华民族文脉绵延之根本，也是西杜村共同的精神财富。新时期国家提倡保护文化遗产，弘扬传统文化，这都成为村民们义不容辞的责任。文物古迹承载着丰富的文化内涵、传承着多元的文化式样。西杜村历史上古建文物很多，由于各种原因，新中国成立以后破坏较为严重。2007 年以来，村里逐步修缮、恢复了一批文物古迹，修建了一些文化设施。这些都或多或少恢复了人们古老文化的记忆，增添了村中的景观，树立了文化传承的样板，满足了人们的心灵诉求和精神寄托，我们应该悉心保护，有可能的话还应该继续恢复和重建，使西杜村成为精神上的富裕村。节庆文化是村民的精神家园，也是非物质文化遗产的重要形式。千百年来，在中华民族的发展史上，西杜村不断形成和完善的节庆文化，比如春节、清明、中秋等节日，都蕴涵着丰富的礼仪表达、传统祭祀和情感抒发，这些溶化在血液中的文化基因，是一代又一代的精神传承，我们要始终坚守、不断传承。失去它，就失去了我们的遗传灵魂。民俗文化是村民的亲情抚慰，也是具有地域特色的民间大爱仪式。比如婚嫁文化、丧葬文化、祝寿文化和过满月等。这些文化样式，都是围绕着亲情来进行，对孝老敬亲、表达念想、寄托愿望更直接、更真挚。因此，弘扬民俗文化是村民、家庭不可忽略、不可任意的大事。否则，我们将遗憾终生。

伦理道德是中华民族的言行规范，也是维系家族、村民凝聚力的纽带。在中国历史上，著名的颜氏家训、朱子治家格言等，都是传统道德的形象化、具体化的家风、家教，因而也造就了本家族的繁荣昌盛。长期以来，在西杜村的发展绵延中，也一直传承着这种道德共识和人伦纲常。正如大庙的一副对联："天归一理，成神成佛，自古道何远汝；地蕴千祥，亦王亦圣，从来德若有邻。"这就说明，不管什么人都离不开道德的规范。如果不断修行、不断觉悟，那么就会道不远、德有邻。如果放任不逊、利欲熏心，那么就会身败名裂。西杜村历史悠久、传统优秀、民风淳朴、人心向上。近些年来，在恢复和发扬被"文革"和市场经济败坏了的传统道德中，不断宣传、不断教化，民风民俗有了明显的匡正和提升。有的专门给老年人义务理发，有的专门给老年人办善事、好事，村里请运城市蒲剧团唱戏，还专门把七八十岁以上的老人安排到前几排就座，这就很受社会的夸赞。历朝历代，都把弘扬伦理道德摆在首位，作为君臣父子、忠孝节义的规范，以安邦定国，教化生民。在人民当家做主、村民自治的农村，更应该弘扬社会主义核心价值观，孝老敬亲，和睦邻里；勤俭持家，科学耕耘；尊天敬祖，讲究礼仪；遵章守法，热爱集体；宽以待人，严于律己等等我们耳熟能详的优秀传统道德观念，都应该作为我们的乡规民约来遵守。那么，西杜村就会成为夜不闭户、路不拾遗的理想社会和精神家园。

美化环境是新农村建设的重点内容。西杜村在历史上的村址规划也是很有讲究的。围绕大庙，有庙前、庙后，有村东、村西和关门的村庄建设格局。庙前有舞台（乐楼），舞台（乐楼）旁边有池泊。村中有祠堂，村西有土地庙，村东南有文昌阁（将台）等。现在，村庄扩大了，沿关门外边延伸出一个南关，这都是比较科学的规划。不仅如此，在西杜村的历史上，其实也很讲究绿化。不用说两千年的古槐，就是几百年的古树在新中国成立前也有不少，而且有好些品种。现在追求美化、绿化更应该注重植树造林。树木是比人类生命力更强，记忆密码更丰富、更具象的植物，只是我们现在科学的发展，还无法将它打开。绿化是改善人类居住环境、净化空气、增加美感，同时又具有经济效益和提高生活品质的综合效应。近几年，村里栽植了不少树，乏味的面貌有所改变。但是，这还不够。还需要在村里的大街小巷继续栽植，在中心地块栽大树、栽景观树，在村子周围营造"绿树村边合，青山廓外斜"的景致。同时，西杜村土地比较宽阔，除了在耕地里大力发展经济林之外，在沟坡、在路边、在不宜耕种的梯田和不规则地块大量种植生态林，并且利于各种政策和办法推动植树造林的开展。植树很重要，管护更重要。栽一棵树不容易，死一棵树就连工带本都损失了。因此，要把栽树和村民栽种自己的经济林一样对待。美化环境，绿化是一个方面，搞好环境卫生也很重要。

朱子治家格言里就讲"黎明即起，洒扫庭院，要内外整洁"。但是，不能够"各人自扫门前雪，不管他人瓦上霜"。要使村巷一年四季都能够保持清洁卫生。就要树立榜样，教化村民，形成制度，争创全乡、全县卫生村。美化环境，清洁卫生是软件，硬件是村巷里一些已经长期不住人的家户，墙倒房塌，严重影响观瞻，作为邻居、作为本家、作为生产队或村委会都应该想办法，起码用砖把临巷的墙垒起来，这样村子就比较完美了。美化还有更高的标志，就是在经济条件许可的情况下，或者创造条件，在村子的显赫位置，建一些文化景观和文化标志，这种画龙点睛的工程，将使西杜村提上更高档次。

小康社会是中国梦的形象标志，实现小康任重而道远。在西杜村这块土地上，远祖立业的印痕依然清新，祖先创业的呼号仍然嘹亮。五千年过去了，孤山的脊梁还是那么强健；三千年过去了，古槐的境界还是那么高远；一千年过去了，大庙的胸怀还是那么开阔；五百年过去了，文昌阁的愿望还是那么心切；一百年过去了，欣逢盛世，我们的追求愈加强烈。一路走来，应该说，勤劳是我们的传统。勤能补拙，勤能兴业，勤是成功的基础。无论经营什么、无论从事什么，只要勤劳刻苦，就没有迈不过的坎，就没有战胜不了的困难，特别是在农业生产经营上，只要有好苦头，就有好收成。一路走来，应该说，诚信是我们处事的灵魂。在农村，特别是在市场经济条件下，农产品就是商品，是商品就要交换，如何在交换中创立新品牌，提高信誉度，立于不败之地，诚信很关键。当然，在人与人的交往中，诚信也很重要，综观西杜村发展几十年，大抵可以得出这样一个结论：成于诚信败于骗。因此说，诚信是立人、立业、立功、立村的灵魂。一路走来，应该说，认真是我们行为的根本。毛泽东说："世界上怕就怕认真二字，共产党就最讲认真。"认真是一种态度，认真是一种修养，认真也是一种能力。在干事创业中，认真的程度有多高，成功的概率就有多高。有一句话叫坚持到底、就是胜利，把什么事能认真做到底、做到极致、做到完美，那就是成功。而且要敢为人先，做别人没有做过的事，做别人没有达到高度的事，这就是创新，这就是价值，这才能达到新的境界。一路走来，应该说，包容是我们壮大的品格。西杜村，不是我们现在人的西杜村，我们都不姓杜；西杜村，也不是姓杜人的西杜村，在此之前，就有人类在此生产、生活。西杜村，也不是那一家那一户的西杜村，这里生活着一百多户、几百口人、十多个姓氏的村民。海纳百川，有容乃大。包容不仅是对人的包容，而且是对思想的包容，对文化的包容，对科学的包容，对风俗习惯的包容。这既是尊重人，也是增强开放度。这既能壮大自己，也能发展自己。西杜村就是这样走过来的，西杜村当前更需要这种精神。一路走来，应该说，向善是我们发展的境界。善良是一种修养、也是一种胸怀。如果说道德风尚规范着社会秩序，那么向善惜缘则温暖着人心，提升着人气。古往今来，不管是佛学、道学、还是儒学，它的核心都是向善，都是教化人们助人为乐，救死扶伤。市场经济需要这种文化来弥补、来充实。如果我们能继续坚守、弘扬这些优秀的文化传统，西杜村全体村民就能够共谱和谐新曲，重书创业华章，再创历史辉煌。

附：

西杜赋

峨眉岭畔，孤峰为柱；环山锦绣，胜迹遍布。东南一隅，有村西杜；沃野厚土，乡属皇甫。左邻东杜，右连袁家庄，北接南吴，南至漫峪口。自古文脉绵亘，从来民风淳朴。

维吾西杜，其迹可探。开天辟地，区属中原；三皇五帝，河东是焉。周代初世，是为领地；晋分三家，遂成魏塬。汉置汾阴，村归其县，大唐立国，始为万泉。宋元明清，奕世德载；淹至新世，万荣名县。千年风霜，天地变幻，唯我西杜，光韵璀璨。

维吾西杜，文脉绵焉。边周新石器文化遗址，遥望仰韶、龙山；西沟灰陶器先民制品，构筑春秋家园。晋文封贤，介子推携母洒泪绵上归隐；秦皇征战，介子坡墓主当是雄略祭奠。上甘岭煌煌建筑，犹记文景盛治；柏林庙森森护主，曾开光武新篇。古槐含烟，旌表大唐伟业；大庙雄姿，恒念明清风范。晋商崛起，先祖远赴河西创业维艰；辛亥风云，乡民坚守沃土耕读求贤。社会革新，风生水起展鹏翼；时代发展，栉风沐雨谋福源。噫吁兮！古人今人遥相应，共看明月清辉间。

维吾西杜，佳境宛然。南风乍起，百花斗艳；清风和薰，平畴似毯；霜林如醉，果稷遍塬；雪霁川野，琼阁仙山。孤峰晓月，长照农夫荷锄稼穑；仙桥通途，广接客运车马往返。文昌阁高，阐扬世代学风；双龙并峙，护佑百姓善源。美哉！纵使日日遍览，依然风光无限。

今我西杜，宏图大展。致力科学耕耘，春华秋实香满园；倾心创新发展，赏心乐事福无边。继承传统文化，古建维新；弘扬吾族精神，道存德冠。建设小康，惠我生民；美化村落，绿彼山川。放眼世界，却看谁人走天涯；捧我故土，应是游子回家园。嗟乎！踏遍万水千山，梦里家山悠然。

欣逢盛世，遥现辉煌；培基固本，勤业兴邦。信而至诚，富裕一方；锦上添花，当在自强。保护文化遗产，道德之芳烈远播；守望优秀传统，兼容之遗风相尚。一脉相承，共谱和谐新曲，百代永续，再书创业华章。

跋

　　在我即将退休时，便开始匆匆忙忙选编——《满目青山》这本书，这是为了总结我在职场时期的写作，也是为了寻筑退休生活的积淀。于是，在忙乎完收场工作——主编出版了《太原经济笔谭》、《晋阳宝翰》之后，又编印了书法专集，在报纸上刊发了书法专版等。加上落日的辉煌——在退休前后的一年里，还承担着组织上给安排的党的群众路线教育实践活动督导、农村"两委"换届督导以及学习讨论落实活动的督导等，忙忙乎乎，就快到年底了，这本书方付梓刊印。

　　我写过一些散文随笔，但都是花里乎稍、哗众取宠。真正有一点味道，应该是2009年以后。因为那是一个节点。那一年，我的工作有所变动。变动是正常的，不正常的是组织上既不找我谈话、也不征求我的意见就上了常委会。上常委会是正常的程序，但对于忠诚于党的事业、热衷于文化工作的我，分管领导遮遮掩掩、主要领导意气用事，这就使我格外的不舒服并有伤自尊。加之，以前我的一些同事，有的小肚鸡肠，有的见风使舵，又使我感到世态的炎凉。因此，在工作变动之后，养心静气之余，便开始写作了《赤桥怀古》、《潮州随想》、《柳江的悬疑》和《历史的纠结》等文章。在这些文章里，试图从古人的遭遇中挖掘历史、从历史中挖掘人文、从人文中挖掘文化价值，以期平衡自己的心里，一味地想表现自己的不含糊。

时间到了2012年。这一年市里换届。全国普遍喜欢实行"一刀切"，我的年龄又进入"七留八不留"，便被一纸空文免去职务。虽然没有退休，但成为裸身职员。这时，我的心里比较平静，原因是无论走到哪里，只要是在职场里谋生，一问年龄，肯定我受尊重——因为自己年龄确实不小了。因此，时间的推移不仅消磨了自己以前耿挚的脾气，而且平添了自己现在的平和心理。于是，便写出《悟对古人》、《关于李娜》、《体味远情》、《大漠隐士》、《留给世界的背影》、《精神家园的随想》和《精神海拔的集萃》等文章。这些文章按说都是对人生、对真善美、对精神家园的回味和体量，也应该是我当时的胸怀和境界的反映。

甲午之年，是我的本命年，元辰五逢、驽马十驾，我该退休了。退休制度是国家的统一规定，人人皆知，我也早有思想准备。因此，心里也很平静。只不过从去年开始我就回顾思考自己这一生，在职场上的波谲云诡、风云变幻，在工作中的涡旋起伏、曲折蹉跎，在人际关系网下的变化莫测、委曲求全。因此，就有了

《回望山水》、《满目青山》（本书序的内容）、《书写韶华》、《正月：我与短信的那点事》和《同行惜缘》等文章。当然，也有一些乡愁之类的文章，比如：《记得住乡愁》、《文化风景需坚守》、《市有书香可清心》、《关于旧城改造》，以及我对我们村的怀想——《光韵璀璨——历史深处走来的西杜》。另外，我一辈子从事的是宣传文化方面的工作，因此，也有一些剧评之类的文章，还有就是一些人物小传，都是文化界的人士。我从一个侧面，或者一个角度表达了对他们的敬仰和垂慕。

我的这些文章，都属于散文随笔之类的样式，之所以是散文随笔，那么行文就比较直白，很少有对话和描写，叙述也不突出，因此，就比较情绪化。想到什么就写什么，想写什么就写什么。喜欢就喜欢，不喜欢就不喜欢。这样，一方面反映了我的性格，另一方面也表现了我为人的缺陷和为文的不成熟。好在文章的内容大多都是歌颂真、善、美的，不然就摊下大事了，特别是在当下这个道德失范、价值迷茫的时代。

不仅如此。在市场经济条件下，人们难免一味地追求物质所有，物欲横溢，就成为时代的特点。我作为一个文化工作者，在传经布道、弘扬优秀传统文化的同时，对现实生活进行文化思考，这就成为一种强烈的社会责任和历史担当。所以，这些文章，无论是历史人物、还是时代名人，无论是文化现象、还是社会事件，无论是个人忧喜，还是乡曲乡音，都免不了要作文化的思考和挖掘，试图概括和提炼民族精神的纯粹和历史传统的优美。于是，这就成了我撰写这些文章的主题和追求。比如说：《柳江的悬疑》是对怀才不遇文化的解读；《赤桥怀古》是对"士为知己者死"的一种挖掘；而《关于李娜》则是对一代歌女最终皈隐的剖析；《同行惜缘》是说明要用责任和感恩的心对待人生，珍惜人生的每一个驿站和伴旅的缘份；《回望山水》是说明人生如演戏，是对人生山水历程的眷恋；《光韵璀璨》则是对一个古老村庄的历史长度就是中华民族历史长度的叙述。

另外，由于年龄和经历的原因，也由于面临退休和思想嬗变的原因，怀古忆旧便成为这些文章的又一个特点。孔夫子说，五十而知天命，六十而耳顺。其实是讲，到了这个年龄段，人们的思想就该独立了，职场演出的就该谢幕了，练功打拳的就该收功了，孤旅远游的也该告老还乡了。于是，无论是人物、事件的记叙，还是社会现象的解析；无论是借景述情，还是乡愁描述，多多少少都带有"往事越千年，魏武挥鞭"的情感，也都属于怀古忆旧的范畴。

我是一个职业的上班族。几十年兢兢业业身心投入，按说有多少干不完、干不好的工作，也有多少写不完和工作有关系的文章。但是，我又是一个不安分守己的人，除了工作，业余时间或者节假日，总愿意把自己封闭起来写一些东西，搞一些所谓的创作。特别是近十年来，由于半路出家，也由于没有什么底功，因此写出来的东西总是磕磕绊绊。不过熟能生巧，加上年龄这个优势，所以，发表出来的文章思想性还比较强，语言也比较老辣，因此，仍有一定的读者群，特别是一些中老年人。在退休之年，把这些东西收集起来，编辑成册，付印出版，也算是对我不成功人生的一种反衬，对职场沦落的一种弥补，对退休后的生活也许能增添一些姿彩——以利于提高自信。这可能也是我一贯爱出风头、容易自我喧哗、想出人头地的一种表现。无论如何，出书立说总是一种文化现象，也是弘扬传统文化、提高全民族阅读的基础，也是当今社会所提倡、所鼓励的事情。因此，在出书过程中，荣幸地受到吕芮红先生、李广洁先生的大力支持和帮助；山西人民出版社的何赵云同志、太原市委宣传部的严志宏同志、焦育英同志、杨永胜同志都给予了大量的人文关怀和精神鼓励，并且做了大量的编务和协调工作，在此一并表示感谢。

吴国荣

2014 年 12 月